DU MÊME AUTEUR

Aux Éditions Gallimard

AU BONHEUR DES OGRES (« Folio », *n° 1972*).

LA FÉE CARABINE (« Folio », *n° 2043*).

LA PETITE MARCHANDE DE PROSE (« Folio », *n° 2342*). Prix du Livre Inter 1990.

COMME UN ROMAN (« Folio », *n° 2724*).

MONSIEUR MALAUSSÈNE (« Folio », *n° 3000*).

MONSIEUR MALAUSSÈNE AU THÉÂTRE (« Folio », *n° 3121*).

MESSIEURS LES ENFANTS (« Folio », *n° 3277*).

DES CHRÉTIENS ET DES MAURES. Première édition en France en 1999 (« Folio », *n° 3134*).

LE SENS DE LA HOUPPELANDE. *Illustrations de Tardi* (« Futuropolis »/Gallimard).

LA DÉBAUCHE. *Bande dessinée illustrée par Tardi* (« Futuropolis »/Gallimard, puis « Folio BD », *n° 5502*).

AUX FRUITS DE LA PASSION (« Folio », *n° 3434*).

LE DICTATEUR ET LE HAMAC (« Folio », *n° 4173*).

MERCI.

MERCI *suivi de* MES ITALIENNES, chronique d'une aventure théâtrale *et de* MERCI, adaptation théâtrale (« Folio », *n° 4363*).

MERCI. *Mise en scène et réalisation de Jean-Michel Ribes. Musique* « Jeux pour deux », *1975, de François Vercken* (« DVD » conception graphique d'Étienne Théry).

CHAGRIN D'ÉCOLE (« Folio », *n° 4892*). Prix Renaudot 2007.

JOURNAL D'UN CORPS (« Folio », *n° 5733*).

LE 6e CONTINENT *suivi d'*ANCIEN MALADE DES HÔPITAUX DE PARIS.

ANCIEN MALADE DES HÔPITAUX DE PARIS (« Folio », *n° 5873*, « Écoutez lire »).

Aux Éditions Gallimard Jeunesse

Dans la collection « Folio Junior »

KAMO L'AGENCE BABEL, *n° 800. Illustrations de Jean-Philippe Chabot.*

L'ÉVASION DE KAMO, *n° 801. Illustrations de Jean-Philippe Chabot.*

Suite des œuvres de Daniel Pennac en fin de volume

LE CAS MALAUSSÈNE

I

DANIEL PENNAC

LE CAS MALAUSSÈNE

I

Ils m'ont menti

roman

GALLIMARD

Il a été tiré de l'édition originale de cet ouvrage
soixante exemplaires sur vélin rivoli
des papeteries Arjowiggins numérotés de 1 *à* 60.

Au Gamin
Pour Alice

et dans le souvenir
de Bernard, mon frère,
de Pierre Arènes
et de Jean Guerrin

« J'écris comme on se noie,
c'est-à-dire très rarement. »

Christian Mounier

I

LA MEILLEURE

« Tu sais pas la meilleure ? »

César

1

Lapietà*[1] ? Georges ? Tu le connais, c'est le genre de type à se rouler dans la confidence comme un chien de ferme dans la fosse à purin. (Ce mouvement hélicoïdal qui les torchonne du museau jusqu'à la queue !) Il est pareil. Il en fout partout. Alors, autant entrer tout de suite dans l'intérieur de sa tête. Il n'y a pas d'indiscrétion, lui-même a tout raconté aux gosses ce jour-là. À commencer par la minutie avec laquelle il s'est préparé pour aller toucher son chèque. Et ses bonnes raisons de ne pas arriver à l'heure : J'ai toutes les cartes en main, j'arrive à mon heure, je palpe mon fric et on se tire en vacances, voilà ce qu'il voulait faire comprendre à l'aimable comité : Ménestrier*, Ritzman*, Vercel* et Gonzalès*. Des semaines passées à choisir son déguisement avec soin. Ariana*, un bermuda ? Si je me pointais en tongs et en bermuda, tu vois leur gueule ? Et une canne à pêche ? Tuc*, démerde-toi pour me dégoter une canne à pêche ! La plus ringarde possible, un truc en bambou, genre

1. Les noms suivis d'un astérisque renvoient au répertoire figurant à la fin de ce volume.

Charlot, tu vois ? Ah ! les imaginer poireautant avec ce chèque qui leur dévorait les tripes, poireautant dans le silence lambrissé du grand salon, remâchant l'opinion qu'ils avaient de lui, Georges Lapietà, mais fermant leurs quatre gueules, vu que tous les quatre avaient la queue prise dans le même chéquier. Arrête de te pomponner, Georges, tu te mets en retard. Justement, Ariana, c'est le meilleur de l'affaire. Ah ! le silence de leur attente. Le tintement des petites cuillers dans les tasses où le sucre ne se décide pas à fondre. Le va-et-vient des yeux entre leurs montres et la porte du grand salon. Les conversations avortées et lui qui n'arrive pas. Ariana, si tu demandais à Liouchka* de nous faire un autre caoua ? Il les avait voulus là tous les quatre, c'était une condition sine qua non. Eux ou la conférence de presse, au choix. Et pourquoi pas la conférence ? Why not, au fait ? Mais parce qu'il aurait publiquement détaillé la composition du chèque ! Parce qu'il aurait filé aux journalistes la recette de la bonne entente. Non, hein ? Alors non. Lui aussi aspirait à un plaisir plus secret. À cette remise de chèque, il voulait leurs quatre tronches pour lui tout seul. Il voulait leurs quatre poignées de main. Fermes, s'il vous plaît ! Il était capable de vous obliger à serrer sa main une deuxième fois. Connu pour. Et si la deuxième fois ne suffisait pas, il vous claquait la bise, publiquement, musicalement, ce qui laissait sur votre joue une petite flaque sensible aux objectifs, comme un argenté d'escargot. Discrétion dans la remise du chèque mais franchise dans le regard. Pas d'arrière-pensées entre nous. Cinq bons gars, tout à fait au courant des règles du jeu. Et qui seront sans doute amenés à retravailler ensemble. Si, si, vous verrez. Ah ! autre chose. Leur laisser un souvenir olfactif. Qu'ils retournent à leurs affaires nimbés du parfum de son after-shave ! Pas de serrage de paluches, alors ! Une bonne accolade, plutôt ! Un abraço à la brésilienne, panse contre panse et dos claqués. Et leurs quatre costards bons à brûler. Tuc, tu me trouves l'after-shave le plus… le plus… inoubliable… dans le genre sirop… sucré… le plus… vulgaire… tenace dans la vulgarité… je t'ai bien élevé, tu sais ce qu'ils entendent par là… leur conception de la vulgarité… Voilà ! Tu m'en remplis la baignoire.

Des semaines de préparation. Et maintenant un petit café supplémentaire. Georges, arrête avec le café, tu ferais mieux d'y aller, vraiment ! Et soulage-toi avant de partir, c'est plus prudent. Ariana, je te jure qu'il n'y a pas le feu, ils ont le temps… Quant à pisser, je le ferai en rentrant, ce sera bien meilleur.

La question de la voiture était réglée depuis longtemps. Non, pas l'Aston Martin et pas de chauffeur ! Bermuda, canne à pêche… Tuc, tu me prêterais ta caisse ? Gentil, ça. Tu as une semaine pour la saloper convenablement. Débarquer dans la voiture de son fils. Un fils qui ne veut rien devoir à son père a nécessairement une bagnole pittoresque. En tout cas pour qui guette votre arrivée dans une cour d'honneur à travers les rideaux d'une fenêtre Renaissance.

*

Et c'est ainsi que nous y sommes. Georges Lapietà dans la Clio asthmatique, se trouvant assez ridicule tout de même avec son bermuda, sa vieille canne à pêche, son after-shave, cette bagnole de gosse dont les vitres ne s'ouvrent plus et ce désir d'épate qui ne le lâchera jamais… La dérision… Un vrai ténia, chopé dans sa prime enfance… Un homme diablement sérieux pourtant. Dans les quinze premiers portefeuilles d'Europe, tout de même !

– Toi et tes tartarinades, lui a dit Tuc, tu es un oxymore, papa, voilà ce que tu es.

Instruisez vos enfants et ils vous épinglent dans la boîte à concepts. Encore que, pour ce qui était d'épingler… Tuc… C'est lui qui l'avait surnommé Tuc, son fils. À le voir aider les bonnes dès qu'il avait tenu sur ses jambes, faire son lit spontanément, débarrasser la table sans qu'on le lui demande, réparer des bricoles, retrouver ce que les uns et les autres perdaient dans la maison : Tuc. Travaux d'Utilité Collective. Et ça lui était resté. Ariana trouvait ça mignon. Elle préférait Tuc à Mimi, Chouchou, Titi, Zozo, les doubles syllabes échappées à ses attendrissements. Travaux d'Utilité Collective… C'est à quoi Georges Lapietà songe, ce lundi matin, rue des Archers, coincé derrière un camion de déménagement dont le chauffeur vide les derniers cartons en faisant signe que c'est une affaire de deux minutes. Certes, ça ajoute à son retard, mais Lapietà n'a jamais eu besoin d'aide. Pressé, tout à coup, il va sortir de la Clio quand la petite surgit.

Penchée sur lui, la raclette dans une main et le détergent dans l'autre, elle entreprend de nettoyer le pare-brise de Tuc. En temps ordinaire il ne l'aurait pas laissée faire, mais elle est venue avec ses seins. Ses seins !

Ses seins, nom d'une vierge ! Cette fois-ci, sûr et certain, il n'en a jamais vu d'aussi émouvants. Et Dieu sait ! Jamais. Deux apparitions aussitôt disparues, la mousse ayant recouvert toute la surface du pare-brise. Il se prend à attendre le premier coup de raclette, à espérer la résurrection de cette poitrine comme on guette sa propre peau après le passage du rasoir. Mais point de raclette. Rien que du blanc. Du blanc dans le rétroviseur aussi, plus de lunette arrière, et du blanc sur les vitres. Une sorte de chantilly. La Clio sous la neige comme tombée dans un conte d'hiver. Et cette secousse. Le nez de la voiture qui se soulève. Nom de Dieu on m'emmène en fourrière ou quoi ? Son pied écrasant vainement le frein. Sa main gauche arrachant la poignée de la portière. Verrouillée. L'autre aussi. Et la Clio qui grimpe une rampe, dans un roulement de treuil bien graissé. Pendant que blanchissent ses phalanges autour du volant, que monte son besoin de hurler, combattu par une soudaine torpeur… Dormir, se dit-il… dormir… ce n'est pas le…

2

Par les temps qui courent, moi, Benjamin Malaussène*, je vous mets au défi, qui que vous soyez, où que vous vous cachiez, quel que soit votre degré d'indifférence aux choses de ce monde, d'ignorer la dernière nouvelle, celle qui vient de sortir, la bien bonne qui va faire causer la France et grésiller les résosocios. Choisissez le cœur de l'été, dispersez votre progéniture, laissez votre compagne (Julie*, la journaliste à la crinière de lion et aux seins de légende) couvrir les sujets de son choix, refilez votre portable à un amateur de ball-trap, retirez-vous à mille lieues de toute ville, ici, sur le toit du Vercors*, à Font d'Urle, deux mille mètres au-dessus de tout, choisissez un ami muet – Robert* par exemple, il n'y a pas mieux pour la discrétion –, partez avec lui faire votre cueillette annuelle de myrtilles, peignez les buissons en silence, remplissez vos seaux en évitant de penser, même de songer, bref, œuvrez avec le dernier soin aux conditions de votre sérénité, eh bien, même là, au cœur de nulle part, parfaitement dissous en vous-même, vous n'empêcherez pas la dernière nouvelle de vous éclater aux oreilles comme un pétard de 14 juillet !

Il suffit qu'un chien de traîneau un peu jeunet sorte de son enclos, qu'il vous voie, qu'il parcoure ventre à terre les cent mètres qui le séparent de vous, qu'il vous saute dessus toute langue dehors, poussé par l'atavique besoin d'affection de cette race inapte à la solitude canine, que ledit husky renverse votre seau de myrtilles, en éparpille le contenu dans un fou trémoussement, anticipe la confiture en piétinant frénétiquement cinq heures de cueillette, que, sur ces entrefaites, une brebis égarée se mette à bêler, que le chien se fige, que le loup en lui dresse soudain les oreilles, que vous vous disiez protégeons la brebis pour que le berger et le propriétaire du chien ne s'entre-tuent pas, que vous ôtiez votre ceinture pour improviser une laisse, que vous rameniez le chien à l'enclos, que vous y trouviez son maître (pas plus inquiet ni reconnaissant que ça, d'ailleurs), son maître, cette cascade de dreadlocks vert-de-gris qui a tout largué depuis quinze ans pour venir s'oublier ici, pour que son maître, le moins communicant des exilés de l'intérieur, le plus étranger à ce qui advient hors de son champ de vision, pour que cet effacé absolu vous dise, en levant à peine les yeux sur vous, trop occupé à protéger de la tramontane naissante la bonne herbe qu'il roule en guise de tabac, vous dise, d'une voix à peine audible :

– Tu sais pas la meilleure ?

Vous n'avez pas le temps d'objecter que les meilleures vous dépriment qu'il vous la sort en portant l'allumette à son cône :

– On a enlevé Georges Lapietà.

*

Le propre des meilleures, c'est qu'on les répète dès qu'on les apprend. Toujours. Même moi. À Robert, en l'occurrence, occupé à récupérer mes myrtilles.

– Il t'aimait, ce chien, dis donc.

C'est tout ce qu'il trouve à répondre.

Beaucoup plus tard, juste avant de me déposer chez moi :

– Tu t'imagines avec Lapietà dans ta cave ? Ils vont en chier, les pauvres.

– Robert, quelle heure est-il ?

Il me donne l'heure. C'est celle de mon rendez-vous avec Maracuja*.

– Il faut que j'appelle Sumatra.

– Embrasse Sumatra pour moi.

*

Maracuja à Sumatra, C'Est Un Ange* au Mali, et Monsieur Malaussène* dans le Nordeste brésilien. Mara, Mosma et Sept, aux trois coins du monde. Jadis, pour les vacances, on fourguait les enfants à leur grand-mère, à une colo ou, s'ils n'avaient pas assez bossé, on les jetait dans le cul-de-basse-fosse d'une boîte à bac. Depuis une quinzaine d'années, c'est le caritatif qui se charge des grandes vacances. L'ONG de service. Jusqu'aux antipodes. Mara, Mosma et Sept, travailleurs bénévoles au soulagement des hommes et des bêtes. Gratis. Et ils aiment ça. Et ils n'ont pas peur. T'inquiète pas, Ben, on te skype (cotisés, ils se sont, pour m'offrir l'ordinateur où skyper), tu verras nos têtes ! Fais gaffe, avec les fuseaux horaires, faut être pile au rendez-vous. Demande à Julie si tu as des problèmes avec la bécane. Et si tu n'as pas de réseau va chez Robert. Allez, n'aie pas peur, qu'est-ce que tu veux qu'il nous arrive ? On n'est plus des mômes ! T'as oublié que tu nous as vus grandir ? Tels sont leurs arguments. Étayés par toutes sortes de principes infrangibles. Mara, à l'aube de ses dix-sept ans, avec au fond de sa voix cet accent de certitude qu'elle tient de Thérèse* : Tonton, il faut un peu payer, après avoir tant prédaté. Maman a raison là-dessus. Et puis, il faut s'ouvrir au monde.

Ils me trouvent petitement sédentaire et tout à fait dénué de curiosité. Un rien peureux, aussi, et pas trop généreux. Revenu de tout sans être allé nulle part.

C'EST UN ANGE : Tonton, c'est pas parce que tu as eu toutes ces emmerdes dans ta jeunesse qu'il faut nous assigner à résidence !

MOI : Sept, tu es trop angélique pour errer dans ces contrées africaines, les guerriers de la vraie foi vont te couper en deux !

C'EST UN ANGE : Très peu de chances, tonton, ces régions sont beaucoup moins fréquentées qu'un article du *Monde*. On s'y croise rarement.

Et Monsieur Malaussène, mon propre fils, au fin fond du Brésil.

MONSIEUR MALAUSSÈNE : Arrête de jouer les papas, vieux père, je me suis envolé. Rejoins-moi, si tu veux ! On creuse des puits pour les assoiffés, ici.

MOI : Mosma, depuis combien d'années ne m'as-tu pas rejoint, toi, dans le Vercors ?

MONSIEUR MALAUSSÈNE : Depuis que je m'y ennuie,

ça ne date pas d'hier. Je vais te faire un aveu : quand on a cessé d'être petits, Sept, Mara, Verdun* et moi, on tirait à la courte paille pour savoir qui monterait là-haut avec vous.

MOI : C'est toujours Verdun et Sept qui venaient.

MONSIEUR MALAUSSÈNE : Parce qu'on trichait ! Verdun s'en foutait, le Vercors ou ailleurs, tu connais Verdun… Et C'Est Un Ange la suivait partout. C'était sa petite tante chérie !

Voilà ce dont on skype. Et voilà où je pèse mes réponses. Ne pas révéler à Mara qu'il est bon, certes, de protéger les orangs-outangs dans leurs jungles menacées, mais que rien n'arrête la machine à déforester. Ne pas dire aux uns et aux autres qu'au jour d'aujourd'hui le passage par l'ONG rédemptrice c'est ce qui se porte le mieux sur le curriculum des postulants aux grandes écoles et autres Oxford, Berkeley, Harvard, Cambridge ou Stanford, que la reine d'Angleterre elle-même envoie ses petits-fils faire peau neuve dans cette baignoire. Ne rien dire de tout ça. Écouter, sans décourager la jeunesse. C'est leur tour, après tout. Les laisser jouir de leurs illusions, sans leur dire qu'elles ne sont que les herbes aromatiques dispersées sur le grand hachis financier.

Ding dong.

Monsieur Malaussène.

Dans le puits qu'il creuse avec son équipe au fin fond du sertão brésilien, Mosma est tombé sur du trop dur.

MONSIEUR MALAUSSÈNE : Une couche de basalte, vieux père. Il va falloir y aller à l'explosif ! Demain, je descends placer les charges. C'est le moment d'avoir peur pour ton fils unique !

(Du plus loin que je me souvienne, Mosma m'a donné du *vieux père.* « Tu sais bien que tu ne vieilliras jamais, vieux père ! »)

MOI : Tu n'as rien d'unique, Mosma.

Ne pas dire à Monsieur Malaussène que s'il creuse des puits dans le sertão brésilien c'est sans doute avec la bénédiction occulte d'un latifundiste qui pourra s'en vanter pour briguer le poste de gouverneur, et qu'une fois sa timbale décrochée le brave homme y précipitera les paysans récalcitrants. Avant de reboucher.

Voilà ce que me disent les gosses et voilà ce que je leur tais, moi me levant aux heures de la nuit où s'allument leurs écrans. Et ça me rappelle leur petite enfance, quand maman*, Clara*, Thérèse, Julie et Gervaise*, requises par leurs urgences du moment, me les confiaient pour que je les endorme. Et qu'ils me réveillent : biberons, diarrhées intempestives, confidences impérieuses, rêves époustouflants, cauchemars abyssaux…

Au fond, rien ne change.

Et ça fatigue.

Couchons-nous et dormons.

Dormir…

Pas de projet plus ambitieux, ici, quand le vent ravage la nuit. Charges nocturnes de tous les sangliers du Vercors, les rafales se font coups de boutoir, les vitres frémissent derrière les volets clos, tout siffle, grince, gémit, claque, les Rochas* hululent…

Depuis combien de temps résiste cette maison ?

Réponse de Julie qui s'immisce entre nos draps :

– Un siècle et demi, Benjamin. 1882, pour être précis.

Sur quoi elle demande, en se coulant dans le chien de mon fusil :

– Tu sais pas la meilleure ?

*

Tout juste si la radio ne s'allume pas d'elle-même le lendemain, sous la pression de la meilleure. On n'y parle que de ça, toutes stations confondues : l'enlèvement de Georges Lapietà. Qui ? Comment ? Pourquoi ? Où ? Évidemment, s'il faut faire la liste des gens que Lapietà s'est mis à dos dans l'exercice de ses innombrables fonctions, il y a de quoi s'égarer dans la forêt des conjectures. À commencer par les huit mille trois cent deux salariés qu'il vient de jeter à la rue en fermant les filiales du groupe LAVA*, rachetées à l'euro symbolique avec promesse faite aux grands dieux de ne pas toucher aux emplois.

– Est-ce que j'ai une tête d'affameur ?

(*Le Canard enchaîné* avait immortalisé cette phrase par un dessin où Lapietà dévorait une foule d'employés qui essayaient de fuir son assiette.)

Et cet autre mot, quand Lapietà avait bel et bien fermé les boîtes :

– Et alors ? Moi aussi je suis au chômage ! Nous avons tous couru le même risque dans cette affaire : le risque de vivre !

À ceci près qu'au bout de son risque à lui, Georges Lapietà, l'attendait un de ces parachutes qui amortissent un peu les atterrissages : vingt-deux millions huit cent sept mille deux cent quatre euros. Le montant du chèque. On vient de l'apprendre. Jusqu'à présent, le conseil d'administration n'avait pas « cru devoir communiquer sur ce point ». 22 807 204 euros ! Pourquoi cet euro près ? Pour faire irréprochable, j'imagine. C'est en allant empocher son chèque que Lapietà s'est évaporé. Il est vrai aussi que trois heures plus tard, ce même jour, le même Lapietà devait se rendre à une convocation de la juge Talvern* (ma propre sœur, soit dit en passant, Verdun Malaussène en personne, devenue épouse Talvern et juge d'instruction. Oui, le temps passe...). Se peut-il que sa disparition ait à y voir ? Lapietà aurait tenté de se soustraire aux investigations de la juge muette ? Non, beaucoup trop « frontal ». C'est ce dont on débat, à présent : Lapietà et sa kyrielle de casseroles, Lapietà et la finance, Lapietà et la politique, Lapietà et le foot, Lapietà et son charisme, Lapietà et son duel contre la juge Talvern... Car l'heure est aux commentaires, le petit peuple des analystes est sorti de la forêt pour faire parler les tables rondes.

Clic.

Plus de radio.

Silence des ondes.

Silence de notre chambre.

Le vent est tombé.

Cet absolu silence du Vercors quand le vent renonce... Cette immobilité de l'air que les gens d'ici appellent « la veille ».

Où sont passés les oiseaux, cette année ?

Descendre à la cuisine.

Café. Petit café.

Turc.

Laisser monter la mousse trois fois. Et redescendre. Quand Thérèse était adolescente, elle retournait la tasse bue pour déchiffrer notre avenir dans les coulures du marc.

Question de Julie débarquant dans la cuisine :

– Qu'est-ce que tu fais, aujourd'hui ?

– Où sont passés les oiseaux, Julie ?

– Filé vers le sud, je suppose. Il reste du café ?

– Tous les oiseaux ne migrent pas !

– Mélancolique, Benjamin ?

– Perplexe.

– …

– Perplexe et sur le qui-vive.

– Et qu'est-ce que tu fais aujourd'hui ?

– Il faut que j'aille nourrir Alceste*.

– Ah…

– C'est la dernière fois. Je crois qu'il a presque fini.

3

Nourrir Alceste, c'est m'enfoncer dans la forêt du Sud-Vercors, un sac de quinze kilos sur le dos, précédé par Julius le Chien*.

Ce n'est pas le Julius d'antan, bien sûr, ni même son successeur, c'est celui d'après. Troisième génération.

Quand Julius est mort (le premier Julius), la tribu Malaussène a frisé le suicide collectif. Julius le Chien avait échappé à tant de dangers et survécu à tant de crises d'épilepsie que nous avions fini par le croire garanti ad vitam aeternam. Et puis un jour, un matin, Julie et moi l'avons trouvé assis devant notre fenêtre comme s'il était posé là depuis toujours. Calcifié dans la nuit. Il était dur et sonnait creux. Aucun frémissement. Plus que mort. Relique empaillée, sans puces, sans bave, sans odeur et sans projet. Julius le Chien avait vécu. Dieu sait si nous étions des habitués de la Faucheuse, pourtant ! Nous en avions vu mourir, du monde ! Et du proche ! Deuils hautement lacrymaux ! Mais Julius, assis définitivement sur Paris ce matin-là, c'était – comment dire ? – notre mort absolue.

Nous l'avons enterré au Père-Lachaise (clandestinement cela va sans dire), dans le carré d'Auguste Comte, au pied de cette statue dite *L'Humanité*. Parce que, dixit Jérémy*, « comme citoyen du monde Julius se posait un peu là ! ».

Amen.

Et nous l'avons aussitôt remplacé.

Par le même.

De l'avis du Petit* (qui me dépassait déjà d'une bonne tête), Julius avait suffisamment essaimé dans Belleville* pour qu'on y retrouve sa copie conforme. Son empreinte génétique était de celles qui ne laissent aucun doute. De fait, Jérémy et Le Petit ont vite sélectionné trois successeurs indiscutables, trois Julius qui les ont suivis sans histoire jusqu'à la maison pour passer l'examen d'admission. Le vainqueur fut celui qui se laissa palper et renifler par chacun de nous sans grogner, sans baisser les oreilles, sans creuser le dos, sans rentrer la queue, attendant la fin de l'examen comme on passe la douane quand on n'a rien à cacher. C'est celui-là que nous avons élu, car Julius Premier non plus ne s'étonnait de rien. Et c'est celui-là qui fut arraché à notre affection huit ans plus tard par un camion qui ne le surprit pas. Le Julius suivant, celui qui me précède à présent vers la cachette d'Alceste, c'est Maracuja qui l'a recruté. Si j'avais l'esprit un tant soit peu religieux, je croirais à la résurrection. Car ce matin, le Julius qui me conduit vers la forêt du Sud, avec ce parfum qui nous ouvre la route et ce déhanchement qui donne à penser que le dernier wagon ne suit pas de son plein gré la voiture de tête, aucun doute là-dessus, c'est mon Julius à moi, de toute éternité.

*

Chaque fois que j'atteins la frontière du Vercors sud entre champs et forêt, je me retourne pour un dernier coup d'œil sur le nord.

– Posons-nous, Julius, tu veux ?

La perspective immense et silencieuse qui s'ouvre sur le massif entier a fait de moi, homme d'asphalte et de décibels, un amant du silence, du ciel et de la pierre. Julie et moi avons offert ce paysage aux petits pendant toute leur croissance. L'immensité convient à l'enfance que l'éternité habite encore. Passer des vacances à plus de mille mètres d'altitude et à quatre-vingts kilomètres de toute ville c'est alimenter le songe, ouvrir la porte aux contes, parler avec le vent, écouter la nuit, prendre langue avec les bêtes, nommer les nuages, les étoiles, les fleurs, les herbes, les insectes et les arbres. C'est donner à l'ennui sa raison d'être et de durer.

– On s'ennuie bien ensemble, disait Mara, la plus explosive de la bande. Demain on finit la cabane aux bêtes, tonton, d'accord ?

La cabane aux bêtes était un mirador perché entre deux hêtres et donnant sur une clairière où Maracuja, C'Est Un Ange, Verdun et Monsieur Malaussène passaient leurs journées et les nuits de pleine lune à observer la vie des animaux.

MOSMA : Dis donc, vieux père, cette nuit il y a un cerf, il s'en est tapé trois ! Il avait un machin… Elle est pas un peu petite, Mara, pour…

Fut-ce les attributs du Cerf ? « Quand je serai grande,

je serai vétérinaire sauvage », déclara Mara dès ses premières nuits dans la cabane. D'où sa présence, aujourd'hui, dans son « ONG des bêtes ».

SEPT : Les noix qu'on a données aux sangliers, tu sais quoi, Ben ? Ils les ouvrent en deux et grignotent l'intérieur sans casser la coquille !

MARA : Tonton, Verdun a trouvé une buse blessée. Regarde !

Buse que Verdun avait guérie en lui plâtrant l'aile et en la nourrissant de bouche à bec, si bien qu'une fois sorti d'affaire l'animal n'avait pas voulu la quitter. Pendant des années, nous vîmes Verdun et sa buse aussi inséparables que l'avaient été Verdun bébé et feu l'inspecteur Van Thian*. Verdun portait la buse dans un baudrier de cuir, comme Thian avait porté Verdun. La jeune fille et l'oiseau faisaient face au monde. Elles avaient le même regard. Le monde en fut intimidé. Y compris les examinateurs et les jurés de concours.

Puis vint l'été où Verdun et sa buse montèrent seules dans le Vercors. C'Est Un Ange avait sacrifié sa jeune tante à ses premières amours. Verdun ne s'en émut pas : nouvelle étape dans la vie de Sept, rien de tragique. À la naissance de C'Est Un Ange, Verdun elle-même avait sauté des bras de l'inspecteur Van Thian pour aller accueillir son séraphique neveu. Pendant dix-sept années elle en avait été la protectrice immuable. Puis l'ange s'était mis à voler de ses propres ailes.

Désormais, Verdun, Julius, la buse et moi nous promenions seuls dans les forêts du Sud. (Julie était ailleurs, bien sûr.) Verdun me demandait de lui faire réciter son droit.

Puis, la buse mourut. (Une bande de corneilles…)

Puis, Verdun rencontra l'amour à son tour.

Et c'est ainsi qu'on se retrouve seul dans le paysage.

*

– Alors, Malaussène, on cède à l'appel du désert ?

Je connais cette voix.

– Le monde serait beau s'il était vide, n'est-ce pas ce que vous êtes en train de vous dire ?

Une de ces voix de prédicateurs qui rêvent de faire sonner les nefs.

– Le vrai courage, Malaussène, c'est de redescendre dans la vallée. Se farcir l'Homme, voilà le sacrifice absolu !

Inutile de me retourner :

– Pas de sermon, Alceste, nous sommes seuls. Allons-y, plutôt, je n'ai pas que vous dans la vie.

Je me lève, remets le sac sur mon dos et fais les premiers pas vers la forêt.

– Sans le chien, dit Alceste.

Il désigne Julius.

– Je ne veux pas de lui chez moi. À chacune de ses visites, il faut aérer la clairière. Dites-lui de nous attendre ici.

Julius, qui a compris, s'assied dans l'attente.

– N'étaient ces foutues béquilles je porterais le sac moi-même. Vous n'avez rien oublié ?

– Vous ferez l'inventaire.

– Mauvais poil, Malaussène ?

– Non, ça allait bien.

Je taille le sous-bois vers la clairière d'Alceste, sans chercher à savoir s'il suit. Sa voix de tête n'est pas loin derrière moi.

– Malaussène, je sais que je vous agace, mais n'oubliez pas que je suis *aussi* votre salaire. Quand vous rapporterez autant que moi aux Éditions du Talion*, vous pourrez faire valoir vos droits à l'exaspération. En attendant, planquez-moi, que mes charmants frères et sœurs ne m'esquintent pas davantage, bichonnez-moi et ramenez mon manuscrit, c'est tout ce qu'on vous demande. Vous n'avez plus longtemps à attendre, d'ailleurs, j'ai presque fini. Il me reste juste à trouver le début, la bonne attaque. Et ça ne va pas tarder parce que j'en ai plein le dos de votre forêt. Le vœu de silence que m'impose votre patronne commence à me peser.

Je marche en laissant aller les branches fouetteuses. Alceste les évite comme il peut. Et je pense à la Reine Zabo*, ma sainte patronne aux Éditions du Talion. Ses consignes concernant Alceste étaient des plus claires :

– Cachez Alceste, Benjamin, faites-lui passer l'été dans la forêt du Vercors, nourrissez-le, veillez à sa sécurité sans vous mêler de son travail et nos lendemains chanteront, je vous le garantis. Qu'il la ferme et qu'il écrive. Vous m'entendez ?

– Mieux que ça, Majesté, je vous écoute.

– Vous savez que ce garçon est un peu prédicateur…

– Un rien prosélyte, oui, ça ne m'a pas échappé.

– Mais quand il écrit on n'a rien à craindre, il n'y est plus pour personne. Lui et moi sommes tombés d'accord sur un point : pas un mot aux autochtones. Et je lui ai confisqué son portable jusqu'à la remise de son bouquin. Avec son accord, bien sûr, contrat dûment signé. En théorie, il n'a aucun moyen de communiquer avec qui que ce soit. Aucune visite à part les vôtres, vous m'entendez ! Personne autour de vous n'a besoin de savoir qui est ce type ni ce qu'il fait. Il y va de sa sécurité. Qu'on le surveille et qu'il écrive, point final.

Raisonnable inquiétude de la Reine. Alceste est encore tout cabossé de la réaction de sa famille après la sortie de son dernier livre. Titre : *Ils m'ont menti.* Sujet : dézingage de toute sa famille – père, mère, frères et sœurs – au nom de la vérité vraie. Résultat : tête au carré, vertèbres fêlées, jambe cassée... À se demander ce qu'il en serait resté si on n'avait envoyé Bo* et Ju* le sortir de là.

– Tant que ses doigts fonctionnent, avait commenté la Reine Zabo dans un élan de compassion...

Ce pour quoi je vide aujourd'hui mon sac à dos sur une table de sapin brut, dans la cabane forestière de Dédé*. Batteries d'ordinateur, bouquins, conserves, médicaments...

– Malaussène, excusez-moi, pour tout à l'heure, à propos de votre chien, mais vous faites partie de ces bonnes âmes qui imposent leurs affections à tout un chacun, c'est insupportable à la fin. Votre entourage n'est pas supposé aimer les chiens ipso facto, tout de même !

– Vous n'êtes pas mon entourage, Alceste. Vérifiez si tout y est.

– Vous n'avez pas oublié la codéine ?

– Codéine, antidépresseurs, somnifères, pansement gastrique, ventoline, papier cul, votre pharmacie est renouvelée pour trois mois.

– Sans ordonnance ?

– Je me suis arrangé.

J'attends son sermon sur la fraude aux ordonnances mais il a capté mon regard et, comme je m'apprête à vider les lieux, il dit tout à fait autre chose :

– Vous connaissez la meilleure ?

– Oui, Georges Lapietà s'est fait enlever, je sais.

– Non, ça c'est de l'histoire ancienne. Mais ce qu'exigent les ravisseurs, vous le savez ?

– Je n'ai aucune envie de le savoir.

– Les cueilleurs de champignons ne parlent que de ça autour de nous !

Il est comme un personnage de Shakespeare, Alceste, il croit que les forêts parlent. Ce qu'il prend pour des cueilleurs de champignons, ce sont les éléments de sa garde rapprochée, dont j'ai confié le recrutement à Robert. Alceste ne connaît pas vraiment la Reine Zabo. « Benjamin, je veux un œil sur lui jour et nuit, faites le nécessaire, j'ai un budget pour ça. Là-haut il est entièrement sous votre responsabilité. Nous le confierons à Bo et à Ju pour le retour. Je me fais bien comprendre ? »

Le nombre de gens qui veulent qu'on les comprenne…

Sur le pas de sa porte, Alceste pousse la tentation :

– Vous ne voulez vraiment pas le savoir, Malaussène ?

– Quoi donc ?

– Ce qu'exigent les ravisseurs de Lapietà !

– Non, aucune envie.

– Allez, ça vous tiendra compagnie pendant le chemin du retour…

– Puisque je vous dis que je m'en tape !

4

– Vous vous en tapez, vous vous en tapez... Résister aux faits divers ne fait pas de vous un résistant, Malaussène !

Ce con de Malaussène ! Je n'ai pas pu m'empêcher de l'engueuler jusqu'à ce qu'il soit sorti de la clairière. Ça m'a fait du bien. J'ai vraiment vidé mes poumons.

– Tout le monde se fout de tout, Malaussène ! Ceux qui lisent les faits divers et ceux qui « s'en tapent », comme vous dites ! Voyeurs et indifférents, même combat ! Vous croyez faire exception ?

Il ne m'a pas répondu. Il a récupéré son chien qui l'attendait à la lisière de la clairière, immobile comme une souche mangée de champignons, et tous deux se sont enfoncés dans les bois.

Sur le pas de ma porte, je criais de plus en plus fort :

– Pour qui vous prenez-vous à la fin ? Pas de télé, pas de journaux, pas de faits divers, pas de Lapietà, pas de contemporains, en somme ! Ce n'est pas moi que vous fuyez, Malaussène, c'est le réel ! Mais il vous rattrapera, faites-lui confiance ! Il n'en a pas fini avec vous, le réel !

Malaussène avait disparu depuis longtemps, mais je

continuais de gueuler pour que ses sentinelles au moins sachent ce que je pense de lui. Tous ces gardes-chiourmes qu'Isabelle* lui a demandé de poster autour de ma planque avec interdiction de me parler et qu'il croit que je prends pour des cueilleurs de champignons, l'imbécile !

Benjamin Malaussène…

Sous son sac à dos vide on dirait une vieille figue. Et ce chien… Cette horreur pestilentielle qu'avec un soupçon d'humanité il aurait fait piquer à la naissance…

Quand je pense qu'un type pareil a servi de modèle à un personnage de roman ! Et que pendant toute mon adolescence ce personnage a fédéré le bas monde de la lecture d'agrément ! La coqueluche de ces années-là ! Malaussène par-ci, Malaussène par-là, il n'y avait pas moyen d'y échapper. C'était le cadeau de tous les anniversaires. Les parents branchés en recommandaient la lecture aux professeurs. Quand Tobias* et Mélimé ne me racontaient pas de mensonges sur l'histoire de notre famille, mes copains me bassinaient avec Malaussène, l'ineffable bouc émissaire*. C'était la coqueluche de mes sœurs. Ce qu'elles pouvaient aimer ça ! Faustine* était amoureuse de Benjamin, bien sûr, et Marguerite de l'inspecteur Pastor*. Selon leur tempérament elles se déclaraient les meilleures amies de Clara la photographe ou de Louna* l'infirmière. La tendance de Geneviève à l'anorexie l'inclinait, bien sûr, à préférer Thérèse, la diseuse de bonne aventure. Mes frères aussi aimaient ça ! Il y avait beaucoup de morts violentes dans les Malaussène, et Mathieu*, comme il l'a prouvé à l'enterrement de Tobias, n'a jamais été contre la mort violente. La vie, ça défouraille, mon petit pote ! (Une de ses devises viriles, qu'il nous servait, à nous les petits, généralement agrémentées d'un coup de coude qui nous cassait en deux ou d'une claque dans le dos qui nous coupait le souffle.) Mathieu, Pascal, Adrien et Baptiste*, tous les quatre étaient malaussénisés jusqu'à l'os. Et moi ? Est-ce que je n'attendais pas ma ration de malaussénerie comme tout le monde ? Ma petite amie de l'époque m'en lisait à voix haute. Je l'ai laissée faire avant de m'enfuir quand je me suis aperçu qu'elle m'identifiait à Malaussène jusqu'à l'orgasme.

Qu'est-ce que je détestais le plus, au fond, que cette idiote de Bénédicte* me lise la énième aventure de la tribu Malaussène ou que Tobias et Mélimé nous mentent à tour de bras sur nos histoires de famille ? Là est la vraie question. Qu'est-ce qui m'a donné envie d'écrire, finalement, le mensonge de la fiction ou la fiction du mensonge ? Qu'est-ce qui m'a donné à ce point le goût de la vérité ? Pendant toute notre enfance, Tobias et Mélimé nous ont menti. Et j'aimais ça. Et j'aimais les lectures que Bénédicte me faisait des Malaussène. Si, si, quoi que j'en dise j'étais tout à fait dans le mauvais goût du moment. D'ailleurs je l'avoue dans *Ils m'ont menti*, je le reconnais ! Je ne m'épargne pas. Je ne me pose pas comme le moins con de ma fratrie, loin de là ! J'ai aimé les Malaussène et j'ai aimé les mensonges de Tobias et Mélimé à proportion de la haine que je voue aujourd'hui à toute forme d'affabulation. Écrire, c'est écrire ce qui est. Quel que soit le prix à payer ! L'homme qui vient de disparaître dans les sous-bois n'a rien du héros de roman auquel croyait mon adolescence. Ou alors, c'est son brouillon par un enfant de quatre ans. Ça n'a pas de forme.

*

La première fois que j'ai vu Malaussène aux Éditions du Talion, la distance était si grande entre mes souvenirs du personnage et l'individu qui portait son nom, assis là devant moi, que je n'ai pas fait le rapprochement.

La scène est la suivante : Isabelle, mon éditrice (à qui Malaussène donne du « Majesté » et qu'il appelle la Reine Zabo), m'introduit dans son bureau :

– Je vous présente Benjamin Malaussène, il sera chargé de votre sécurité.

Je considère l'employé épuisé qui nous accueille sans se lever et je demande :

– Ma sécurité ?

Isabelle consent une explication :

– Cher ami, l'expérience nous a prouvé que la divulgation de la vérité suscite beaucoup plus de réactions que la propagation du mensonge. Lesdites réactions prennent souvent des formes…

Malaussène l'a coupée :

– Des formes de riposte, de revanche, de représailles, de châtiment, bref toutes les formes de la vengeance.

Cela dit sur le ton du professeur qui fait la leçon à un imbécile pour la centième fois.

– Je sens que vous allez vous entendre, a conclu Isabelle en nous laissant.

C'est après son départ que j'ai fait le rapprochement. Je n'ai pas pu m'empêcher de demander :

– Benjamin Malaussène ? Un rapport avec le personnage de…

Et j'ai aussitôt regretté ma question ; la poser, c'était donner à ce type l'impression que je voulais entrer dans ses bonnes grâces. Mais il n'a pas répondu. Il a dit, sur un ton administratif, comme si j'étais venu renouveler mon passeport :

– Si je vous ai bien lu, vous avez une famille.

J'ai répondu sur le même ton :

– Si vous m'avez bien lu, pourquoi me poser la question ?

– Ce n'était pas une question, monsieur. À la sortie de votre roman votre famille va réagir. D'où la nécessité d'une protection : juridique, physique, psychologique, voire affective… C'est ce que je suis censé organiser dans la maison.

Je l'ai regardé attentivement en me demandant, au bord du fou rire, quelle sorte de protection ou de réconfort je pouvais attendre d'un type aussi profondément avachi dans son ennui. Au lieu de le lui dire, je me suis défendu :

– *Ils m'ont menti* n'est pas un roman contre ma famille ! Au contraire, même, c'est la libération de chacun de ses membres ! C'est la dénonciation des mensonges dans lesquels mes frères, mes sœurs et moi avons grandi.

Là encore, je m'en voulais de lui donner ces explications, j'avais l'impression de me justifier.

Malaussène a levé une main désabusée :

– Monsieur, un roman, c'est ce que chacun en pense. Attendez que votre famille ait lu le vôtre, vous verrez. Quand ce sera fait, changez votre serrure et en cas de menace appelez-moi.

J'allais l'envoyer paître quand quelque chose a bougé sous son bureau. Une odeur aigre m'a saisi à la gorge et j'ai senti un poids humide sur ma cuisse gauche. J'ai renversé ma chaise en me levant. Son chien me regardait, babines dégoulinantes. Il ne remuait pas la queue.

Ensuite, j'ai voulu savoir la vérité, bien sûr. Était-ce oui on non le même Malaussène que celui de mon adolescence ? À mon grand étonnement je n'ai pas eu à mener d'enquête. Loussa de Casamance*, le bras droit d'Isabelle, un Sénégalais hors d'âge, spécialiste, paraît-il, de littérature chinoise, m'a tout raconté dès notre premier café.

– Malaussène ? Benjamin ? Le personnage des romans ? Oui, c'est notre Malaussène, si vous voulez, tout le monde vous le confirmera ici, c'est lui et ce n'est pas lui.

Loussa m'a expliqué que le premier roman, *Au bonheur des ogres*, avait été écrit sur la base de notes prises par Thérèse, la sœur dactylographe de Malaussène, du temps où Benjamin racontait des histoires à ses plus jeunes frères et sœurs pour les endormir.

– C'est tout simple comme vous voyez. Thérèse recopiait, c'était son entraînement. Clara, une autre sœur de Benjamin, nous a fourgué le résultat, et Isabelle, en bonne éditrice, a attendu de savoir s'il y aurait une suite pour publier ça. Il lui semblait que, dans l'ordre des emmerdements romanesques, ce Malaussène avait de l'avenir. Elle ne s'est pas trompée, comme vous le savez. Pour les romans suivants, les sources ont varié. Il y a eu les récits de ce vieil inspecteur de police, avant qu'il se fasse abattre… L'inspecteur comment, déjà ?… Il s'était déguisé en Vietnamienne pour mener une enquête sur la drogue à Belleville. Ça a donné *La Fée Carabine**. Je crois bien que lui-même était à moitié vietnamien. Ah ! bon Dieu, comment s'appelait-il ?

– L'inspecteur Van Thian, dis-je, surpris moi-même de m'en souvenir.

Loussa eut un sourire :

– Comme quoi les souvenirs des lecteurs sont plus fidèles que ceux des témoins.

Je me suis gardé de lui dire ce que je pensais de ce genre de lecture. Il continuait, en historien imperturbable :

– *La Petite Marchande de prose* (j'y joue moi-même un modeste rôle), *Monsieur Malaussène* et *Aux fruits de la passion* ont été écrits à partir des brouillons de Jérémy, le cadet de la famille. Il voulait en faire une saga théâtrale mais Isabelle l'en a dissuadé. Roman, mon garçon, roman ! Un fameux bazar, cette collaboration entre Isabelle et Jérémy. Cheval rétif, Jérémy Malaussène ! Je peux vous dire qu'on a entendu les portes claquer ! Mais bon, c'est Isabelle qui avait raison, ces romans nous ont bien renfloués à l'époque. Un autre café ?

Comme j'ai décliné, il est sorti avec moi et m'a raccompagné jusqu'aux portes du Talion :

– Autres temps autres textes, jeune homme. Aujourd'hui, la littérature, c'est vous.

J'ai dû émettre une moue poliment dubitative parce qu'il a conclu :

– Si si, vous verrez, Isabelle en est convaincue. Elle mise beaucoup sur vous.

*

Et voilà comment je me retrouve debout, dans une clairière du Vercors, à engueuler ce faux-semblant de Malaussène au lieu de me remettre au travail.

– Vingt-deux millions huit cent sept mille deux cent quatre euros, Malaussène ! Voilà ce qu'exigent les ravisseurs ! Vingt-deux millions huit cent sept mille deux cent quatre euros !

II

JE N'AIME PAS CETTE AFFAIRE LAPIETÀ

« Je n'aime pas le couple médiatique que forment ma sœur Verdun et Georges Lapietà. »

Benjamin

5

Vingt-deux millions huit cent sept mille deux cent quatre euros. Réveillée par le chiffre, la juge Talvern fut la première informée. Les exigences des ravisseurs s'étaient inscrites sur les écrans de ses deux ordinateurs, de son portable, de sa tablette, et même de sa montre. 22 807 204 euros. Le chiffre clignotait autour d'elle.

Tous les matins, la juge Talvern plongeait dans le grouillant plancton des mails, des SMS, des tweets, des blogs, de tous les messages qui s'échangent en ce non-espace où les mots tentent l'aventure de l'incarnation… Elle planait dans cette soupe mentale avec la silencieuse patience d'une raie. La juge avait l'instinct de l'information juste, un signe infime lui suffisait le plus souvent.

Longtemps, la juge Talvern avait partagé la vie d'une buse. Une buse madeleine, sur le plateau du Vercors. L'oiseau procédait par vision globale, puis focalisait sur le détail comestible, le plus souvent un mulot qui, jusqu'à cet instant fatal, ne s'était rien trouvé de remarquable. Grâce à cette buse, la juge à la fine moustache, aux cheveux gras, aux lourdes lunettes, aux sandales de jésuite et à la jupe plissée marchait un ou deux pas devant son époque.

Très tôt donc ce matin-là l'espace se mit à clignoter autour d'elle. Elle en fut réveillée. Quatre tweets s'étaient posés en lettres énormes sur ses écrans. Tous les quatre disaient la même chose : les ravisseurs de Georges Lapietà exigeaient une rançon de vingt-deux millions huit cent sept mille deux cent quatre euros (22 807 204), soit la somme exacte du parachute doré proposé à leur prisonnier après qu'il eut fermé les filiales du groupe LAVA.

Pour la remise de la rançon les instructions suivraient.

Bien.

Bien, bien.

Quatre fois le même tweet, donc, au signe près, mais émis par quatre signataires différents : Paul Ménestrier, Valentin Ritzman, André Vercel et William J. Gonzalès. Trois de ces noms étaient familiers à la juge. Des témoins qu'elle avait entendus dans un des dossiers Lapietà. Des administrateurs du groupe LAVA.

La juge en conclut :

1) Que lesdits Ménestrier, Ritzman, Vercel et Gonzalès étaient parties prenantes dans la constitution du parachute doré proposé à Lapietà.

2) Qu'obliger ces quatre-là à tweeter sur la demande de rançon indiquait que le ou les ravisseurs savaient sur eux quelques petites choses qui les contraignaient à l'obéissance.

3) Que le choix de cette somme hautement symbolique suggérait qu'on n'avait pas affaire à des professionnels du crime.

Ce tour d'horizon étant fait, la juge tapa deux messages sur le clavier de son portable.

Le premier, destiné au capitaine Adrien Titus* de la BRB, disait : *Mon cher Titus, à propos de Lapietà, mettez-vous en quête d'intuition. Quand vous serez branché, rendez-moi compte.*

Le deuxième était adressé au commissaire divisionnaire Joseph Silistri* : *Puisque vous rentrez de vacances, Joseph, vos oreilles sont neuves. Pourriez-vous les ouvrir à l'assemblée générale ? Comme si c'étaient les miennes, n'est-ce pas ?*

Sur quoi, la juge estima venu le moment de souhaiter le bonjour à Ludovic Talvern*, son mari. La juge Talvern, qui n'avait pas encore mis ses lunettes, ni aplati et graissé ses cheveux, ni ombré d'un fin duvet sa lèvre supérieure, ni vissé autour de sa taille le kilt qui la rendait inapprochable, la juge tendit les bras à la masse floue qui s'avançait vers elle. Ludovic Talvern enleva le corps nu de sa femme, que les draps libérèrent en un glissement soyeux, et la juge au teint rose, à la peau ardente, à la lèvre gonflée, à la chevelure nocturne et au regard consentant, la juge toute chaude encore de sa nuit moelleuse, se laissa empaler, les jambes enroulées autour de son homme, les mains à son cou, le regard dans son regard, l'un et l'autre s'appliquant à ne pas ciller. La chose se passa si lentement qu'on eût dit l'accouplement d'un paresseux avec son arbre pour la saison entière.

*

Pendant cette même éternité, un dénommé Jacques Balestro*, agent sportif de son état, s'offrait un dernier briefing entre copains avant de se rendre à une convocation de la juge Talvern.

– Écoutez, les gars, moi, comme recruteur, je me suis farci le Venezuela, la Tanzanie et le Burkina de la grande époque. Je me suis fadé les Chinetoques sur les paris, je me suis fait chauffer les pieds par les Russes sur le transfert des Brésiliens (parce que j'étais sur le coup des frères brésiliens, si vous vous souvenez !), et j'ai jamais rien lâché ! Jamais ! C'est pas pour m'allonger devant une juge made in France à peine sortie de sa mère ! Nelson Netto, c'est moi, je vous le rappelle. J'ai pris soixante pour cent sur Nelson ! Olvido, c'est moi, quarante pour cent ! Paracolès, c'est moi ! Encore quarante pour cent ! Je suis pas un perdreau de l'année !

– Fais gaffe quand même, Jacky.

– Quoi, fais gaffe quand même ? Le patron se la cogne trois fois par an, cette naine, il en est pas mort !

– Le patron c'est le patron. Tu te compares ?

– C'est pas ce que je veux dire mais c'est jamais qu'une gonzesse, merde. Qu'est-ce qu'elle y connaît ?

– Margaret Thatcher aussi c'était une gonzesse. Demande aux Argentins ce qu'elle y connaissait.

– Jacky, c'est une fille qui a jamais rien lâché aux journalistes, rappelle-toi ça.

– Et alors ?

– Putain, explique-lui, toi, il est trop…

– Je suis trop quoi ?

– Jacky, mon Jacquot, ce qu'on veut te dire, c'est que malgré la pression de sa hiérarchie, celle des lobbies et des politiques, avec toutes les tentations imaginables elle a jamais fuité. Pas un mot. Jamais. À personne. Le secret de l'instruction, c'est elle. Un coffre. Et personne n'a trouvé la combinaison. C'est pas pour rien qu'on l'appelle la juge muette ! Tu sais pourtant combien ça s'achète ce genre de renseignements, t'es allé à la pêche toi aussi ! Crois-moi, dans le monde comme il va, résister à ces tentations-là quand t'es une fonctionnaire à trois balles c'est autre chose que de la fermer devant tes Popofs chauffeurs de pieds.

– Ah ouais ? J'aurais voulu t'y voir, connard.

– Ne me traite pas de connard.

– Ce qu'on veut te dire Jacky, c'est que c'est pas la peine d'y aller avec tes combines habituelles : dessous-de-table, garanties de promotion rapide, robes de collection, jet privé et petit tour à l'opéra de Manaus, ils sont tous à ma botte, j'encule Machin et Truc me suce, ce genre de bonbons ça prend pas avec la juge muette.

– Vous vous gourez, les gars, suffit d'y mettre le prix. C'est pas de putes qu'on manque, c'est de pognon.

– …

– …

– Quoi ? Qu'est-ce qu'il y a ? Qu'est-ce que j'ai dit ?

– …

– T'as un avocat ? C'est toujours Soares, ton avocat ?

– Pas besoin d'avocat. Je suis pas convoqué comme témoin assisté mais comme témoin tout court.

– N'y va pas seul, Jacky.

– Putain, réfléchissez. Y aller avec un baveux, c'est annoncer que j'aurais quelque chose à me reprocher. Regardez-moi, les gars, j'ai quelque chose à me reprocher ?

– …

– Jacques, moins tu en dis, mieux on se porte. Si notre état s'aggrave, c'est toi qui meurs. Parole de connard !

*

L'heure est venue. Jacques Balestro y est. Seul. Pas d'avocat. Font chier avec ça. Pile à l'heure. On l'introduit dans le bureau de la juge Talvern à la seconde de sa convocation. Sans se lever la juge lui fait signe de s'asseoir. Ce qu'il fait. Pas un mot lui non plus. Il la regarde. Il la voit en vrai pour la première fois. Plus moche, tu meurs. Il se raconte vite fait l'histoire de sa vocation : une frustrée. Fait chier le monde pour oublier sa gueule. La juge tourne vers Balestro un écran d'ordinateur encore blême. Il attend. L'écran devient un miroir. Il s'y voit. Ça le surprend un peu. Sa raie de communiant sur sa belle gueule de baroudeur, sa barbe de trois jours et son costard Armani. Derrière, la tronche moustachue de la juge, peau grasse, cheveux plats et luisants. Puis, Balestro entend un cliquetis de clavier. Le miroir redevient écran. Apparaît la première question de la juge.

– *Nom, prénom, date de naissance, qualité ?*

Là, il éclate de rire.

– Alors c'est ça, la règle du jeu ? Vous écrivez et je parle ? Vous êtes vraiment muette ? C'est permis dans l'administration ?

Mais son rire s'étrangle. Sur l'écran, apparaît sa phrase. Telle qu'il vient de la prononcer.

– *Alors c'est ça, la règle du jeu ? Vous écrivez et je parle ? Vous êtes vraiment muette ? C'est permis dans l'administration ?*

Cette duplication le fait sursauter :

– Qu'est-ce que c'est que ça ?

– *Qu'est-ce que c'est que ça ?*

La réponse de la juge d'instruction s'inscrit elle aussi sur l'écran :

– *C'est ce que vous venez de dire.*

Il a pris un pain. S'agit de récupérer vite fait. Son regard se durcit.

– Pigé : tout ce que vous direz peut être retenu contre vous. Comme au cinoche, quoi. Aussitôt dit, aussitôt écrit.

– *Pigé : tout ce que vous direz peut être retenu contre vous. Comme au cinoche, quoi. Aussitôt dit, aussitôt écrit.*

Ce deuxième coup est presque aussi violent que le premier. Balestro se tait. La question réapparaît.

– *Nom, prénom, date de naissance, qualité ?*

Il se redresse sur sa chaise. Il déclare s'appeler Jacques Balestro, être né le 21 janvier 1977 à Nice, exercer la profession d'agent sportif. Ce que l'écran confirme aussitôt.

– *Jacques Balestro, né le 21 janvier 1977 à Nice, profession : agent sportif.*

– *C'est-à-dire ?*

– Quoi, c'est-à-dire ?

– *Quoi, c'est-à-dire ?*

Il ne s'y fait pas. Il ne se fait pas à cet écho visuel.

– On peut pas arrêter ce cirque ? On peut se parler, non ? On est des êtres humains, quand même !

– *On peut pas arrêter ce cirque ? On peut se parler, non ? On est des êtres humains, quand même !*

La réponse s'inscrit sur l'écran comme d'elle-même.

– *Monsieur Balestro, expliquez-moi calmement en quoi*

consiste le métier d'agent sportif. Je n'y connais rien dans ce domaine.

Il n'y croit pas. Il ne croit pas qu'elle n'y connaisse rien. Il est même persuadé du contraire. Sinon, il n'aurait pas été convoqué. Au fond, elle n'est peut-être pas si futée que ça. Elle le prend pour un nase. Écran ou pas, ça va pas être trop galère.

Pendant qu'il se dit ça, une suite de chiffres s'égrène sur l'écran, énormes et noirs : 1, 2, 3, 4, 5, au rythme des secondes. Il fronce les sourcils. Ne peut pas s'empêcher de demander une deuxième fois :

– Qu'est-ce que c'est que ça ?

– *Qu'est-ce que c'est que ça ?*

Cliquetis.

– *C'est le compte du temps que vous mettez à me répondre. Votre temps de réflexion. C'est si long, pour vous, de réfléchir à la nature de votre travail ?*

Il se lève.

– Putain, je me tire. Ça suffit, ces conneries !

Il marche vers la porte.

Et il entend la voix de la juge pour la première fois.

– Préférez-vous une convocation comme témoin assisté ?

Ça le stoppe net. La voix est douce, basse, un peu mélancolique. Et sans menace. Il se retourne. Elle le regarde. Des yeux énormes derrière les lunettes qui font loupe. On dirait une chouette. Un oiseau du genre. La voix ne colle pas avec cette image de rapace. Il l'aurait imaginée aigre.

– Votre avocat est toujours maître Soares ? Quand pouvons-nous fixer l'audience ? Quel jour vous arrangerait, monsieur Balestro ?

Ça le déstabilise, cette prévenance. En même temps, la juge connaît le nom de son avocat… Au lieu de choisir un jour, il désigne l'écran de l'ordinateur :

– Il y aura toujours ce… ?

Elle fait oui de la tête. Elle explique :

– Restriction budgétaire. Ça économise du personnel.

Bon Dieu, ce n'est que ça ? Il se dit qu'il a été con. Rien de tordu là-dedans, alors. On dégraisse dans la justice comme ailleurs, voilà tout. Pourquoi ça lui a foutu une pareille trouille ?

Il dit :

– Non, on peut continuer, on…

Elle lui fait signe de s'asseoir.

Il se rassied.

Et tout à coup c'est elle, la juge, qui a une vision : une buse madeleine tournoie dans le ciel du Vercors. L'oiseau prend de l'altitude, se ramasse sur lui-même, se fait compact comme un poing, fond sur une poule, lui brise l'échine, lui ouvre l'abdomen et s'envole aussitôt, un long collier de tripes au bec. En bas, la poule vit encore.

TALVERN : *En quoi consiste votre métier d'agent, monsieur Balestro ?*

Balestro dit qu'il a d'abord été scout. L'écran de l'ordinateur l'écrit avec un point d'interrogation : *Scout ?* Il rit. Pas scout de France ; dans le foot, scout, ça veut dire recruteur. *C'est-à-dire ?* Ben, c'est-à-dire qu'on court les villes, les quartiers, les stades, les rues, partout où les mômes jouent au foot, quoi, pour repérer les plus doués.

TALVERN : *Et ?*

1, 2, 3,

BALESTRO : *Et on contacte la famille du gamin.*

TALVERN : *À quelles fins ?*

1, 2, 3, 4,

BALESTRO : *Pour voir si les parents seraient intéressés à nous le confier.*

TALVERN : *Vous le confier ? Qui ça, nous ? Qu'entendez-vous par là ?*

1, 2,

BALESTRO : *Enfin, le confier au club, quoi, pour la formation, vous savez, foot et scolarité, ce genre de…*

TALVERN : *Qui vous paie pour ce travail ?*

BALESTRO : *Quand on est scout ?*

TALVERN : *Oui.*

BALESTRO : *C'est le club. C'est le club qui nous paie. Le club pour qui on bosse… pour qui on travaille, je veux dire. On est salarié, quoi.*

TALVERN : *Êtes-vous payé en fonction du nombre de jeunes joueurs que vous recrutez ?*

BALESTRO : *Pas du tout, non. Le scout est payé à taux fixe. Il a un salaire. De toute façon, on peut pas être payé pour le recrutement d'un mineur. Ce serait un délit.*

TALVERN : *Merci pour cette précision, monsieur Balestro. Et l'agent ?*

1, 2, 3, 4, 5, 6, 7,

BALESTRO : *On ne pourrait pas arrêter ces chiffres ? Ça me gonfle.*

TALVERN : *Ne regardez pas l'écran quand vous me répondez, monsieur Balestro, regardez-moi. Et l'agent ? Comment est-il payé, l'agent ? Aujourd'hui, vous êtes bien agent ?*

BALESTRO : *Oui, oui.*

TALVERN : *Depuis quand ?*

BALESTRO : *Huit ans, je crois.*

TALVERN : *C'est toujours votre club qui vous paie ?*

BALESTRO : *Non, maintenant, je suis indépendant.*

TALVERN : *C'est-à-dire ?*

BALESTRO : *C'est le mieux offrant qui me paie. Je recrute un joueur, je le propose à un club ou un autre. Et puis, on a des parts.*

TALVERN : *Des parts ?*

1, 2, 3, 4, 5, 6,

BALESTRO : *Vous ne savez vraiment pas comment ça marche ?*

TALVERN : *Non, vraiment pas. Mais si vous voulez bien m'expliquer…*

BALESTRO : *Ben…* (*1, 2, 3, 4,*) *Un joueur c'est des parts de marché, quoi. C'est un investissement, si vous préférez. Un bon joueur ça rapporte. La famille a des parts, le recruteur a des parts, le club a des parts, les sponsors ont des parts…*

TALVERN : *Les sponsors ? Quel genre de sponsors ?*

BALESTRO : *Des entreprises, des marques… Celles qui font de la pub sur les maillots… Ils ont des parts sur les plus gros joueurs…*

1, 2, 3, 4, 5, 6, 7,

TALVERN : *Olvido, vous diriez que c'est un bon joueur ?*

1, 2, 3, 4, 5, 6,

BALESTRO : *Olvido ? Oui, il commence à chiffrer.*

TALVERN : *On l'a vu jouer, contre l'Uruguay, mon mari et moi, la semaine dernière. Mon mari le trouve génial. Vous le connaissez ?*

BALESTRO : *Olvido ?* (*1, 2, 3, 4,*) *Oui* (*1, 2, 3,*) *c'est moi qui l'ai recruté…*

TALVERN : *À Nice, oui, c'est vrai, quartier de l'Ariane dans la vallée du Paillon. Vous avez des parts sur Olvido ?*

1, 2, 3, 4, 5, 6, 7, 8, 9,

TALVERN : *Monsieur Balestro, avez-vous des parts sur Nessim Olvido ?*

BALESTRO : *Oui.*

TALVERN : *Combien ?*

BALESTRO : (*1, 2, 3, 4, 5,*) *Quarante pour cent.*

TALVERN : *Qui sont les autres actionnaires ?*

BALESTRO : *La famille, un peu. Les autres, je sais pas. Il y a du monde sur Olvido. Et puis les parts, ça se revend. Comme je vous le disais, il commence à peser, Olvido.*

TALVERN : *Quel âge avait-il, quand vous l'avez découvert ?*

BALESTRO : *Je ne sais pas. Il était jeune. Il était doué.*

TALVERN : *Et quand vous l'avez vendu aux Polonais ?*

1, 2, 3, 4, 5, 6, 7, 8, 9, 10, 11, 12, 13, 14,

TALVERN : *Il avait seize ans, trois mois et deux semaines, monsieur Balestro, il était mineur. Vous avez touché trois cent cinquante-sept mille dollars pour l'opération, comme l'atteste votre compte CD 38 507 Q, et les papiers du gamin ont été trafiqués par Paul Andrieux-Mercier qui purge actuellement une peine de cinq ans à la Centrale de Clervaux pour faux, usage de faux, recel, coups et blessures et j'en passe.*

BALESTRO : ...

TALVERN : *Voulez-vous appeler maître Soares, monsieur Balestro ? Je me vois contrainte de vous mettre en examen.*

6

– Résister aux faits divers ne fait pas de vous un résistant, Malaussène !

La voix d'Alceste nous a poursuivis un bon moment, Julius et moi. Au fond, mes visites lui font un bien fou. Chaque fois que je le quitte je l'imagine sautant sur son ordi et tapant de ses vingt doigts pour morigéner l'indifférence humaine au nom de la vérité vraie. C'est son truc, Alceste, la vérité, c'est son encre.

– Son encre et notre prospérité, Malaussène !

Une trouvaille de la Reine Zabo, ces hérauts de la vérité vraie ; ce sont eux qui remplissent les caisses des Éditions du Talion, aujourd'hui. Dans la décennie qui a suivi la chute du mur de Berlin, ma sainte patronne a constaté une autre chute : le chiffre de ses collections d'essais fondait comme la calotte polaire. L'étude des sociétés ne faisait plus recette. Basta, le rêve collectif ! Assez de chimères ! Assez de cadavres ! Si vérité il y a, c'est au cœur de l'expérience individuelle qu'elle niche ! Voilà ce qui flottait dans l'air nouveau. Chaque romancier avait désormais à cœur d'écrire sa vérité à lui. Là est le filon, avait conclu la

Reine Zabo, c'est dans cette nouvelle conviction qu'il faut recruter.

– Qu'en pensez-vous, Malaussène ?

Il se trouve que j'étais présent en ce matin historique où la Reine avait décidé de racheter tous les auteurs de vérité vraie qui ne publiaient pas chez elle. (Nos « vévés », écrivait-elle dans ses notes de service.)

– Je pense que ça fait beaucoup de vévés à racheter, Majesté.

– Ça va nous coûter un bras ! renchérit Loussa.

– Un investissement rentable, pronostiqua Leclercq, notre expert-comptable.

– Je vends ma maison du cap Ferrat à des bandits russes, je diminue vos salaires d'un petit quart, on emprunte le reste, on rachète les vévés et on se rembourse sur les bénéfices. C'est gagné d'avance !

Moyennant quoi, Loussa et moi avons passé les mois suivants à débaucher les vévés chez tous les éditeurs qui croyaient avoir acheté un morceau de la vérité vraie. Venez chez nous, venez chers auteurs, la Reine vous aime vraiment, vous serez son seul et son unique ! Ils y ont cru. Ils ont accepté les chèques et ils ont rappliqué, tous, chacun se prenant pour lui-même. Alceste est le champion du jour. Son *Ils m'ont menti* casse la baraque depuis huit mois. Sa famille aimerait l'empêcher d'écrire la suite.

Tels sont les souvenirs qui accompagnent mon retour au village, Julius le Chien marchant devant moi.

À chaque lièvre qu'il lève, Julius s'assied.

À chaque biche qui bondit d'un sous-bois, Julius s'assied.

À chaque buse qui prend son lourd envol du haut d'un piquet de clôture, Julius s'assied.

Il s'assied, regarde l'animal jusqu'à sa disparition complète, puis un coup d'œil dans ma direction et nous reprenons la route. L'anti-chien de chasse par excellence ? Un ravi de la crèche animale ? Un éthologue qui tient à me faire profiter de la faune ? Il ne manifeste pourtant aucun émerveillement : la bête bondit, Julius s'assied, la bête court, Julius regarde, la bête disparaît, Julius repart. Et pas la moindre expression dans l'œil qu'il pose brièvement sur moi avant de reprendre la route.

Va savoir pourquoi, ça me fait penser à Talvern, l'effarant colosse de Verdun. La passion placide de Ludovic Talvern pour ma petite sœur Verdun, son épouse devant la République… Il y a du Julius, là-dedans, de l'évidence énigmatique. Un été Ludovic a porté Verdun sur ses épaules jusqu'au sommet du Grand Veymont. Talvern s'offrait un dénivelé de mille deux cents mètres, sa femme sur le dos ! Il grimpait loin devant nous. De temps à autre on voyait Verdun se lever et sautiller sur toute la largeur de son homme pour se dégourdir les jambes. Le reste du temps, elle potassait son droit du sport, assise sur son épaule gauche, le bras autour de son cou. Elle n'avait pas encore fini ses études, à l'époque.

De Verdun je passe naturellement à la juge d'instruction qu'elle est devenue et de la juge à l'affaire Lapietà. L'affaire Lapietà qui me colle à la semelle tandis qu'apparaît le village,

où Julie m'attend,

au café de la Bascule,
derrière un demi en train de s'éventer.

*

C'est justement ce dont on parle quand j'ouvre la porte, l'affaire Lapietà. En fait de conversation, la Bascule est au plat unique.

– Il sait pas la meilleure, le Malo ?

Bienvenue collective.

Le regard navré de Julie m'annonce que je n'y couperai pas. Je laisse choir mon sac à dos, réclame un demi pour moi et une gamelle de flotte pour Julius resté dehors. Tout le village masculin est là. Et tous de se taper sur la cuisse, de se fendre mêmement la gueule, parce que, pute borgne, enlever Lapietà c'est déjà pas de la tarte, mais demander son parachute en or comme rançon, et pas un centime de plus, ça, ça cause !

(Ah ! voilà ce que voulait m'annoncer Alceste... Le montant de la rançon...)

Histoire d'entrer dans la danse, je demande :

– C'est combien, déjà, le parachute doré ? C'est quoi, le chiffre exact ?

Ils me le sortent d'une seule voix.

– Ah ! Quand même !

Toutes calculettes dehors, suit la cascade des comparaisons :

– Vingt mille fois le SMIC net, dis donc !

– Vingt-huit mille cinq cents fois ma retraite, de Dieu !

– Et toi, César, combien de ton RSA ?

Le maître du husky piétineur de myrtilles marmonne le montant de son allocation :

– Putain, quarante-quatre mille huit cent sept fois le RSA de César ! braille son voisin de coude en levant son verre comme s'il trinquait au plus chanceux.

– Tu trouves pas que ça cause, le Malo ?

Le Malo c'est moi, je suis le gars de Julie. Julie c'est leur Juliette, la fille de feu le gouverneur colonial Corrençon, la légende du Vercors, un village porte son nom de l'autre côté du massif. Leur Juliette… Nés et grandis ensemble. Leur chef de bande à l'âge des découvertes. Celle qui se défendait comme trois mecs en cas de litige. Pas un gars de la région ne s'y serait risqué, côté gaudriole. Ça ne leur serait pas venu à l'idée. Défendue par tous, par conséquent interdite à chacun.

Le Malo, c'est moi, donc, le gars que la Juliette a ramené, qui monte sur le plateau dès qu'on ouvre la cage aux salariés. Un Parisien. Bosse dans une maison d'édition à ce qu'il paraît. Écrivain ? Non, autre chose.

Dès que j'ai débarqué dans leur monde ça leur a convenu, Malaussène, comme nom, c'était réductible et déclinable : Malo tout court ou Mal aux seins, Mal aux pieds, Mal aux yeux, Mal au cul, selon les occurrences. Et tranquillement conceptualisable : « le Malo ». L'art local du surnom mériterait une étude approfondie. « César », par exemple, tout épuisé sous le poids de ses dreadlocks, je me suis longtemps demandé qui avait eu le génie de donner ce surnom impérial au type le moins conquérant de l'endroit. C'est Robert qui m'a donné la réponse :

– Tu es toujours prêt à nous inventer des qualités qu'on n'a pas, Benjamin. Tu veux que je te dise pourquoi on l'appelle César ? Tu vas être déçu. Quand il s'est pointé, avec cette tignasse à avoir passé sa vie sous son lit, l'un de nous (Dédé, Yves, Mick*, René, Roger ou moi, va savoir) lui a naturellement filé le nom de ce balai, tu sais, avec les franges de laine tout autour, l'O'Cedar. Un autre, qui était un peu plus monté en pastis, a compris Ô César. Et c'est César qui est resté en fin de compte, César tout court, c'est plus maniable au comptoir. Va pas chercher plus loin, on a le sens pratique, ici, c'est tout.

Et maintenant ils veulent savoir ce que je pense de l'affaire Lapietà.

– Ça te cause pas, à toi ?

Comme souvent quand on m'interpelle, je reste coi. Malaussène ou le degré zéro de la spontanéité. Produire à la demande ce que je suis censé penser sur ceci ou cela m'indique généralement que je n'en pense rien. Lapietà ? Voyons un peu, qu'est-ce que je pense de l'affaire Lapietà ? Que soixante-six millions de Français doivent être en train d'en parler. Aucun doute, la bande qui a fait le coup en exigeant pour rançon le montant du parachute doré au centime près a tapé dans le mille symbolique. Mais ça, à la Bascule, ils le savent tous, vu que la France c'est eux. C'est nous.

À tout hasard*, je demande combien nous sommes dans la communauté de communes.

Google saute instantanément dans les mains :

– 675 à La Chapelle,
– 226 à Saint-Julien,
– 396 à Saint-Martin,
– 344 à Vassieux,
– 378 à Saint-Agnan.

Pour un total de deux mille et dix-neuf âmes.
– Recensement 2012, précise Mick.
– Eh bien, les gars, dis-je, j'ai une mauvaise nouvelle pour nous tous.
Les verres se suspendent.
– Vous savez ce qu'il allait en faire, Lapietà, de son parachute doré, si ces irresponsables ne l'avaient pas kidnappé ?
Silence inquiet.
– Mick, tu peux me prêter ta calculette, s'il te plaît ?
Calculette où je divise à haute voix 22 807 204 par 2,40, ce qui nous donne 9 503 000, eux-mêmes divisés par 2019, ce qui fait 4 706, divisibles à leur tour par 365.
– L'apéro pendant treize ans ! Voilà ce qu'il voulait nous offrir, Lapietà ! Il me l'a dit ! Je le connais personnellement, Paris est tout petit. L'apéro pendant treize ans, ou le café pendant vingt-six ans. Vingt-six ans de petits noirs ! À tous les habitants du Vercors sud ! Voilà ce que les gangsters nous ont fauché ! Et ça vous fait marrer ?
En effet, ils se marrent.
– Il est vraiment con, ton Malo, Juliette !

*

Sur la route qui nous ramène vers les Rochas, je demande à Julie :
– Ils ont parlé d'Alceste ?
– Motus absolu. Ils l'appellent « le Masque de Fer ».
– Bon. Qui est de garde, ce soir ?
– René et trois autres. En cas d'alerte, Mick a amé-

nagé la petite grotte des Bruyères comme solution de repli. Roger se charge de l'alimentation. Son potager n'est pas loin.

Bon. Ce n'est pas encore cette nuit qu'Alceste se fera la malle ou qu'un fâcheux lui rendra visite.

D'où vient alors l'inquiétude qui me taraude ?

Ce que Julie finit par me demander :

– Qu'est-ce qui te tracasse depuis ce matin, Benjamin ?

Debout sur la banquette arrière, Julius bave dans mon cou.

– Quelqu'un a donné de la bière à Julius ?

– Le bedeau, je crois, ils sont bons amis. Allez, qu'est-ce qui te travaille ?

Je ne sais pas. Je ne sais pas… Il fait sombre. Ce n'est pas Alceste, ce n'est pas ma santé, ce ne sont même pas Sept, Mosma ou Mara aux prises avec les dangers du monde…

Nous roulons dans la nuit bien tombée, à présent. Nos phares louchent dans la brume. Notre sixième sens est en alerte, celui qui guette l'intempestive traversée du gros gibier et suppute la note du garagiste.

– Je n'aime pas cette affaire Lapietà.

C'est vrai.

La juge Talvern et Lapietà…

Je n'aime pas le couple médiatique que forment ma petite sœur Verdun et Georges Lapietà. Chacune de leurs rencontres est comme le nouvel épisode d'un feuilleton qui n'en finit pas.

Un matin de l'année dernière, la radio nous réveille, Julie et moi… Résonne la voix gouailleuse de Georges

Lapietà à la sortie d'une audience avec Verdun. Ils venaient de passer onze heures en tête à tête. Lapietà fredonnait « Aux marches du palais » en descendant celles du Palais de justice vers le mur des journalistes qui montaient à sa rencontre. Dès que les micros se sont tendus, il s'est mis à beugler :

– C'était douillet, notre petit rancard. On peut pas dire qu'elle soit causante, causante, cette jugette, mais éloquente à sa façon, oui. Une fille bien ! Et un beau regard derrière ses culs-de-bouteille !

7

– Bon, chers collègues, un brin d'attention je vous prie. Vous y êtes ?

Le temps de flanquer son portable sur mode avion et de lever un œil vers le crâne fripé de Legendre*, directeur des services actifs, le commissaire divisionnaire Joseph Silistri y est.

– Je vous conseille de ne pas en perdre une miette.

Affaire Lapietà, donc. Après trente-six heures d'atermoiements, la hiérarchie se réveille. Legendre monte au front. Le divisionnaire Silistri et ses lieutenants sont installés dans la patience sans illusions des flics à qui le patron va apprendre ce qu'ils lui ont eux-mêmes appris. Même menu pour la brigade financière : À vos oreilles, les comptables, le grand patron va vous resservir vos dossiers.

– Pour commencer, chers collègues, concernant Georges Lapietà, je sais les bruits qui courent, y compris dans vos services, et je ne vous demanderai jamais assez de vous en tenir aux faits.

En clair : Lapietà, terrain miné, fermez vos gueules, on nous écoute en haut lieu.

Les yeux de Silistri s'attardent sur le petit podium à briefings présidentiels où Legendre perche sa parole. Il a une pensée pour le vieux Coudrier*, son ex-patron depuis longtemps retraité, chez qui il vient de passer quelques jours de vacances. Jadis on bossait sous l'ombre d'un aigle, se dit Joseph Silistri, aujourd'hui on évite les chiures d'un pigeon.

Legendre continue sur sa lancée :

– Des concepts aussi flous que la *réputation* de la victime (ancien ministre de la République au demeurant, je vous le rappelle) n'ont pas à interférer dans vos investigations. Vous n'êtes pas journalistes, que je sache.

Un pigeon de caniveau, pense Silistri. Monté en grade par le jabot. Parce que pour se faire mousser les plumes, il s'y entend, le ramier* ! Titus a eu raison de ne pas venir.

– J'y vais pas, Joseph, a décrété le capitaine Adrien Titus. Je vais ailleurs. La petite Talvern réclame une intuition. Je pars en quête. Si le ramier me demande, trouve quelque chose.

Le ramier ne manquera pas de demander au divisionnaire Silistri où se trouve le capitaine Adrien Titus. « Dentiste, répondra Silistri. Il a passé la nuit à grimper aux rideaux : ce matin, dentiste. »

Silistri a prévenu son ex-beau-frère, le dentiste en question :

– Armand, entre neuf et dix, demain matin, tu reçois un flic et trois caries. Il faut que ça figure sur ton cahier de rendez-vous.

L'ex-beau-frère a résisté :

– Après ce que tu as fait à ma sœur ? Brosse-toi, Joseph !

Silistri a négocié :

– Vingt-deux ans de mariage, Armand, et en ce qui te concerne vingt-deux ans de contraventions étouffées. Tu as une idée de ce que ça fait à la surface, quand ça remonte, vingt-deux ans de contredanses ? Dis un prix pour voir.

À présent, Legendre la joue pédagogue :

– Comme vous le savez, Georges Lapietà a été démis de ses fonctions au sein du groupe LAVA, lui-même détenu par un fonds de pension d'origine étrangère.

« D'origine étrangère », note Silistri. L'enfumage commence. Silistri se demande si Legendre a déjà investi une partie de sa future retraite dans la chaussette magique d'un fonds de pension d'origine étrangère. Passer son reste d'avenir à compter les dividendes, ça lui ressemblerait assez, au ramier.

– À ceux d'entre vous qui seraient tentés de faire des gorges chaudes sur le montant du « parachute doré » accordé à Lapietà (concept purement journalistique au demeurant, cette notion de parachute doré), j'en rappelle la composition : une indemnité légale de licenciement, d'ailleurs assez modeste, une autre indemnité compensant la perte de sa retraite-chapeau, à quoi s'ajoutent le montant des actions qu'il détient dans le groupe, une indemnité de rupture pour chacun de ses mandats d'administrateur et un bonus de départ lié à ses performances au sein du groupe LAVA, lesquelles, concernant Georges Lapietà, sont loin d'être négligeables. Tout cela est parfaitement légal, négocié entre les parties, calculé à l'euro près, sujet à imposition, et surveillé par Bercy. Le divisionnaire Klein* vous fera le détail de ces sommes dans son exposé.

Silistri laisse aller un œil vers le divisionnaire Benoît Klein qui lui renvoie un quart de sourire : Qu'est-ce que je te disais ?

*

Qui parle de guerre des polices ? Ces deux-là ont tenu leur propre réunion la veille au soir, entre quatre yeux et trois bouteilles, qui ont mis à se vider le temps nécessaire à la bonne assimilation du dossier. La Crim' et la Finance marchaient main dans la main sur ce coup-là.

– Dis-moi exactement ce que tu veux savoir, Joseph.

– Je rentre de vacances, je veux tout savoir.

– On commence par quoi ?

– Ménestrier, Vercel, Ritzman et Gonzalès, par exemple.

– Tous les quatre au conseil d'administration de LAVA, traitement des eaux usées et approvisionnement en eau potable ; des filiales dans le monde entier, comme tu sais.

– Et comme je ne sais pas ?

– Tous les quatre mouillés un peu partout. Difficile d'être exhaustif, ce sont des garçons très actifs.

– Lapietà les tient par où ?

– Essentiellement par l'attribution frauduleuse de marchés publics : stations d'épuration, canalisations, des kilomètres de tuyauteries européennes, un barrage en Tchéquie, je t'en passe… La juge Talvern en sait beaucoup là-dessus.

Silence.

Gorgées.

Question de Benoît Klein :

– D'après toi, une chance qu'ils aient effacé Lapietà ?

Réponse de Joseph Silistri :

– Peu probable. Si Lapietà disparaissait, les dossiers de ces quatre-là apparaîtraient aussi sec.

Gorgée de l'un.

– Lapietà et ses réseaux…

Gorgée de l'autre.

– C'est à ça que sert un long séjour au ministère, mon p'tit Joseph.

Silistri se souvenait de cette longévité ministérielle. Un tempérament aussi sanguin que Lapietà, personne ne s'attendait à ce qu'il dure comme ministre. Trois semaines de maroquin et un clash sur un coup de tête, voilà ce qui était prévu. Eh bien, pas du tout… Stable, Lapietà. Ministre tout à fait exemplaire. Titres de Unes à l'appui : « *Inlassable explorateur des marchés étrangers* », « *Fer de lance de nos entreprises* », « *Le ministre randonneur* », « *Polyglotte et voyageur* ». Photos à l'avenant : Lapietà dans l'avion présidentiel, Lapietà sur la muraille de Chine, Lapietà en Irlande, Lapietà au Brésil, Lapietà et l'anneau du pape…

– Lourdé de LAVA pourquoi, alors, mon p'tit Benoît ?

– Pas vraiment lourdé. Il a fini ce qu'il avait à faire, c'est tout.

– En l'occurrence ?

– En l'occurrence, si mon verre reste vide tu restes con.

Joseph Silistri déboucha la deuxième bouteille et le divisionnaire Benoît Klein, issu des très hautes écoles, expliqua au divisionnaire Silistri, monté des rues les plus basses, que, chargé par les administrateurs de diversifier l'activité du groupe LAVA en investissant dans l'immobilier, Lapietà s'était fait une spécialité du rachat de promoteurs « structurellement déficitaires ».

– Des boîtes en faillite, quoi. Tu me suis ?

– Jusqu'ici oui, mais vas-y mou. Ne te transforme pas en rubrique économique.

– Tu devrais y arriver, Joseph, c'est juste des truands. Lapietà est de mèche avec certains mandataires liquidateurs qui proposent au tribunal de vendre ces promoteurs en faillite au groupe LAVA plutôt qu'à un autre. Sur la base de dossiers indiscutables, cela va de soi.

– Moyennant quoi ?

– Ça, tu le demanderas à la juge Talvern.

Silistri eut un frisson. Il ne se voyait pas assis devant la juge Talvern, occupé à lui demander : Ma petite Verdun, jusqu'où trempent tes collègues ? Elle le savait, pourtant. Elle savait tout. Putain, songea Silistri, Dieu sait si je ne suis pas superstitieux, mais cette petite sait tout sur tout, depuis toujours, et moi je le sais de source sûre, puisque ce qu'elle ne sait pas, elle me le demande. *Soyez mes oreilles, Joseph.* Dès qu'il avait lu le SMS de la juge Talvern, Silistri avait appelé Klein.

Klein qui, maintenant, lui remplissait son verre.

– Joseph, à propos de la juge Talvern, quelque chose me travaille.

– Dis toujours.

– Comment une jeune femme peut-elle être aussi laide ?

Silistri fut surpris par l'expression « jeune femme ».

Klein n'avait pas dit cette fille, cette gonzesse, cette nana, ni bien sûr cette meuf, ni même cette femme…

Cette « jeune femme »… C'était une émotion presque paternelle.

– Merde, Joseph, ses moustaches, ses cheveux gras, ses culs-de-bouteille, son putain de kilt, son dos voûté, ses chaussettes roulées, ses sandales de jésuite, et cette odeur, ce machin poudré, presque délétère, bon Dieu…

Une émotion *grand-paternelle*, rectifia Silistri.

– Elle n'a personne ? Je ne sais pas moi, un père, un frère, une famille… Quelqu'un qui la *regarde* un peu…

Il ne pense même pas qu'elle puisse être mariée, se dit Silistri. Fugitivement, il vit la masse considérable de Ludovic Talvern s'asseoir sur le divisionnaire Benoît Klein.

– Quel âge a-t-elle ? demandait Klein. Elle est encore toute jeune, non ?

Vingt-neuf ans, calcula Silistri. Nom de Dieu comme le temps passe ! Et il décida d'abréger le supplice de son collègue. Après tout, lui-même ressentait quelque chose d'approchant, face à la juge Talvern. Et ça ne datait pas d'hier.

– Benoît, tu te souviens de Thian ?

Klein mit trois secondes à ressusciter la silhouette de l'inspecteur Van Thian.

– Thian ? La gâchette ? Le Viet ? Le copain de Pastor ? Celui qui s'est fait descendre à l'hosto ? Bien sûr.

– Bon. Tu te rappelles qu'à la fin de sa vie il se trimballait avec un bébé sur le ventre, dans un harnais de cuir ? Un bébé qui nous regardait dans les yeux ?

– Je n'ai jamais vu ce gosse, mais j'en ai entendu parler, oui.

– Eh bien, c'était elle. C'est la juge Talvern. Sur le bide de Thian elle a vu le monde tel qu'il est, c'est tout. Elle a entendu siffler ses balles.

Klein ouvrait à nouveau la bouche, mais Silistri lui remplit son verre.

– Revenons à nos moutons. Donc Lapietà rachetait des promoteurs en faillite, c'est ça ?

Une longue gorgée fit passer l'image de la juge Talvern.

– C'est ça, oui. Lapietà a racheté à tour de bras, licencié à tout va, remonté de nouvelles structures, elles-mêmes revendues après dégraissage, et ainsi de suite jusqu'à gonfler à mort les finances du groupe LAVA. Le boulot fini, il se tire, point barre. Il passe à autre chose. Au foot, en l'occurrence, qui n'est pas d'un rapport négligeable non plus.

– C'est tout ?

– C'est tout. Et demain, tu entendras Legendre justifier son pseudo-licenciement en parlant d'un « bonus de départ lié à ses performances au sein du groupe LAVA, lesquelles sont loin d'être négligeables ». Il le dira benoîtement, vu que c'est Benoît moi-même qui lui ai écrit son laïus.

*

Mot pour mot ce que vient de réciter Legendre.

À présent, le ramier en est à ses conclusions :

– En conséquence, chers collègues, nous nous trouvons devant une banale tentative d'intimidation. Une bande d'irresponsables qui s'estiment spoliés a enlevé Georges Lapietà. Le chiffre symbolique de la rançon me conforte dans ma conviction première : ce n'est pas un enlèvement sérieux. On veut faire sens, comme on dit aujourd'hui ! Et si on réclame ce parachute c'est qu'on est de la maison LAVA ! Si vous aviez pris ces éléments en considération et si vos services avaient été plus réactifs, vous nous auriez épargné le ridicule de trouver le montant de cette rançon à la Une de toute la presse ce matin !

Nous y voilà, pense Silistri, le ridicule…

Maintenant tombe la pluie des consignes : embastiller tout le syndicalisme de LAVA, en passer chaque membre à la moulinette, se lancer à l'assaut des succursales, fouiller quelques centaines d'entrepôts… Bref, retrouver Georges Lapietà vite fait, il y va de…

Il y va de quoi, au fait ?

Il y va de quoi ?

Pendant que Legendre sème consignes et menaces, Silistri laisse son regard errer sur les plus gros bonnets de l'assemblée, ses camarades, les divisionnaires Foucart, Allier, Goujon, Bertholet*, Klein, Menotier, Carrega*, et le ramier lui-même : tous à la veille de la retraite. Moi compris, conclut Silistri. Pas un seul jeune. À l'antiterrorisme, les jeunes, tous. État d'urgence oblige. Paris saute. La terreur mitraille à tout va. Affaire de jeunes, l'antiterrorisme. Pour nous, les vieux, une seule consigne : retrouver Lapietà et réussir notre départ. La grosse affaire. Partir comme des truands splendides après le dernier gros coup, sortir de scène la tête haute et le cul empanaché. Un casting à la Sam Peckinpah*, voilà ce qu'on est devenus : *Apportez-moi la tête de Lapietà* ! Mais sur ses épaules, hein ! Pensez à ma retraite !

8

Le capitaine Adrien Titus était lui aussi en pleines références cinématographiques. Ariana Lapietà, femme de Georges Lapietà, était la Claudia Cardinale* de Sergio Leone*. Avec deux ou trois décennies de plus, harmonieusement réparties. Comment une femme pouvait-elle ressembler à ce point à une image ? C'était la seconde fois que Titus la voyait. La veille il était venu avec Menotier. Legendre lui avait collé le divisionnaire Menotier. Le ramier ne laissait plus Titus travailler seul. Titus avait laissé son chaperon mener l'interrogatoire. Menotier s'empêtrait dans les madame, madame la ministre, madame le ministre, chère madame… La question s'était posée dans la voiture :

– Titus, comment dit-on, à une femme d'ancien ministre ?

– On laisse parler son cœur, Menotier.

Bref, Menotier avait posé ses questions, tout à fait perturbé par la copie conforme de Claudia Cardinale. Titus avait décidé de revenir seul, le lendemain.

Il y était, à présent, debout devant la porte des Lapietà qu'Ariana venait d'ouvrir.

Mais Ariana lui réservait une surprise. Avant qu'il ait pu dire bonjour madame, elle s'était doucement exclamée :

– Tituuuus ! Alors, comme ça, tu es dans la poliiiice ? Ça m'a fait plaisir de te voir, hier.

– Je *suis* la police, répondit-il. On se connaît ?

D'un geste aérien, Ariana avait congédié Liouchka, la bonne à tablier blanc et collerette de dentelles, venue trop tard à l'appel de la sonnette.

– Tu m'as fait mes devoirs quand j'étais petite. Entre donc.

Le capitaine Adrien Titus ne se rappelait pas avoir aidé Claudia Cardinale à faire ses devoirs.

– Petite, vous ne deviez pas vous ressembler beaucoup, sinon je m'en souviendrais.

Antichambre, corridor en coude, salon. Elle l'invita à s'asseoir.

– J'étais très moche. Mais toi tu n'as pas changé. Tu avais déjà ta tête de Tatar.

Elle disait les choses simplement. Elle parlait par petits constats languissants. Elle avait reconnu Titus, hier, pendant que l'autre flic l'interrogeait. Elle l'avait reconnu à son visage toujours aussi lisse, à l'éclat blagueur de ses yeux entre ses paupières fendues, au son métallique de sa voix et à ce sourire qui montrait le bout des dents. À son air de ne pas en penser moins, aussi ; les questions de son collègue semblaient l'amuser.

– Hier, tu as été gentil avec moi, Titus. Tu vas continuer ?

– Ça dépend comment vous répondrez à mes questions.

Lui aussi était resté simple.

Liouchka apparut derrière le capitaine. Aux visiteurs, on propose un café, même s'ils sont de la police. Ariana fit un non imperceptible de la tête. Elle voulait un début sans accessoires.

– Matassa, dit-elle à Titus. Je suis Ariana Matassa. La sœur du Gecko*.

Oh là ! Le Gecko ! Vieux souvenir ! Lycée Pierre-Arènes* de Montrouge. Voisins de classe, de la seconde à la terminale. Titus revit le Gecko, ses poignets énormes et son corps étroit. Le Gecko pratiquait l'escalade. Il avait toujours adhéré aux parois. Une ventouse. Durant ses dernières vacances de lycéen, Titus l'avait suivi sur deux ou trois falaises. Rien qu'à y repenser il sentait le vertige lui broyer les couilles. Quel plaisir tu trouves à ça ? Voir le monde au plus près, avait répondu le Gecko. Le nez contre la paroi ! Si bien qu'il avait fini par le pénétrer, le monde. Cambrioleur. Il s'était attaqué aux immeubles. Les haussmanniens. Jusqu'à ce qu'il se fasse abattre, une nuit, par un sniper anonyme. Le type l'avait allumé de loin, au fusil à lunette. Une main d'abord. Le Gecko avait tenu un peu mais une deuxième balle avait fracassé l'autre main. Les gars de la balistique avaient mesuré la distance. À quatre cents mètres de là, en léger surplomb, la fenêtre d'une chambre meublée louée pour la nuit sous un faux nom. C'est de là qu'on avait tiré. Même arme que l'assassinat perpétré le lendemain, à peu près à la même heure mais pas du même endroit, sur la personne de Rufus Argoussian, qui faisait, lui, dans le très gros. Aucun lien entre les deux affaires. Le Gecko s'était fait descendre par un technicien qui réglait son outil. Rien de personnel. Un scrupuleux.

Claudia Cardinale, la petite sœur du Gecko, alors.

– Tu m'appelais cousin.

Pas cousine, cousin, oui, Titus se souvenait à présent. Ou culicinus. Parce qu'à quatorze ou quinze ans la gamine était tout en bras, en jambes avec un buste ficelle ; un de ces moustiques filiformes et démesurés qui ne piquent pas. Titus l'avait aidée à faire ses devoirs deux ou trois fois, c'était vrai, en allant rendre visite au Gecko.

– Sans rien demander en retour.

Allusion d'Ariana à certaine monnaie d'échange qu'exigeaient les boutonneux de sa classe. La liberté buccale d'Ariana désolait son frère. Le pire, disait le Gecko, c'est qu'elle n'y voit aucun mal. (« C'est normaaaal, il m'a fait mes maaaaths ! »)

Ce n'est pas possible, songeait Titus. La vie a beau passer sur les corps, elle ne vous métamorphose pas à ce point ! Il lui demanda de but en blanc :

– Quand tu te regardes dans la glace, mon p'tit cousin, tu te reconnais ? Je veux dire, la gamine que tu étais, tu la retrouves ?

– Je me regarde rarement.

– Tout à fait impossible. Quand on veut à ce point ressembler à une image, on joue forcément du miroir.

– Titus, tu vois une glace autour de toi ? Une armoire ? Une psyché ? Quelque chose du genre ? Même au plafond ?

Non. Tentures, rideaux, chinoiseries, accumulation d'antiquailles pseudo-asiates, faux désordre. Assez peu de lumière. Éclats d'or, reflets de soie, pourpre laquée, du chaud plus que du lumineux, de l'enveloppant, du somptueux confiné. Pas de miroir.

– Avec ta gueule à la Christopher Walken et ton pardessus en cachemire, je suis sûre que tu te regardes plus souvent que moi dans la glace. Dis-moi non, pour voir.

Il dut admettre qu'il s'était fait une petite beauté avant de venir.

– Tu vois ! Moi, c'est le matin que ça se passe, dans la salle de maquillage. Georges me fait cette tête-là tous les matins depuis notre rencontre. À l'âge où ça s'est mis en forme autour de mon squelette, je ressemblais un peu à la Claudia Cardinale d'*Il était une fois dans l'Ouest*, c'est vrai. Il a fait le reste. Aujourd'hui, j'en ai pour trois heures minimum. C'est un peu plus long chaque année. Mais Georges prétend qu'il y arrivera jusqu'au bout.

Maquilleuses, coiffeuses, manucures et masseuses débarquaient chaque matin pour restituer à Georges Lapietà l'image définitive qu'il s'était faite d'Ariana Matassa à dix-sept ans et qu'elle ne montrait qu'à lui, ou presque.

– Combien de photos de moi as-tu vues dans la presse people ?

Aucune, en y réfléchissant bien. Sur papier glacé, Georges Lapietà apparaissait seul, presque toujours. Avec des joueurs de foot ces derniers temps.

– Tu vois ! Cette peinture, c'est pour Georges. Quand il est à la maison, il y assiste. Deux des maquilleuses viennent de la Comédie-Française et la troisième bosse chez Mnouchkine. Si tu te penches un jour sur mon cercueil, Titus, c'est la Cardinale de Sergio Leone que tu verras. Tu veux un café ?

Elle estimait que les présentations étaient faites. Elle se leva, glissa dans le couloir. Titus entendit : « Liouchka, tu nous fais deux cafés, s'il te plaît ? » De retour, elle demanda, en s'asseyant :

– Pourquoi es-tu revenu ? J'ai cru que c'était parce que tu m'avais reconnue. C'est autre chose, alors.

– Oui.

– Le premier interrogatoire ne t'a pas satisfait ?

– Non.

– Je n'ai pas menti, pourtant.

– Tu n'as pas tout dit.

– Il me semblait.

*

Ménestrier, Ritzman, Vercel et Gonzalès, elle avait parlé à Menotier de ces quatre-là. Si elle les connaissait ? Un peu, des relations d'affaires, les administrateurs du groupe LAVA, reçus à dîner deux ou trois fois, avec leurs épouses. Non, ces temps derniers, pas vus, non, Georges est en froid avec eux, cette histoire de licenciement, il n'avait pas tellement envie d'être débarqué en fait, il pensait qu'on pouvait encore optimiser LAVA. C'est un bon consultant, Georges ! Du coup, il avait voulu les taquiner, il s'était mis en retard exprès pour aller toucher leur chèque. Il y était allé en bermuda et en tongs, avec une canne à pêche. Une canne à pêche ? Oui, il avait demandé à Tuc de lui trouver une canne à pêche et un after-shave très… Tuc ? Notre fils, Tuc. C'est le surnom que Georges lui a donné : Travaux d'Utilité Collective. C'est un garçon dévoué. Pourquoi une canne à pêche ? Pour l'incongruitéééé ! Georges aime jouer à ça, il aime déstabiliser. Parler à Tuc ? Bien sûr. Liouchka, tu pourrais réveiller Tuc, s'il te plaît ?

Et le gosse s'était montré, il avait ajouté ses réponses à celles de sa mère, d'un ton aussi traînant que le sien. Son père lui avait emprunté sa Clio pourrie pour aller toucher le chèque. Ça faisait partie du canular. À quoi s'occupait-il dans la vie ? Lui ? Tuc ? Dans la vie ? À rien, monsieur le commissaire ! Entretenu par mon père jusqu'à ce que mes enfants aient les moyens de m'entretenir. Gloussement d'Ariana. Tête de Menotier. Correction de Tuc : Mais non, je blaaaague. Avec un père comme le mien que voulez-vous que je fasse ? Des études de commerce, forcément. Et ça vous plaît ? Ça me plaira quand ça me rapportera, pour l'instant je suis encore un peu dépendant.

– Ne l'écoutez pas, monsieur le commissaire, Tuc est très soucieux de son indépendance, corrigea Ariana. Il est à l'âge des petits métiers. En dehors de ses études il cuisine ici de bons plats qu'il livre à une clientèle de fins gourmets. Ça lui fait son argent de vie.

(« Son argent de vie », le capitaine Adrien Titus nota l'expression...)

– À ce propos, on a retrouvé ma voiture ? Elle m'est utile pour les livraisons.

Menotier lâchait des réponses toutes faites.

– Nos services s'y emploient.

Il s'offrit quand même une touche personnelle en indiquant qu'il ne trouvait pas la mère et le fils plus inquiets que ça :

– Vous n'êtes pas inquiets ?

Pour vivre avec Georges Lapietà, il valait mieux ne pas être d'un tempérament anxieux, fit remarquer la mère. Le fils ajouta une plaisanterie que Menotier ne saisit pas très bien :

– Sinon, je me serais choisi un autre père, vous pensez.

Et la mère avait conclu :

– Georges a l'habitude de se sortir de tout. Je suis inquiète, mais raisonnablement.

*

Sur le chemin du retour, Menotier était passé directement aux instructions : Titus, qu'on me retrouve cette bagnole fissa, hein, la Clio, et qu'on la fasse parler, je ne veux pas arriver à la réunion de demain sans biscuits. Le capitaine Adrien Titus avait sorti son tabac, son papier et un petit bout de chocolat népalais. Malgré les cahots il émiettait le chocolat sur un lit de tabac turc. Il savait qu'il n'irait pas à la réunion du lendemain. Dentiste, mettons. Silistri le couvrirait. Lui, il retournerait cuisiner Claudia Cardinale. Menotier venait de faire une découverte : Tu ne trouves pas qu'elle ressemble un peu à cette actrice, la mère Lapietà, cette actrice italienne des années… tu sais, belle comme tout, celle qui jouait dans *Il était une fois dans l'Ouest.* Trop occupé à enfiler les déductions, Menotier n'attendait pas de réponses à ses propres questions. Il égrenait des évidences : Dis-moi, mémère pas inquiète pour un rond… tu veux que je te dise, Titus, il se serait escamoté lui-même, Lapietà, j'en serais pas plus surpris que ça ! Et que sa bonne femme s'évapore elle aussi dans trois ou quatre mois, ça m'étonnerait pas non plus. Et qu'on les retrouve à se la couler douce dans un de ces pays, là, tu sais… Titus laissait Menotier monter en sauce. Je te fous mon billet que c'est une arnaque, Titus ! Genre attentat de l'Observatoire ! Ou ce cinglé qui s'était enlevé lui-même pour faire parler de lui, le Breton borgne, l'écrivain tu te souviens, comment il s'appelait déjà ? Jean-Edern Hallier, pensait Titus. L'attentat de l'Observatoire, Jean-Edern Hallier… Hou là, c'est loin tout ça, souvenirs d'antiquaire. Titus léchait son joint à la couture à présent. Menotier en fut interrompu.

– Putain, qu'est-ce que tu fous ?

– Je me fume un petit pétard.

– Tu déconnes ?

Le claquement du zippo répondit que non. Titus tira sa première taffe, puis tendit le joint à la hiérarchie.

Qui refusa.

– Tu crois que tu vas pouvoir nous faire chier comme ça encore longtemps ?

– Tant qu'on vendra du chocolat dans la rue, j'imagine.

Les yeux du chauffeur riaient dans le rétro.

– Toi, je t'en propose pas, tu conduis.

Le chauffeur avait encore les oreilles rosées de la jeunesse. Titus lui demanda :

– Claudia Cardinale, ça te dit quelque chose, à toi, Claudia Cardinale ?

Non, fit la tête du chauffeur.

– Et Visconti ? demanda Titus.

– Qui ça ? demanda le chauffeur.

– Baisse les vitres ! ordonna Menotier.

– Et Sergio Leone ? Ça te rappelle quoi, Sergio Leone ?

Non, le chauffeur ne voyait pas. Ses yeux montraient qu'il aurait bien voulu aider, mais non.

– Baisse les vitres, merde ! gueula Menotier.

– Et Mitterrand ? demanda Titus au chauffeur.

Cette fois, le chauffeur eut le sourire qui sait :

– C'était un président de la République ! Juste après la guerre, ajouta-t-il… Après la Libération et tout ça.

– Putain tu vas baisser ces vitres, oui ?

– T'affole pas, Menotier, conclut Titus en montrant le chauffeur, on est morts. Tu vois bien, on n'existe plus. Il n'y a que lui qui soit vivant dans cette bagnole !

Au chauffeur, il demanda :

– Comment tu t'appelles ?

– Manin*.

– T'es avec nous depuis longtemps ?

– C'est ma première semaine, répondit Manin.

Feu rouge.

– Baisse les vitres, mon p'tit Manin.

Au nuage qui s'élevait de cette voiture de police, un gamin, sur le trottoir, crut rêver.

*

– Ariana, moi je pense que tu as peur.

Ariana Lapietà démentit.

– Titus, avec Georges on en voit de toutes les couleurs, je t'assure. On est blindés, Tuc et moi.

– Quel genre de couleurs ?

Elle sourit.

– Oh ! C'est pas ce que tu crois. Il n'y a pas moins battue que moi comme femme dans la vie. Et si ça te regardait je te dirais même qu'il n'y a pas de femme plus…

– Ariana, tu as peur de quelque chose et tu ne le dis pas.

Il la vit jeter un œil vers la cuisine de Liouchka.

Il demanda :

– Penses-tu que ton homme se soit enlevé lui-même ? C'est la thèse de mon collègue.

– Non.

– Pourquoi ? À cause du déguisement ? On ne se déguise pas en pêcheur de carnaval quand on veut disparaître ? C'est ça ?

– Non. Oui, bien sûr, mais non.

– C'est autre chose ?

Cette sensation d'enfiler des perles, toujours, dans les interrogatoires… Une par une.

– Faut pas avoir peur de moi, mon p'tit cousin. Je suis un flic qui peut la fermer si on le lui demande. Je sais beaucoup plus de choses que je n'en ai dites dans ma vie.

Elle eut un sursaut joyeux.

– Georges dit tout, lui, sans arrêt !

Ça va être plus long que prévu, estima Titus.

– Tu pourrais nous commander deux autres cafés ?

Ce qu'elle fit.

– Il est bon, le café de Liouchka, dit-elle en revenant de la cuisine. Georges en a bu quatre, jeudi, avant d'y aller.

Elle avait besoin de parler de Georges.

– Il était nerveux ?

– Non, il voulait juste faire poireauter les administrateurs. Il les imaginait en train de l'attendre. Il s'amusait et il m'amusait. Ça l'amuse de m'amuser.

– Et toi, ça t'amuse ?

La réponse fut éblouissante :

– Oh ! Ouiiii ! Follement !

Titus offrit à l'incroyable sourire le temps de retomber. Puis, il enfila la perle suivante.

– Tu les as comptés ?

– Quoi donc ?

– Les cafés qu'il a bus avant d'y aller.

– Comment ça, comptés ?

– Tu me dis qu'il en a bu quatre. Tu ne me dis pas trois ou quatre, tu me dis quatre.

Elle fronçait les sourcils, elle ne comprenait pas. Il insista.

– Combien avons-nous bu de cafés, hier, mon collègue et moi, pendant l'interrogatoire ?

Elle essaya de compter mentalement. Il l'attendit, comme s'il l'aidait encore à faire ses devoirs. Mais elle n'y arrivait pas trop.

– Ariana, une femme qui compte les cafés que prend son homme avant de sortir est une femme qui attend quelque chose.

Il s'abstint d'ajouter ou quelqu'un.

– Tu étais pressée qu'il s'en aille ?

– Non, ce n'est pas ça !

L'exclamation lui avait échappé.

– Qu'est-ce que c'est, alors ?

Regard désemparé :

– Il devait revenir très vite !

– Vous aviez quelque chose à faire de particulier ? Une urgence ?

– …

– N'aie pas peur, bon Dieu…

– Il comptait revenir très vite, il fallait qu'il revienne, il…

Mais non, ça ne passait pas.

– Ça ne regarde pas la police, dit-elle tout à coup, ça ne regarde personne, ça n'a rien à voir avec l'enlèvement, c'est un truc qui dure depuis longtemps, qui ne regarde que Georges, ça ne concerne pas sa vie professionnelle et il ne veut absolument pas que ça se sache.

– Et toi ?

C'était pour lui laisser le temps de reprendre son souffle.

– Moi, quoi ?

– Toi non plus, tu ne veux pas que ça se sache ?

– Il ne *faut* pas que ça se sache, Titus ! Pour Georges ce serait…

– Il y a un rapport entre le fait qu'il ait bu ces quatre cafés et l'obligation de revenir vite ?

Ariana en eut le souffle coupé.

– Quoi ?

– Rien, c'est une question anodine. Je te demande si…

– Je sais ce que tu me demandes ! J'ai très bien entendu ! Je ne suis pas…

Elle s'était levée. Elle aurait aimé un salon vide, pouvoir en faire le tour, marcher de long en large.

Pas possible.

Accumulation.

Elle resta debout devant la fenêtre. Elle regardait dehors. Dehors, c'était le parc Monceau.

Il dit juste :

– Ariana, tu me caches un truc sans importance.

Elle gronda :

– J'ai juste peur qu'il soit mort. À part ça, aucune importance !

Il minimisa :

– On ne tue pas la poule aux œufs d'or, mon p'tit cousin.

Elle se retourna d'un bloc :

– Titus, Georges ne peut pas pisser. Il lui faut une sonde. Et les sondes sont ici. Il n'en a pas pris avec lui ce matin-là. Il comptait revenir tout de suite. Et on l'a enlevé. Il préférera mourir plutôt que d'avouer à ces salauds qu'il ne peut pas pisser. Je le connais. Sa vessie explosera et il en mourra. Il en mourra, je te dis ! Il est peut-être déjà mort ! Et tu sais, la douleur… Cette douleur-là, elle est… Oh, Titus, je lui avais dit de pisser avant de partir, mais il a… il rigolait, ce con, il a…

Et voilà. Elle avait dit ce qu'elle ne voulait pas dire. L'impensable. Elle sanglotait. Les larmes coulaient à flots et c'était sur ce visage l'avalanche de toutes les décennies amoureusement retenues, l'émiettement d'une statue dans le torrent d'une douleur indicible.

– Il lui faut une sooonde. Tu comprends ? Il lui fallait une sooonde…

Titus la serrait dans ses bras à présent. Il lui demanda, à l'oreille :

– Quelle marque ?

Elle eut un recul de surprise. Et comme il la tenait entre quatre yeux, il répéta :

– La sonde. Quelle marque ? Speedy Bird ? Péristime ? Pioralem ?

III

LA VÉRITÉ VRAIE

« En famille, il n'y a de sacré que le mensonge. »

Alceste

9

J'ai fini ! Ah, le soulagement du point final ! C'est la cloche qu'on retire, le ciel qu'on retrouve ! La lumière ! L'air ! J'ai même trouvé le titre : *Leur très grande faute.* Ça s'appellera *Leur très grande faute.* Rendre mon manuscrit à Malaussène et quitter cette forêt. M'arracher à ce silence. Combien de temps aurai-je perdu à trouver ce fichu début ! Par quoi commencer ? Tout est là. Par quel bout attraper le réel ? Vieux débat. Les possibilités de début sont innombrables ! Incalculables, à vrai dire. C'est ce qui distingue la réalité de la fiction. Décider de raconter une histoire, c'est se soumettre à *un* début. Dire le réel c'est envisager *tous* les commencements possibles.

Finalement j'ai ouvert sur la tentative d'assassinat à l'enterrement de Tobias. Non sans scrupule. J'ai longtemps trouvé ça trop racoleur. Elle a pourtant eu lieu, cette scène de meurtre ! Après la sortie d'*Ils m'ont menti*, mes chers frères et sœurs ont bel et bien essayé de me tuer ! Et il faudrait le taire ? Au nom de quoi ? De la famille ? Protection de la fratrie ? Solidarité clanique ? Crainte d'un procès ? Je n'en reviens pas d'avoir tant hésité. Malaussène avait raison sur ce point, *Ils m'ont menti* les a rendus fous. La simple exposition d'une vérité familiale somme toute assez banale a fait de mes frères et sœurs des assassins en puissance. Mais de là à m'enterrer vivant ! Parce que Mathieu m'a jeté dans la fosse, tout de même ! Pendant que Pascal, Baptiste et les cousins neutralisaient les croque-morts ! Il fallait que je commence par ça. Mathieu m'empoignant par les revers de mon imperméable, son coup de tête, la certitude que mes frères et mes sœurs allaient me tuer. Ou plutôt *m'exécuter*. S'il vient on l'exécute. Son bouquin a tué papa Tobias, on tue l'auteur. (Après le mensonge, l'assassinat !) On le jette dans la tombe et on rebouche. Pendant que Mathieu me force à reculer vers la fosse où l'on a descendu le cercueil de Tobias, non seulement les autres n'interviennent pas mais ils encerclent les employés des pompes funèbres qui n'ont pas senti la chose venir. À moins qu'ils ne soient restés extérieurs à ce qu'ils ont d'abord pris pour une banale querelle de famille. Ils en ont vu d'autres, les croque-morts. La mort n'arrange rien. La mort n'adoucit pas les mœurs. La mort ne rapproche pas les vivants. La mort exaspère le ressentiment. Rien de moins compassionnel que le deuil. Le deuil arme le monde. Ils savent ça, les croque-morts. Quand Mathieu m'empoigne en grondant – C'est toi qui as tué Tobias et tu viens à son enterrement ? –, les croque-morts pensent à une dispute. Laissons faire, ça va se tasser. Peut-être le maître de cérémonie s'apprête-t-il à dire : Messieurs, je vous en prie, un peu de dignité, par égard pour le défunt. Les pompes funèbres s'expriment comme ça, cérémonieusement, avec pompe justement. Ils comptent beaucoup sur le cérémonial pour contenir les accès de haine familiale. Mais le maître de cérémonie n'a pas le temps de dire un mot parce que le reste de la famille les encercle, lui et les quatre porteurs. La stupeur lui cloue le bec. Personne ne touche jamais un croque-mort. Un croque-mort, c'est l'auxiliaire des fantômes, ça ne se touche pas. Eh bien, cette fois on les prend par le bras, on les écarte de la fosse tout en les empêchant de partir donner l'alerte. Les gars de la famille Fontana*, mes frères, mes cousins… Rugby, tous. (Sauf Baptiste, bien sûr. Foot, Baptiste ! Exclusivement ! Petit génie du ballon rond. S'extasier sur commande.) Cinq croque-morts, si costauds soient-ils, ne font pas le poids devant le pack Fontana. Mathieu continue de me pousser vers la tombe. Puisque tu es venu, va jusqu'au bout ! Parce que c'est tout de même ça, la vérité : Mathieu va me jeter dans la tombe de Tobias ! Mon frère aîné m'a jeté dans la tombe de notre père ! Bon, je ne peux pas dire qu'il me *jette* à proprement parler. Il ne me soulève pas du sol, il m'oblige à reculer : petits coups secs dans les tibias – la pointe métallique de ses santiags, cette sensation d'os émiettés –, doublés de coups de tête très rapides, la mienne rebondissant contre son front comme si nous étions reliés par un court élastique. En fait il me roue de coups et ça se voit à peine. Mon nez a éclaté, mes arcades sont fendues. Sur son front, c'est mon sang. Tu as tué notre père avec ton bouquin et tu viens l'enterrer ? C'est ça ? Et tu penses qu'on va laisser faire ? On t'avait dit de ne pas venir ! C'est vrai, l'avertissement était clair. D'ailleurs, ils ont fait en sorte que je ne vienne pas. Ils ont changé de cimetière en douce. Je suis d'abord allé à celui de Cagnes, comme prévu, mais ils étaient à Villeneuve. Une idée de Faustine et Mathieu, semble-t-il. Enterrer papa chez les morts de maman, c'est un comble, ça aussi ! Ceux-là ont passé leur vie à se détruire et on leur offre l'éternité en rab ! Au fond, ils ne se seront jamais entendus que sur un point, le mensonge. La nécessité du mensonge. Le mensonge comme ciment de la cohésion familiale. En famille, il n'y a de sacré que le mensonge, ce rempart contre la honte. La mafia n'a pas d'autre doxa. La famille est bel et bien au cœur de la Famiglia. (Éviter le mot « doxa », combattre ma tendance à l'universitarisme satisfait. Ne plus jamais céder au prurit de l'entre-soi. La vérité est un bien public, elle exige des mots compréhensibles par tous.) Donc, Mathieu me roue de coups. Sa violence ne me surprend pas, Mathieu reste Mathieu, à nous taper dessus depuis toujours. Il est le protecteur autoproclamé de la famille, le bras armé du mensonge. Il pourrait donner sa vie pour le mensonge. À plus forte raison la mienne. Me pousser en arrière, m'acculer au bord de la fosse, rendre le futur impossible et me demander : Et maintenant, hein ? Maintenant ? Qu'est-ce que tu dis, maintenant, l'écrivain ? Je dis que tu es le plus fort, Mathieu. Tu l'as toujours été. Grâce à toi le passé ne change pas. Tu l'as dit, bouffi, et je ne veux pas que ça change. Sur quoi, il me pousse une dernière fois, mais en lâchant les revers de mon imperméable. Je trébuche contre le remblai et bascule dans la fosse. De ce point de vue, on ne peut pas dire qu'il m'ait *jeté* dans la tombe. C'est moi qui y suis tombé. L'avocat plaidera au malheureux accident. La famille et les croque-morts témoigneront dans le même sens, la famille par conviction, les croque-morts par peur. Et les pelletées de terre qui me tombent dessus ? Mathieu, Pascal, Adrien et Baptiste rebouchant la tombe : accidentel, ça aussi ? Non, une plaisanterie. Ce sera la thèse de la défense. Une leçon symbolique. Ils ne seraient pas allés jusqu'au bout. Ils ne m'auraient pas recouvert complètement. Et ça on ne le saura jamais puisque les Chinois de Malaussène sont arrivés à ce moment-là. Eux aussi sont passés par le cimetière de Cagnes. Quand ils sont entrés dans celui de Villeneuve, j'étais déjà dans la tombe, vertèbre cervicale fêlée, jambe cassée, de la terre dans les yeux et son goût dans la bouche. Les mottes rebondissaient contre le cercueil de Tobias. Je me disais tous les cercueils rendent le même son. Je me souviens de m'être dit ça, oui, c'étaient des propos de rêve, une de ces phrases flottantes qui vous paraissent tout expliquer. Je ne sais même pas si je sentais la douleur ; sensations, sentiments, ébauches de raisonnements, tout était ramassé dans cette phrase qui semblait occuper la totalité de mon cerveau : Tous les cercueils rendent le même son, quels que soient l'âge, le sexe, la race, l'importance du mort pour l'endeuillé, père, mère, enfant, ami, collègue de bureau, vague connaissance... le même son. Après, je ne... c'est flou... Bo* (que je vois pour la première fois) saute dans le trou. Une seconde je crois qu'il vient pour m'achever. Il a la tête de l'emploi. En fait, il me soulève par les aisselles, puis par la taille, il me tend à Ju* (première rencontre lui aussi, tête de l'emploi lui aussi). Il semble que Bo et Ju aient à eux seuls neutralisé les frères et les cousins. Ou alors, il y avait d'autres Chinois mais je ne les ai pas vus. Mathieu se tenait le visage. Du sang à travers les doigts. Le sien, cette fois-ci. Une scène d'une grande immobilité. Du coin de l'œil, je vois Loussa de Casamance, en retrait. Baptiste mis à part, c'est le seul Noir de l'assemblée. Dans mon souvenir la scène est absolument figée et parfaitement silencieuse. Là-dessus, Ju me pose sur mes pieds. Ma jambe brisée fait un angle latéral et je m'évanouis. Quand je me réveille, je suis dans la Mercedes, allongé et perfusé. Le vieux Loussa, assis à côté de moi, me fait la morale.

– Inutile de vous dire, bien sûr, que vous n'auriez pas dû aller à cet enterrement. En tout cas pas sans nous prévenir.

Selon Loussa, si Malaussène n'avait pas deviné où j'étais, je serais sous terre à l'heure qu'il est et ma famille pique-niquerait sur ma tombe. Je demande à Loussa si, en cas de procès, il témoignerait dans ce sens. Il répond :

– Je ne pourrai pas témoigner, je n'y étais pas.

Message reçu.

Je lui demande comment Malaussène a deviné où j'étais.

– En apprenant la mort de votre père. Quand il ne vous a pas trouvé chez vous, il a tout de suite compris que vous étiez parti à l'enterrement. Malaussène savait qu'il aurait été inutile de vous en dissuader. On pouvait tout au plus vous protéger. Discrètement. Si vous nous aviez prévenus, Bo et Ju seraient arrivés avant vous, ils auraient calmé le jeu avant le début de la partie, sans même que vous le sachiez ; vos frères auraient été sages comme des images. Maintenant que vous connaissez Bo et Ju, la situation devient plus complexe. Et plus chère.

S'ensuivit un bref échange entre Loussa et les Chinois.

– Za mao zhe xian, hai shi na yi yang de qian ? leur a-t-il demandé.

– Za zhen bu gai lou lian, a répondu Ju.

– Suo yi ma, jiu dei duo dian qian, a expliqué Bo.

– Shi duo hen duo[1], a conclu Ju.

– Considérablement plus cher, a traduit Loussa, ignorant que mes cinq années aux Langues O' m'ont doté d'une maîtrise suffisante du mandarin pour que je comprenne leur conversation.

Si traduire « un peu beaucoup » par « considérablement » est une erreur du point de vue de la langue, d'un point de vue psychologique, ça se défend.

Pauvre Loussa, toujours soucieux de préserver la cagnotte d'Isabelle ! *Ils m'ont menti* a tant rapporté aux Éditions du Talion… Ils ne peuvent pas concevoir que le même livre puisse maintenant leur coûter un peu.

Et pauvre Malaussène ! Il se pourrait bien qu'il soit obligé de me cacher sur la Lune si sa boîte a le courage de publier la suite. *Ils m'ont menti* n'était que la mèche du baril. *Leur très grande faute,* c'est autre chose ! Il n'y a de vérité qu'explosive.

1. – Cette petite aventure change-t-elle nos tarifs ?
– On aurait préféré qu'il ne nous voie pas.
– Du coup, c'est un peu plus cher.
– Un peu beaucoup.

10

Ils m'ont menti

Le matin où la Reine Zabo m'a présenté Alceste (Prenez-en soin, Malaussène, c'est de l'or en barre), je n'y ai pas prêté une attention particulière. Un type au visage aigu et à la voix de prêcheur ; la conviction le faisait psalmodier du nez. Un vévé modèle courant, pensai-je, convaincu d'être le seul porteur de la vérité vraie.

– Cette conviction est le point commun qui les distingue radicalement les uns des autres, Malaussène.

J'ai donc ouvert *Ils m'ont menti* sans grande curiosité.

Comme tous les auteurs maison, Alceste s'y plaint de sa famille. Mais, là où ses semblables accusent leurs géniteurs de collaboration avec les nazis, de cocufiage, d'ivrognerie, de tortures morales, d'inceste plus ou moins aggravé, d'indifférence absolue, d'hystérie volcanique ou de crapuleries en tout genre, Alceste, lui, se contente de reprocher à ses parents d'avoir été de piètres conteurs ! Qu'un délit si mineur engendre, dès les premières pages, une dénonciation aussi violente m'a sorti de ma torpeur. Il faut dire qu'Alceste n'y va pas avec le dos de la cuiller.

Tobias et Mélimé, ses parents, les mauvais conteurs en question, sont décrits comme deux crétins rédhibitoires, « *Mélimé aussi conne que Tobias était con* », tout juste bons à produire des phrases toutes faites, des personnages stéréotypés, des situations convenues, des dialogues édifiants et des comportements absurdement exemplaires…

Voilà les histoires que Tobias et Mélimé nous imposaient à nous, leurs huit enfants, chaque soir de nos huit enfances ! Chaque soir, imaginez-vous, chaque soir, cette triste tartine de topiques ! Tobias et Mélimé appliquaient chaque soir sur chacun de nous la même et débilitante recette narrative, comme s'ils voulaient cuire nos huit intelligences au bain-marie de leur même connerie. Une fratrie de cons et de connes en bocal, voilà ce que ces deux crétins ont fait de nous. Avec notre complicité active, qui plus est ! Complices, nous l'avons été – au moins les aînés – puisque nous devions les relayer auprès des plus petits quand ils étaient fatigués de les abrutir. Et nous racontions les mêmes histoires en les imitant ! Tandis que j'écris ces lignes, c'est le souvenir de ce mimétisme qui me fait le plus honte. M'être cru obligé de raconter à mes jeunes frères et sœurs les mêmes idioties, et sur le même ton. Ah, ce ton ! Ce mauvais miel ! Cette poix ! Combien me faudra-t-il de pages pour décrire cette glu ? Non seulement ces histoires mensongères que Tobias et Mélimé prétendaient vraies ne pouvaient être contestées par les petits (les enfants gobent les mensonges comme les oiselets les vermisseaux), mais il fallait les leur raconter comme Tobias et Mélimé, exactement ! Je t'entends encore, Baptiste, me demander : Non, ne raconte pas comme toi, ça fait pas vrai, raconte comme papa Tobias ! Et je me revois empruntant le vocabulaire famélique de Tobias, adoptant cette espèce de maniérisme commercialo-administratif auquel Mélimé et lui nous ont habitués dès nos premiers jours (des histoires où l'on ne « tombe » pas mais où l'on « chute », où l'on ne « fait » pas mais où l'on « effectue », où l'on ne « meurt » pas mais où l'on « décède », où les « occasions » sont des « opportunités », où les événements ne vous « touchent » pas mais vous « impactent... », où l'on ne vous « répond » pas mais où l'on « revient vers vous »). Maintenant qu'on a inventé le GPS, frères et sœurs, je vous le dis, nous avons été élevés par deux versions prétendument sexuées du même GPS. Pas plus de chances d'entendre aujourd'hui Tobias ou Mélimé changer de ton avec leurs petits-enfants (qui sont vos enfants, je vous le rappelle) que d'entendre un GPS s'exclamer : Merde, les gars, je me suis gouré, c'est à gauche qu'il fallait tourner !

Baptiste, mon grand Baptiste, toi qui me hais tant maintenant que je te veux du bien, après m'avoir tant aimé quand je t'abrutissais, la seule chose que tu puisses sérieusement me reprocher c'est de m'être assis à ton chevet d'enfant pour te raconter les mensonges de Tobias et Mélimé. Seulement, cela, tu n'as aucun moyen de l'admettre puisque, précisément, la connerie lénifiante desdits mensonges t'a proprement décervelé. Éviscéré de tout esprit critique, tu es ! Une tête sans tripes. Papa Tobias et maman Mélimé t'ont vidé comme une huître, mon Baptiste. Tu sonnes creux. Tes frères et tes sœurs aussi. Moi le premier ! Et si j'écris ce livre, c'est pour faire résonner un peu de sens dans ce vide abyssal et nacré, pour vous faire entendre enfin le son de la vérité, pour vous dire le Réel. Voilà, Baptiste, ce que je t'offre en m'asseyant tous les jours à ma table de travail, autrement dit au chevet de ta vie d'adulte. C'est toujours une histoire, mon petit frère, mais c'est moi qui raconte et cette fois l'histoire est vraie.

Soit dit en passant, à ce stade du récit, on ne sait toujours pas ce que Tobias et Mélimé pouvaient bien raconter à leurs enfants pour mettre Alceste dans un pareil état de fureur critique. On n'a aucune idée de ce que contenaient ces fameuses histoires du soir. Le procédé aiguise bien sûr l'appétit du lecteur, qui tourne maintenant les pages avec curiosité. (Alceste n'est pas un mauvais conteur, lui, les caisses du Talion en témoignent.) Pendant quelques chapitres, il s'en prend encore à Tobias et à Mélimé, passant au crible toutes les manifestations de leur idiotie : leur façon guindée de s'habiller, de marcher, de manger, de ne laisser aller que des propos convenus, d'afficher en toute circonstance une bonté de catéchisme fondée sur une parfaite indifférence du cœur, tout y passe, y compris leur pseudo-sens de l'hospitalité :

Ah ! ces petits copains de classe qui débarquaient à tout bout de champ pour écouter eux aussi les histoires de Tobias et Mélimé – ça les flattait, ces deux cons ! – et qui restaient dormir finalement, avec l'accord de leurs parents (Mais bien sûr, je vais téléphoner à ta maman), matelas supplémentaires sous le lit des petits, pagaille du matin que les grands devaient ranger avant d'aller au lycée… Par parenthèse, Baptiste, tes camarades étaient les plus nombreux ; tu devais leur faire une pub d'enfer à Tobias et à Mélimé ! Et d'ailleurs, tiens, comment t'y prenais-tu, tu instaurais un tour de rôle ? Tu les faisais payer ? Hein, Baptiste, avoue ! Maintenant que tu es grand tu peux bien me le dire, tes copains, tu les faisais raquer pour écouter les conneries de Tobias et Mélimé ?

*

C'est ici, précisément à cette page de ma lecture, quand Alceste ironise sur les petits invités de Baptiste, que je me suis souvenu !

Il y a une douzaine d'années de ça, Monsieur Malaussène, retour de classe (il devait être en CE1 à l'époque, peut-être encore au CP), nous demandait assez souvent, à Julie et à moi, l'autorisation d'aller dormir chez un certain Baptiste. Il était encore à l'âge des histoires du soir, domaine où, selon lui, les parents dudit Baptiste excellaient. Moi, cette excellence me convenait, vu qu'en matière d'histoires dormitives mes frères et sœurs m'avaient essoré. Toute leur enfance, Louna, Clara, Thérèse, Jérémy et Le Petit ont eu droit à leur histoire. J'ai même prolongé le rituel jusqu'à la fin de leur adolescence en leur racontant mes propres aventures – un peu enjolivées pour les besoins du rêve et qui sont devenues les romans que l'on sait. Mais, à l'arrivée de la fournée suivante (Verdun, C'Est Un Ange, Monsieur Malaussène et Maracuja), ma lanterne magique s'est mise à vaciller. Les générations sont à l'homme vieillissant ce que les vagues sont aux falaises : usantes. Bon, j'y suis quand même allé de mes « Il était une fois » mais le souffle n'y était plus et j'ai vite été mis sur la touche par l'avalanche des jeux électroniques.

– Faut pas nous en vouloir, tonton, expliquait Mara en pianotant sur des touches musicales, l'œil rivé à un écran épileptique, c'est juste plus marrant !

– Viens jouer avec nous, proposait Sept, tu crois que c'est pour tout seul mais tu te trompes, on peut jouer en équipe !

Au fond, Monsieur Malaussène était le dernier à désirer encore son histoire du soir. C'est donc avec un lâche soulagement que je l'autorisai à passer des nuits chez son copain Baptiste. Pourtant, ça me coûtait. Mosma revenait toujours de chez Baptiste au comble de l'enthousiasme : Baptiste était extra, il jouait au foot fallait voir comme, ses frères et sœurs étaient super, ses parents géniaux, la maison était top et le petit déj' assurait grave...

MONSIEUR MALAUSSÈNE : Mais le plus de tout, c'est les histoires ! Alors là, les histoires elles sont juste trop !

MOI : Trop quoi, Mosma ?

MONSIEUR MALAUSSÈNE : Elles sont vraies.

MOI : Comment ça, vraies ?

MONSIEUR MALAUSSÈNE : Vraies de vrai, vieux père, c'est pas des histoires pour rire, c'est des histoires pour de bon !

MOI : Bon, et qu'est-ce qu'elles ont de si bon, ces histoires pour de bon ?

MONSIEUR MALAUSSÈNE : Elles sont vraies, je te dis ! En fait, Baptiste est un orphelin. En fait, c'est un orphelin d'Afrique. En fait, ses parents lui racontent les histoires de ses parents. En fait...

(C'est vers ces années-là que tous les enfants de France et de Navarre se sont mis à commencer leurs phrases par « en fait », comme s'ils s'adressaient à un public a priori débile ou suspicieux.)

MOI : Ses parents lui racontent les histoires de ses parents ? Comment ça ?

Il fallut l'intervention de Julie pour me faire comprendre que les parents *adoptifs* de Baptiste lui racontaient la vie de ses parents *naturels.*

MOI : Et qu'est-ce qu'ils faisaient, dans la vie, les vrais parents de Baptiste ?

MONSIEUR MALAUSSÈNE : Ils chassaient les chasseurs !

Et Mosma de nous raconter qu' « en fait » Yao et Rama Tassouit, les vrais parents de Baptiste, combattaient les trafiquants d'ivoire et autres tueurs de zèbres. (Ça se passait en Côte d'Ivoire.) Leur renommée s'étendait jusqu'à Abengourou, « *la cité royale de la paix* », où on leur avait élevé un monument après qu'ils eurent « *trouvé une mort héroïque* (je place entre guillemets les expressions de Tobias et de Mélimé scrupuleusement rapportées par Mosma) *en tombant dans une lâche embuscade* ».

Tous les soirs, Baptiste posait à ses parents adoptifs une question nouvelle sur les aventures de ses vrais parents et tous les soirs Tobias ou Mélimé ajoutait un chapitre à la saga exemplaire.

MOI : Tobias ? Mélimé ?

MONSIEUR MALAUSSÈNE : Les parents de Baptiste ! Ceux qui l'ont adopté ! C'est comme ça qu'ils s'appellent ! Tobias et Mélimé ! Papa, tu suis ? En fait, un jour, Yao...

*

Tobias et Mélimé...

Tobias et Mélimé...

Baptiste, Tobias et Mélimé...

Une douzaine d'années plus tard donc, lisant *Ils m'ont*

menti dans mon bureau du Talion, je réalise que, par Mosma interposé, je connais en partie la saga familiale d'Alceste.

« En fait », comme disait Mosma, tous les enfants de Tobias et Mélimé étaient des enfants adoptés. Des orphelins, tous les huit ! Et Tobias et Mélimé leurs parents adoptifs. Ce qui émerveillait tant Mosma, c'est que, tous les soirs, lesdits adoptifs contaient auxdits adoptés la vie de leurs parents *réels* et que tous les soirs, huit orphelins s'endormaient dans l'évocation de leurs vrais parents, tous magnifiques, tous héroïques, « *chérissant leurs enfants plus que tout au monde* », mais tous, hélas !, « *victimes de la méchanceté des hommes ou de la cruauté d'un sort aveugle* ».

Ce qui alimente la fureur d'Alceste (et je dois dire que dans ce domaine il est assez convaincant), c'est d'avoir *cru* à ces fadaises, au point, certains soirs, d'avoir *vu* ses vrais parents (un couple de vulcanologues prénommés Arielle et Félix) quitter sa chambre sur la pointe des pieds :

C'est que je les désirais, mes parents héroïques ! Je les voulais vrais ! De toutes mes forces je les voulais réels, ces géniteurs de rêve ! Et ils le devenaient, tous les soirs, en dépit de la nullité des conteurs. Tous les soirs Arielle et Félix – ainsi se prénommaient-ils selon Tobias et Mélimé – devenaient mes vrais *parents ! Quel orphelin résiste à cela ? C'étaient Tobias et Mélimé qui me racontaient leur histoire mais c'est sous le regard d'Arielle et de Félix que je m'endormais. Quand Tobias et Mélimé quittaient ma chambre, c'est Arielle et Félix qui refermaient doucement la porte sur moi, et je m'endormais avec des volcans dans les yeux, qui projetaient aux cieux les feux d'ar-*

tifice les plus réels que je verrais jamais ! Ce qui fait de moi, frères et sœurs, un abruti du même acabit que vous, peut-être plus con que vous tous réunis.

Selon Tobias et Mélimé, Arielle et Félix Blinneboëke, vulcanologues d'origine flamande, étaient réputés pour avoir sauvé la population d'une île du Pacifique en annonçant à l'heure près l'explosion d'un « *volcan puissant comme toutes les bombes atomiques existantes* ». Une fois l'île vidée de ses habitants, le couple héroïque avait gravi une dernière fois « *les flancs palpitants du monstre* » poussés par « *l'irrépressible appel de l'exigence scientifique* », mais « *la plateforme sur laquelle ils effectuaient leurs ultimes mesures s'effondra, précipitant nos héros dans les entrailles de la terre en fusion* ».

*

Bon, les années passent, Alceste grandit, il n'est plus un enfant, il collabore innocemment avec ses parents adoptifs en racontant – sur le même ton – les mêmes sottises aux plus petits...

Jusqu'au jour où son univers bascule.

On change d'ère.

En moins de temps qu'il n'en faut pour s'endormir et se réveiller, Internet est là. La planète entière est prise dans un filet à papillons. Tout ce qui est né, tout ce qui est mort, tout ce qui fut, tout ce qui est, tout est capturé, et ce dans tous les domaines. Si serrées, les mailles du filet, que rien n'y échappe.

Tout est là, vraiment là.

À portée de curiosité.

« Clic », fait l'index d'Alceste après avoir tapé les noms d'Arielle et Félix Blinneboëke.

« Néant », répond la Toile.

Arielle et Félix Blinneboëke n'ont jamais existé. C'est Google qui l'affirme. Dans un style un peu comparable à celui de Tobias et Mélimé : « *Aucun document ne correspond aux termes de recherche spécifiés.* »

11

Le capitaine Adrien Titus et le divisionnaire Joseph Silistri roulaient vers la Grande Maison*. Enfin, ils roulaient… Quai de la Mégisserie, ils se laissaient porter par le lent glacier de l'embouteillage. Silistri, au volant, semblait ailleurs.

Titus, lui, était bien là.

– Demain non plus j'y vais pas, Joseph, je prends mon jeudi. Tu peux m'arranger ça ?

– Qu'est-ce que c'est, cette fois ?

– J'ai embauché le petit Manin, on se tape les pharmacies.

– Le petit Manin ?

– Un nouveau-né. C'est lui qui nous a conduits chez Lapietà, hier, Menotier et moi. Il faisait le chauffeur. Il m'a bien plu. Je lui donne des cours de rattrapage.

– Qu'est-ce que vous leur voulez, aux pharmacies ?

Titus leva un œil surpris.

– Ho ! Joseph ? Tu suis ou quoi ? Lapietà a besoin de sondes pour pisser, tu te rappelles ? Je viens de te le dire.

– Tu as même donné la marque : Pioralem. Et alors ?

Silistri était vraiment dans une autre assiette.

– Et alors sa femme se goure quand elle dit qu'il crèvera plutôt que d'avouer son infirmité à ses ravisseurs. Un globe vésical n'est pas un truc qu'on peut cacher longtemps. On ne planque pas un volcan dans sa braguette, on craque. Même un Lapietà. Alors voilà ce que je vois, Joseph : au bout de six heures de détention Lapietà s'est roulé par terre. Ses rapteurs ont dû penser qu'il se foutait de leur gueule, ils l'ont peut-être laissé se tordre au début, mais quand il a viré couleur plomb ils se sont dit qu'il allait bel et bien leur claquer dans les pattes. Lapietà a craché le morceau et ils ont aussitôt envoyé quelqu'un acheter des sondes. Avec un peu de chance, ce quelqu'un se sera précipité dans la pharmacie la plus proche. C'est lui qu'on cherche, Manin et moi : un client qui se pointe sans ordonnance, qui évoque l'urgence des urgences, à qui le pharmacien cède, qui offre sa jolie gueule à la caméra de surveillance et qui sort avec les sondes aussi vite qu'il est entré. On interroge les apothicaires, on visionne les films, une fois le mec repéré, on fouille sérieusement le coin et on lui met la main dessus. En vingt-quatre heures l'affaire est pliée.

– Pendant que le reste de notre armée cuisine tous les lourdés de Lapietà... Bien vu. Seulement, c'est pas les pharmacies qui manquent à Paris.

– Presque aussi nombreuses que les restaurants, c'est vrai. En contrepartie il n'y a pas long à visionner. Vu la résistance moyenne d'une vessie, la chose s'est passée avant-hier entre dix-sept et dix-neuf heures. Ça limite la durée de nos recherches.

Feu rouge.

– Et s'ils ont planqué Lapietà hors de Paris ?

– On élargira.

– La bagnole du fils, tu l'as retrouvée ?

Titus éluda.

– Profits et pertes. Au besoin, j'en fais cramer une dans une carrière et je la fourgue à Menotier, ça l'occupera.

Silence.

Un peu long.

Feu vert.

Qui ne change rien à la circulation.

– Qu'est-ce qui se passe, Joseph ? Tu médites ?

Léger sursaut de Silistri, comme on sort d'une rêverie :

– Je suis passé chez Coudrier à la fin des vacances.

Le divisionnaire Coudrier, leur patron vénéré... Eux qui ne sont guère portés à la vénération.

– T'es allé honorer l'ancêtre ? Comment va ? Bon pied bon œil ? Il taquine le goujon ? C'était dans ses projets, non, la pêche à la ligne ?

– Il écrit un bouquin.

– Un sport de retraité, ça aussi. Ne pas quitter le terrain sans y laisser son empreinte. Très flic.

– Non, non, il n'écrit pas ses Mémoires...

Sirène ou pas, l'embouteillage promettait de durer. Titus sortit son tabac et son bout de chocolat népalais :

– Sujet du bouquin ?

– L'erreur judiciaire.

Il pleuvait du tabac turc entre le pouce et l'index du capitaine Adrien Titus.

– Thèse centrale ?

– La faute au roman.

Coup de langue.

Claquement du zippo.

Nuage népalais.

– C'est-à-dire ?

– D'après Coudrier, tout enquêteur bosse comme un romancier. Il cherche la cohérence.

– C'est encore à dire ?

Silistri visite à son tour le Népal. Il expire longuement.

– Coudrier affirme que les erreurs judiciaires procèdent presque toutes d'un excès de cohérence romanesque. À tous les niveaux de l'enquête, gendarmerie, police judiciaire, instruction, expertises psychiatriques, jusque dans le prétoire, chacun s'acharne à bâtir une histoire *plausible*, à créer une chaîne logique entre de supposés mobiles et de prétendus passages à l'acte. Quand ça cloche un peu, on force, sans trop s'en rendre compte, et on fout en taule le suspect le plus logiquement compatible. On cherche la cohérence, quoi. Selon Coudrier il n'y a pas de meilleure recette pour fabriquer une erreur judiciaire.

Le portable de Titus vibra contre sa poitrine. C'était la voix encore neuve de Manin.

– Excuse-moi, Joseph, c'est la pharmacie. Oui mon p'tit Manin ?

– Capitaine, j'en ai eu vingt-sept et j'ai fait huit vérifications sur le terrain.

– Vingt-sept pharmacies à toi tout seul ? Et huit vérifications ? En trois heures ? Tu carbures à quoi ?

– J'ai mis ma copine sur le coup. On a bossé par téléphone et par mail aussi, avant d'y aller voir.

Titus prit sa respiration :

– Première leçon mon p'tit Manin : en matière d'enquête de police, on ne met pas sa copine sur le coup.

– Elle est clean, capitaine ! C'est Nadège, son petit nom. Y a pas de lézard.

Titus expira :

– Manin, range ta Nadège et envoie les résultats.

– Les résultats ?

– Où tu en es, ce que tu as trouvé.

– Que dalle. Du papy, de la mamie, de l'infirmière, de l'auxiliaire vieillesse, rien d'autre.

Titus chercha la juste formulation :

– Deuxième leçon mon p'tit Manin : n'appeler la hiérarchie que pour lui donner des informations. Ou du moins un peu d'espoir.

Silistri lui rendit le Népal.

– Justement, hésita la voix de Manin, pour parler d'espoir…

Titus plaqua sa main contre le téléphone.

– Excuse-moi, Joseph, il a encore à apprendre. Pour parler d'espoir, mon p'tit Manin ?

– Je voudrais vous poser une question. Mais je sais pas si…

– Si quoi ?

– Si je peux, si ça va pas vous…

– Question de flic ou question personnelle ? Si c'est personnel, tu t'assois dessus.

– Non, ça serait plutôt une question de flic, enfin je crois, je…

– Alors dégaine.

– Pardon de vous demander ça, capitaine, mais…

– Troisième leçon, Manin, si tu dégaines à cette vitesse t'es mort.

– Vous avez vérifié, chez Lapietà, si ses sondes y étaient encore ?

Titus marqua un temps. Il se revit suivre Ariana dans la salle de bains, ouvrir le placard qu'elle lui désignait, y trouver deux paquets de sondes Pioralem, un neuf et un autre fraîchement entamé. Il y manquait les quatre de l'avant-veille, jetées dans une poubelle à clapet qu'on n'avait pas encore vidée. Ariana l'avait ouverte du bout du pied.

Manin s'affolait :

– Pardon de vous demander ça, capitaine, je veux pas que vous croyiez que je voudrais vous apprendre le métier, ce genre de... Y a le respect quand même, vous comprenez... c'est...

– Tu as posé la bonne question, Manin. Mon silence c'était de la surprise. Oui, j'ai vérifié. Elles y sont. Un bon point pour toi.

Il y eut une autre hésitation. Titus en profita pour repasser le joint à Silistri. En le récupérant Silistri demanda :

– Tu ne nous trouves pas un peu démodés, à nos âges, de tirer comme des mômes sur ces... ?

– Traditionnels, plutôt. Des hommes de tradition, je dirais. Qu'est-ce que tu disais à propos du bouquin de Coudrier ?

– Coudrier s'appuie sur Malaussène. L'innocence même, non ? Et pourtant, *logiquement* le coupable idéal, toujours. Il devrait être en taule à perpète si on s'en tenait à la cohérence. Coudrier a formé des générations de flics grâce à Malaussène. Il dit...

Mais Manin avait retrouvé la parole :

– Excusez-moi, capitaine, j'entends que vous causez avec quelqu'un, je voudrais pas déranger…

– Non, non, je t'écoute.

– J'ai peut-être une idée quand même. Enfin je crois… Une chance sur mille, mais…

– Un soupçon d'idée, alors ? Vas-y, mon p'tit Manin, le soupçon c'est mon gagne-pain.

– Pas au téléphone, capitaine, enfin si ça vous embête pas… Faut que je vous montre un truc. En fait, un type… un mec qui…

– Où es-tu ?

Manin dit où il était.

– Tu comptes une demi-heure et je suis là.

Avant de refermer la portière de la voiture, Titus se pencha sur Silistri :

– La cohérence, Joseph, c'est quand tout est fini. Dis-lui ça au patron, qu'il n'écrive pas pour rien.

Il s'éloigna, puis revint sur ses pas.

– Ah ! Au cas où ça t'intéresserait, notre petite Talvern est au courant pour l'opération pharmacies. De ce côté je suis couvert.

*

Combien de tonnes de béton et de verre ça représente, toute cette légèreté ? En matière d'architecture on ne fait pas plus lourd que le fluide. C'était ce que se disait le capitaine Adrien Titus en émergeant sur l'esplanade de la Défense. EDF, Technip, Égée, Mazars, Alstom, Ariane, Com'Square, Sofitel, Allianz, Opus 12, il débarquait en plein bottin financier et se demandait ce que le petit Manin pouvait bien foutre entre ces tours. Ça clignotait autour de lui : congrès, séminaires, bureaux high-tech, cocktails, réceptions, piscines en altitude, vues imprenables sur les Champs, tout le clinquant du sérieux. Manin, mon p'tit Manin, où ce que t'es allé te fourvoyer ? Le portable vibra dans la poche de Titus.

– Je vous vois, capitaine, je suis là.

L'esplanade était vide et propre. Titus se crut seul au milieu du désert, observé par on ne sait quelle entité.

– Où ça, là ? Joue pas avec ta hiérarchie, Manin, je suis pas ton pote.

– De l'autre côté de l'esplanade, capitaine, la pharmacie du centre commercial.

Titus vit une croix verte clignoter au loin. Sous la croix, ça sautait aussi haut que possible.

– Arrête de te faire remarquer, j'arrive.

Manin l'attendait, engoncé dans un Burberry de l'autre siècle. Il devait se trouver très détective ; ça faisait juste chômeur de longue durée.

– C'est par là, dit-il, on va à la cafétéria.

– Pas à la pharmacie ?

– Non, capitaine, excusez-moi, le mec veut rester discret. Il bosse à la pharmacie mais il préfère causer à la cafète. Il a congé, aujourd'hui.

– Où as-tu acheté ton imper ?

– Aux puces de Montreuil. Il est chouettos, non ?

– …

Le mec de Manin, capuche rabattue, avait la tête entre les mains. On aurait dit qu'il pleurait dans sa bière. Quand il se redressa pour regarder Titus, le capitaine lui ôta délicatement sa capuche et comprit que le gars avait eu affaire à un fin technicien.

– Qui t'a fait ça ?

Les paupières se rejoignaient dans une boursouflure violacée et la lèvre supérieure obstruait les narines.

– Ça le gêne de le dire, intervint Manin.

– J'insiste.

– Gnèhunemeuv, prononça le tuméfié.

– C'est une meuf, traduisit Manin.

– Gnilardrouvgnuigazlegu.

– S'il la retrouve il lui casse le cul, traduisit Manin.

– Il manque pas d'ambition, c'est bien. Et pourquoi la jeune fille t'a fait ça ?

– Bazguegnéhunegone.

– Parce que c'est une conne, traduisit Manin. Mais si vous voulez accélérer je peux vous raconter, il m'a déjà tout dit.

La fille était venue à la pharmacie, une petite bien comme il faut, avec des nattes, un duffel-coat et un charmant accent britannique. Elle venait acheter des sondes pour son grand-père. Des Pioralem. Elle n'avait pas d'ordonnance.

– C'est lui qui l'a servie. L'ordonnance il s'en est foutu. Quand la fille s'est tirée, il a dit qu'il avait un rancard et il l'a suivie.

– Ah bon ? s'étonna Titus. Et pourquoi t'as fait ça ?

– Nlèguivéeénvoulèmlavère.

– Il l'a kiffée, il voulait se la faire.

– Tiens donc. Elle a pas voulu, alors ? Tu l'as suivie jusqu'où ?

– Il m'a montré, intervint Manin. Je vous montrerai.

– Et comment elle t'a fait ça ?

– Les deux pieds dans la gueule, expliqua Manin. Deux fois en trois secondes.

Karaté, conclut Titus. Nidan geri, si je me souviens bien. Nihon geri, peut-être. Une caresse du genre.

– Ses godasses, c'étaient des fers à repasser ?

– Gnluibèdraizarazeazetvigledegiène.

– D'accord, tu lui péteras sa race à cette fille de chienne.

Manin haussa les sourcils :

– Putain, vous apprenez vite, capitaine !

– Plus vite que lui, apparemment. Cette fille, elle a été filmée ?

Manin sortit son portable.

– Par la caméra de la pharmacie, ouais. J'ai shooté son image. Vous voulez voir ?

– Tout à l'heure, dit Titus.

Puis, se penchant sur le boursouflé :

– Toi, pas la peine d'entamer ta bière. Casse-toi avant que je t'aggrave et fais gaffe aux filles. Surtout aux Anglaises.

Titus et Manin le regardèrent s'éloigner.

– Diagnostic, mon p'tit Manin ?

Manin suivit des yeux la capuche rabattue sur les épaules roulantes.

– Un pauvre con.

– Insuffisant.

Manin fronça les sourcils.

– Il croit qu'il peut prendre ce qu'il veut.

Titus fit non de la tête et expliqua sans joie :

– Non. Aucune imagination, voilà son drame, frustration absolue. Un futur mort. À brève échéance. Petit bourrage de crâne et il explose en bombe humaine. Ça me déglingue de savoir qu'il passera pas la trentaine.

Puis, il demanda :

– Comment tu l'as déniché ?

Manin expliqua qu'après avoir visionné la caméra de surveillance, photographié la fille sur l'écran, il avait demandé au pharmacien s'il se souvenait de cette petite British avec les nattes et le duffel-coat. Vaguement, c'est pas moi qui l'ai servie. C'est qui ? C'est Youssef. Youssef ? Un stagiaire, pas le meilleur. D'ailleurs, tenez, maintenant que j'y pense, il est parti tout de suite après. Youssef comment ? Youssef Delage. Je peux le voir ? Congé de maladie. Où ça ? Chez lui. Adresse ? Voilà.

– Qu'est-ce qui t'a donné l'idée d'aller l'interroger ?

Manin fit une moue dubitative.

– Je sais pas, capitaine. La routine.

– Arrête, Manin, t'as pas l'âge pour la routine.

– Alors, je sais pas.

– L'instinct, mon gars. Sauf ton respect t'es un bon chien de chasse. Et pour qu'il se mette à table, tu t'y es pris comment ?

– J'ai shooté sa gueule avec mon portable, je lui ai montré sa photo et celle de la fille, et je lui ai dit que s'il me pipeautait je balançais leurs deux tronches sur Facebook, avec son nom à lui, en disant qui était le vainqueur.

Long silence. Titus but la moitié de la bière restée vacante. Puis, il tendit le verre à Manin.

– Tu l'aurais fait ?

Manin but le reste et fit non de la tête.

– Pourquoi non ?

– Parce que si je jette un truc comme ça sur la Toile et que la meuf habite le quartier, demain toute la caillera du coin la provoque, juste pour voir. C'est un coup à lui pourrir la life.

Au fond, pensa Titus, je n'ai pas grand-chose à lui apprendre. Un peu d'Histoire, peut-être un peu de cinéma…

Il leva l'index :

– Manin, écoute-moi bien. Mitterrand c'est pas juste après la guerre, c'est en quatre-vingt-un. Mille neuf cent quatre-vingt-un, trente-six ans après l'armistice, précisa-t-il. Il a fait deux mandats. Il est mort en quatre-vingt-seize. La prostate.

Manin le regardait comme on enregistre.

– La prostate ? demanda-t-il.

– Je t'expliquerai plus tard, c'est une autre matière. Tu es né quand, toi ?

– Quatre-vingt-neuf.

– *Il était une fois dans l'Ouest,* tu connais ?

– Ouais, c'est un western ! Mes darons me le passaient pour m'endormir quand j'étais môme.

– Eh bien, c'est Sergio Leone qui l'a tourné. En 68. Et Claudia Cardinale, c'était l'actrice principale. Elle est toujours vivante. La femme de Lapietà lui ressemble beaucoup. Tu te souviens de la musique ?

– L'harmonica ? Ah ouais !

– L'harmonica et le reste. Ennio Morricone. Un Italien, lui aussi.

Manin opinait lentement.

Puis, il demanda :

– Vous voulez voir la photo de la fille ?

– Envoie toujours.

Manin tendit l'écran de son portable.

– Regardez. Rien à dire, hein ? Franchement, s'il y avait pas eu l'histoire du mec je vous aurais pas dérangé.

Titus s'abîma dans la contemplation de la jeune Anglaise au duffel-coat. La sagesse même. Papa devait bosser dans une des tours environnantes. Et pas au sous-sol, aux étages nobles, dans les dividendes. La photo était un peu floue, comme souvent avec les vidéos de surveillance. Titus fit le point mentalement. Il dénoua les nattes de la jeune fille, donna du volume à ses cheveux, puis il lui ôta son duffel-coat… Et il se dit quelque chose comme nom de Dieu… Nom de Dieu de nom de Dieu ! À quoi il ajouta probablement putain de merde ! Et encore non j'y crois pas ! Sans doute aussi mais c'est pas possible ! Et à coup sûr le souk que ça va foutre ! Avant de demander à Manin, sans qu'un trait de son visage ait bougé :

– Tu peux me montrer jusqu'où Delage l'a suivie ?

*

Il fallait traverser l'esplanade qui maintenant grouillait : bureaux qui se vident, RER qui avale. Puis ils descendirent dans le métro (vendeurs de fruits à la sauvette, relais de presse, plainte lointaine d'un dàn-cò vietnamien). Manin prit à gauche avant les tourniquets et ils plongèrent par un escalier en colimaçon vers le centre de la Terre : un puits de béton gris. Luminosité en baisse, parfum d'urine en hausse.

– C'est en bas qu'elle l'a allumé, en arrivant à l'A14, indiqua Manin.

– Il lui avait sauté dessus ?

– Pas eu le temps. Elle était en embuscade.

– Elle a attaqué comme ça ? Sans déclaration de guerre ?

– Comme ça. Elle se l'est fait direct.

– Pauv' Delage.

Ils étaient arrivés à une sorte d'antichambre de l'autoroute. On entendait la circulation sans voir encore les véhicules.

– Voilà, c'est ici que ça s'est passé.

– La fille était seule, tu es sûr ? Pas de renfort ?

– Toute seule, capitaine. C'est ça qui lui fout les glandes à Youssef ! Au début, il a voulu me faire avaler qu'ils étaient une dizaine de lascars mais j'ai poussé un peu l'interro et il a fini par cracher que non ; elle était seule.

– Pas de spectateurs ?

– S'il y en avait eu, les images seraient sur la Toile.

Une espèce de parking – relents de benzine brûlée passablement imbibés d'ammoniac – propice au viol vite fait bien fait, pensa Titus. J'avais oublié que tout ce bazar financier était monté sur pilotis. Et que ça chlinguait autant, par là-dessous.

– Merci, mon p'tit Manin, t'as pas perdu ma journée.

– De rien, capitaine.

– Ah ! Un dernier truc.

Titus enleva son manteau de pur cachemire.

– Passe-moi ton imper et prends mon pardingue.

Manin s'exécuta sans poser de question. On transféra les papiers, l'argent et les portables.

– Tu y gagnes, Manin. Mais pour une nuit seulement. Demain on refait l'échange. Allez, rentre chez toi, allonge ta Nadège et ne m'appelle pas avant que je t'appelle.

Manin s'en voulut mais il ne put retenir la question qui le travaillait.

– Capitaine…

– Question de flic ou question perso ?

– …

– …

– La petite Rosbif, vous la connaissez ?

Titus hésita une seconde. Mais il avait misé sur Manin.

– J'ai mis sa mère en taule quand tu étais petit.

– Qu'est-ce qu'elle avait fait ?

– Rien. Je m'étais gouré. Un excès de cohérence…

– Un quoi ?

– Laisse tomber. Va te coucher. Dernière leçon de la journée : un bon flic se couche tôt.

12

Fin d'été dans mon Vercors. Robert et moi avons passé la journée à botteler sous le soleil de septembre. Est-ce encore de notre âge ? Le monde agricole a beau s'être automatisé, les travaux des champs restent les travaux des champs, peu reposants. Et la poussière de paille éternuante. Aussi n'étais-je pas d'humeur à encaisser les récriminations d'Alceste quand, en fin d'après-midi, Mick et Dédé nous l'ont amené, à la lisière de la forêt.

– À vous la liberté, Alceste, ai-je dit, en lui montrant le tas de meules sur la remorque de Robert. Il y a une planque pour vous là-dedans. Elle est parfaitement sûre. Robert va vous descendre avec son tracteur par la départementale 76. Dans trois quarts d'heure Bo et Ju vous récupèrent au lieu-dit Chamaloc et vers deux heures du matin vous finissez la nuit chez vous, à Paris, dans votre lit.

Alceste a jeté un regard navré sur l'édifice de paille :

– Vos solutions sont romanesques, Malaussène, c'est-à-dire complètement connes. Je ne monterai pas là-dedans.

J'ai essayé la patience :

– Pendant l'été quarante-quatre ce romanesque a sauvé un certain nombre de personnes moins regardantes que vous.

– Une famille entière en un seul voyage, même, a précisé Mick. Les Frisés n'y ont vu que du feu.

Alceste ne s'est pas laissé émouvoir par l'Histoire.

– Je ne me fourre pas dans le foin. J'ai mes allergies.

– C'est juste un mauvais moment à passer, ai-je dit, la Mercedes des Chinois sera plus confortable.

Robert, Mick et Dédé attendaient la suite. Comment s'expliquent deux Parisiens en cas de litige ? Nous étions promus objet d'étude.

– Combien pèsent ces bottes ? a demandé Alceste.

J'ai levé la tête vers Robert, resté dans sa cabine.

– Deux cents kilos pièce. Avant, avec les anciennes machines, elles faisaient dans les quarante, et c'étaient des cubes.

– Des parallélépipèdes rectangles, a corrigé Mick.

– Dans ma famille, des cubes, a insisté Robert.

– Chacun sa tradition, a convenu Dédé.

– Autrement dit, fit observer Alceste, au moindre cahot, je finis aplati comme une crêpe. Je ne monterai pas là-dedans.

L'heure tournait. Il n'était pas question de rater le rendez-vous avec Bo et Ju. Il fallait conclure. Robert a dû me sentir fatigué parce qu'il est descendu de son perchoir, s'est planté devant Alceste, et a rompu la consigne en lui adressant la parole :

– Hé, Monte-Cristo, tu grimpes dans ta planque vite fait ou à nous quatre on t'y enfonce comme un thermomètre dans le cul d'un épouvantail.

*

Voilà. Mission accomplie. Alceste confié aux Chinois et sa clé USB envoyée à la Reine Zabo, poste restante, pour plus de sécurité. Se méfier des mails, se méfier du papier, se méfier des cyber-nuages. Que la concurrence ne nous pique pas notre gâteau ! Qu'on ne retrouve pas les bonnes pages de *Leur très grande faute* (c'est son titre, il y tient) dans le supplément littéraire d'un journal trop tôt avant la sortie du bouquin. La bonne vieille clé USB expédiée à la Reine et le fichier d'Alceste effacé quand elle aura récupéré le texte, c'est encore ce qu'il y a de plus sûr. C'est mon métier de penser à ce genre de choses.

Fin de l'été, donc.

Dans deux jours, je remonte à mon tour.

Exercer ledit métier.

Protéger mes vévés, me farcir la énième rentrée littéraire, suivre de près la course aux prix…

Pourquoi ?

Pourquoi ?

C'est la tombée du jour. Julie et moi sommes assis sur notre banc devant les Rochas, Julius le Chien couché à nos pieds, ses babines autour de lui. Julie achève la lecture d'*Ils m'ont menti*, qu'elle s'est gardé pour l'été… Silence…

Rester ici.

Plus de Paris. Où, par ailleurs, sautent des bombes, où les mitraillettes partent toutes seules.

Regarder tous les soirs le soleil se coucher sur le Grand Veymont.

Oui… Le reste de mes jours ici, à suivre des yeux le drap de nuit qui rampe chaque soir vers le sommet de cette montagne.

– Julie, qu'est-ce que les esprits distingués ont contre les cartes postales représentant des couchers de soleil, tu peux me le dire ?

Silence.

– Regarde ça : l'insaisissable et saisissant endormissement du monde !

– Hou là !

Julie consent à lever un œil vers le Grand Veymont qui s'endort, mille trois cents mètres au-dessus de nos têtes. C'est un éléphant couché sur le flanc. Les derniers rayons lui font un crépuscule de savane.

– Tu veux savoir ce que les esprits distingués reprochent aux cartes postales chromos, Benjamin ? Écoute la réponse de ton copain Alceste.

Elle feuillette *Ils m'ont menti*, tombe sur le passage ad hoc et me le lit à voix haute :

Les parents idéaux selon Tobias et Mélimé : médecins du monde, violoncellistes, pilotes de formule 1, chercheurs en physique nucléaire, justiciers écologistes, vulcanologues… Tous exerçaient des métiers « de prestige », comme on dit de ces hôtels où les secrétaires médicales vont se faire croire à l'amour du docteur entre midi et deux. Aucun d'eux n'était postier, instituteur, pharmacien, soudeur, garagiste ou secrétaire médicale, justement…

Frères et sœurs, ça ne vous a pas frappés, cette collection de géniteurs exceptionnels ? Comment se fait-il que pas un de nous ne se soit dit qu'il pouvait aussi bien être un enfant de putain ou, à la rigueur, un rejeton de bonne famille laissé pour compte après accouchement sous X ? N'est-ce pas le modèle d'orphelin le plus courant sous nos latitudes ? Eh bien non ! Nous nous sommes tous crus des descendants de demi-dieux ! Tombés de l'olympe social dans le nid de Tobias et Mélimé ! Ces deux cons nous ont dotés de parents archi chromos – cartes postales à coucher de soleil ! Notez que sur ce point je ne les incrimine pas, ils font partie de ces abrutis innombrables qui croient que le soleil ne se couche que pour le plaisir des yeux.

Julie referme le livre, l'œil sur le Grand Veymont qui s'empourpre :

– Bienvenue au club, Benjamin.

J'avais oublié ce passage.

Mais j'ai bien retenu le reste ; la lutte vaine d'Alceste pour rallier ses frères et ses sœurs à la thèse de la vérité vraie.

Nos parents mythiques n'ont jamais existé, voilà la vérité ! Si vous ne me croyez pas, consultez n'importe quel moteur de recherche. Je l'ai fait pour vous. « Aucun document ne correspond aux termes de recherche spécifiés. » *Preuve par le néant ! Nos parents n'étaient pas ces étoiles mortes dont la lumière continuait à nous éclairer par le truchement des histoires de Tobias et Mélimé. Jamais nés ! Point final. Par conséquent, pas d'ascendants ni de descendants ni de collatéraux ! Ni même de nom ! Et c'est peut-être le plus douloureux à admettre. Comme nous les aimions nos « vrais » noms, vous souvenez-vous, frères et sœurs ? Avec quel délice nous les prononcions ! Si pleins de sens ! Si pleins d'être ! Si pleins de vie ! Si pleins de chair ! Si pleins de nous ! Ah ! cette joie de nous appeler par nos vrais noms ! De clamer notre identité ! De ressusciter nos parents en nous appelant ! « Viens ici, mon petit Tassouit. Hein, mon Blinneboëke ? Qu'est-ce que tu dis de ça, Gorbelius ? Attends que je t'attrape Tsirouet ! Gabelin, bougre de mange-tout, finis ton assiette, tu vois bien qu'on débarrasse ! »*

Or, personne, jamais, sur cette Terre, ne s'est appelé Blinneboëke, Tassouit, Gabelin, Tsirouet ou Gorbelius.

Cette découverte ne vous frappe pas d'inexistence ? Aucun des attributs attachés à ces noms n'a eu la moindre réalité ! Ni les corps, ni les âges, ni les traits de caractère, ni les métiers. Profession des parents : Violoncellistes, répondais-tu fièrement, Faustine, sur les fiches que les professeurs font remplir en début d'année, tu te souviens ? Vulcanologues, écrivais-je de mon côté. Pilote de course, répondait Mathieu. Et quand certains professeurs s'étonnaient de certaines réponses auprès de Tobias ou de Mélimé, « Chasseurs de chasseurs, qu'est-ce à dire ? », l'explication tombait, toute naturelle :

– Baptiste est un enfant adopté, chère madame, ses parents étaient gardes-chasse en Côte d'Ivoire, dans la réserve d'Abengourou, et nous tenons beaucoup à en préserver la mémoire dans le cœur de l'enfant.

Que répondre à ça ? Aucun professeur n'allait y voir, bien sûr, ce n'est pas le genre de propos qui suscite le doute. Tobias et Mélimé sortaient de l'école sanctifiés. Tout juste si les profs ne leur faisaient pas une haie d'honneur. Je vois encore leurs auréoles ! Très nettement ! Resplendissantes sur leurs deux têtes de cons. Qui pouvait se douter que ces deux images pieuses passaient leur vie à néantiser les enfants qui leur étaient confiés ? Pas à les anéantir (nous étions bien nourris, c'était sans goût comme le reste, mais copieux), à les néantiser, *à les remplir de néant ! Des sacs à néant, voilà ce que Tobias et Mélimé ont fait de nous. Délibérément ! Car pour créer ces noms de famille sans famille il a bien fallu qu'ils s'assurent de leur inexistence ! Personne ne devait avoir porté ces noms. Jamais ! Aucun homonyme ! Nulle part ! Or, ce n'était pas une mince affaire, ce genre de vérification, avant l'ère Internet. Tobias et Mélimé ont fait sur nous de la généalogie à rebours. Ils ont assuré notre vide ontologique. En sorte que si la fantaisie prend à l'un de nous d'aller chercher d'où il vient, la seule réponse que nos parents adoptifs aient mise à notre disposition est celle-ci :* de nulle part.

*

Et alors ?

Répondit le chœur des frères et des sœurs d'Alceste.

Et alors ?

MARGUERITE : Quel mal y a-t-il à inventer des histoires et des noms ?

FAUSTINE : Nos vrais néanti… néantiseurs, comme tu dis, sont les salopes qui ont accouché de nous sous X.

MATHIEU : Tobias et Mélimé nous ont fait une enfance de rêve que tu présentes comme une enfance de merde.

ADRIEN : Tu t'acharnes tout simplement à détruire l'harmonie familiale.

PASCAL : Écrivain sans imagination, tu nous utilises comme matière première de tes délires mégalomanes.

FAUSTINE : Et paranoïaques.

GENEVIÈVE : Tu es désormais indigne de l'amour que nous te portions.

FAUSTINE : Un des grands bonheurs de ma vie sera de ne plus entendre ton perpétuel prêchi-prêcha.

BAPTISTE : Le seul fils de pute c'est toi. Va te chier.

Propos dûment rapportés par Alceste dans ses interviews, bien entendu.

QUESTION : Ces anathèmes vous touchent ?

ALCESTE : C'est le prix à payer, je l'assume.

QUESTION : Le prix de quoi ?

ALCESTE : Le prix d'une littérature digne de ce nom. En m'injuriant, ils voudraient m'empêcher d'écrire. Or, personne ne peut m'empêcher de rendre compte de ce qui est. C'est cela, écrire. Ça ne doit être que cela. Quel que soit le prix ! Y compris celui de la solitude.

QUESTION : Comment ont réagi vos parents à la sortie de votre livre ?

ALCESTE : À ma connaissance, je n'ai pas de parents.

– Vos parents adoptifs.

– Le couple de menteurs qui m'a abruti ? Comme toujours, par la politique du néant. En faisant comme si ce livre n'existait pas.

– Ils ne l'ont pas lu ?

– Ils ne me l'ont pas fait savoir. Ils se vivent comme des victimes, vous comprenez. Ils se croient attaqués. Ils laissent mes frères et mes sœurs monter au créneau à leur place.

– Eux, du moins, vous ont lu.

– Oui... enfin... ils ont dû chercher leurs noms dans le livre et lire les passages qui les concernaient personnellement. Ce ne sont pas de grands lecteurs, vous savez. Voilà un effet secondaire de la cécité où les a plongés le mensonge : ils ne lisent pas. Ils n'ont pas besoin de lumière.

– N'est-ce pas un peu facile d'utiliser le roman pour décider de la vérité des uns et des autres ?

– La facilité, monsieur, c'est de se taire ! La facilité, c'est de ne pas écrire ! La facilité c'est de faire comme si nous n'avions pas vécu ce que nous avons vécu ! La facilité c'est de laisser les aveugles ne pas voir quand nous avons les moyens de leur rendre la vue ! Dans mon cas, ne pas écrire équivaudrait à un délit de non-assistance à fratrie en danger.

*

Et ainsi de suite, de journaux en journaux, de radios en télés, de blogs en sites Web, pendant toute la promotion d'*Ils m'ont menti*.

Jusqu'au jour où la « fratrie en danger » a réagi. Où les aveugles ont accepté la confrontation avec Alceste dans un débat télévisé. La famille envoie trois représentants : Adrien l'aîné, Faustine la plus entreprenante, et Baptiste le plus jeune, star montante du football. La Reine Zabo et moi déconseillons à Alceste ce genre d'exhibition, *Ils m'ont menti* marche très bien, pas besoin de cette publicité. Alceste nous envoie paître. Nous ne sommes que des mercantis, lui, il a une cause à défendre.

Titre de l'émission : *C pas un drame.* On est censé y réconcilier des parties inconciliables.

Public automatique, préchauffé comme un four avant cuisson :

– Lumière rouge, on applaudit, d'accord ?

– D'accooooord !

– Lumière jaune on proteste, d'accord ?

– D'accooooord !

– Lumière verte on rigole, d'accord ?

– D'accooooord !

Essais concluants.

Au premier rang des spectateurs, la Reine Zabo et Loussa de Casamance, qui ont tenu à accompagner leur auteur. Ils sont flanqués de Simon le Kabyle* et de Mo le Mossi*, prêtés par Hadouch* en cas de grabuge. L'escorte, qui s'est pommadée pour la circonstance, fait profil bas. Elle aimerait être ailleurs. Hadouch et moi restons debout au fond du studio, derrière les caméras. Dialogue adjacent et chuchoté :

– Tu fais chier, Ben, tu sais bien que la télé c'est pas notre truc !

– C'est la dernière fois, Hadouch, parole.

– C'est pas parce que j'ai passé une licence de lettres à l'époque où on lisait que tu dois nous embarquer dans ces querelles pseudo-littéraires…

– Ça va, Hadouch, c'est la dernière fois, je te dis ! Pour la protection d'Alceste on est en pourparlers avec les Chinois.

– Les Chinois ? Les Chinois de Belleville ? Bo et Ju ?

– Bo, Ju et leur bande, oui.

– Putain, elle a les moyens, ta patronne !

Fin du dialogue.

Début de l'émission.

Entrée des invités.

L'animateur, dynamique et souriant, hurle joyeusement le nom des participants, qui, applaudis par la claque mécanique, viennent s'asseoir face à un fauteuil vide.

Cela fait, apparaît Alceste, qu'on installe dans ledit fauteuil (applaudissements plus fournis).

L'animateur se fend d'un préambule tonique et joyeux, comme quoi « Vous verrez, C pas un drame », avant de poser les premières questions.

Elles visent à tracer les frontières entre littérature et vie privée. Ça ne donne pas grand-chose : pour la famille tout est intimité, pour Alceste tout est littérature.

Un partout.

J'en profite pour faire la connaissance de ladite famille. Des « culs propres », aurait dit Jérémy dans son adolescence. (Le concept englobait une tenue vestimentaire irréprochable, une certaine ostentation grammaticale et une forte propension à la sagesse majoritaire.) Impossible d'imaginer que, trois mois plus tard, ces consciences limpides précipiteraient Alceste dans la tombe de leur père avec le projet de l'y enterrer vivant.

L'animateur change de sujet. Il demande joyeusement à Alceste ce qu'il a contre les contes.

ALCESTE : Rien.

ANIMATEUR : Ce n'est pas ce qui ressort de la lecture de votre ouvrage !

ALCESTE : Je n'ai pas le souvenir qu'on nous ait dit des contes, dans notre enfance.

ANIMATEUR (*bouche ouverte, yeux écarquillés*) : Enfin, quoi, je veux dire, ces histoires que vous racontaient vos parents avant de vous endormir, c'étaient des contes !

ALCESTE : Ce n'étaient pas mes parents et ce n'étaient pas des contes. C'étaient des mensonges qui tendaient à nous faire prendre notre vie familiale pour ce qu'elle n'était pas.

Première réaction de Faustine :

– Absolument pas ! C'était leur façon de nous enchanter !

ALCESTE : Les mensonges ne m'enchantent pas.

Applaudissements de la salle.

Intervention d'Adrien, quadragénaire à la voix posée, aux traits fins, aux doigts longs et transparents :

– Si Tobias et Mélimé avaient voulu nous mentir, ils nous auraient dit que nous étions leurs propres enfants. Ils ne se seraient pas donné la peine de nous imaginer des parents de rêve.

ANIMATEUR (*hilare tout à coup, son regard écarquillé prenant ostensiblement le public à témoin*) : D'un autre côté, il aurait été difficile à madame votre mère de cacher tant de grossesses à ses aînés !

La salle éclate de rire.

Faustine sort de ses gonds :

– Il n'y a pas de quoi rire ! Nous ne sommes pas venus nous donner en spectacle ! Nous sommes ici pour défendre l'honneur d'un couple qui a consacré sa vie à élever dans la joie et l'abnégation des enfants qui n'étaient pas les siens !

Fin des rires.

ALCESTE (*à son frère Adrien*) : Si Tobias et Mélimé avaient voulu nous dire la vérité, ils nous auraient appris qui étaient nos vrais parents, tout simplement. (*Un temps.*) Ce que moi, je vais faire, je vous le promets, mon œuvre est loin d'être achevée.

ADRIEN (*calmement*) : Qui te le demande ? Ceux qui nous ont abandonnés à la naissance et qui n'ont jamais fait le moindre effort pour nous retrouver ? Ou nous, qui ne voulons pas entendre parler d'eux ?

ALCESTE : Ni vous, ni eux, ni moi, ni même la loi : la vérité, tout simplement. La réalité, si tu préfères. Mon œuvre n'a partie liée qu'avec la vie telle qu'elle est. Et vous devriez m'en remercier.

BAPTISTE (*ironique*) : Ton œuvre… T'en remercier… Non mais on rêve, là !

ALCESTE (*presque tendrement*) : Mon œuvre qui fait de vous des personnages de roman, Baptiste, mais des personnages *réels*, quand dans la vie vous continuez à vous comporter comme les êtres de fiction imaginés par Tobias et Mélimé.

ADRIEN : Tout de même, tout de même, des êtres de fiction qui se sont mariés, qui ont fait des enfants, qui exercent des métiers, qui paient des impôts…

ALCESTE : Et qui racontent à leur progéniture les mêmes mensonges sur leurs grands-parents, et qui exercent des métiers qui ont tous à voir avec le mensonge ou le néant.

Interruption outrée de Faustine :

– Avec le mensonge ?

L'animateur saute sur l'occasion, il relance, comme au poker, pour voir :

– Avec le néant ?

ALCESTE : Peux-tu nous dire ce que tu fais dans la vie, Faustine ?

FAUSTINE : Directrice de casting, pourquoi ?

ALCESTE : Pour quel genre de films ?

FAUSTINE : Je ne travaille pas pour le cinéma, je travaille pour la télévision.

ALCESTE : C'est vrai. Directrice de casting pour quel genre d'émissions, alors ?

Ici, léger flottement, puis Faustine – blonde musclée, beau visage à la coupe carrée, regard direct, jeune femme d'autorité, voix précise et déterminée :

– Pour des émissions de télé-réalité.

Ici, le meneur de jeu (au demeurant parfaitement au courant du métier de Faustine) bondit. Il fait appel à l'ensemble du public.

ANIMATEUR : Télé-réalité ? Voilà qui doit diablement vous intéresser, non ?

Réponse unanime :

– Siiiiiiiiiiiiii !

ANIMATEUR : Dans ce cas on vous fera passer un petit casting à la fin de l'émission, d'accord ?

– D'accooooord !

Dénégation souriante de Faustine :

– Pas ce soir, il est trop tard. Demain, s'il vous plaît, et sur rendez-vous.

Son autorité en impose. Personne ne proteste.

ALCESTE : Et peux-tu expliquer à la salle en quoi consiste l'entraînement des candidats retenus pour tes émissions ?

FAUSTINE : C'est assez technique, c'est...

ALCESTE : Ça n'a rien de technique. Ça consiste à vider le candidat de lui-même pour le gaver d'une personnalité fictive qu'il devra incarner dans le show comme si c'était la sienne. Ça consiste à supprimer la réalité au profit d'une fiction qui se prétend réelle ! À faire passer ce qui n'existe pas pour ce qui existe ! Exactement ce que Tobias et Mélimé ont fait avec nous.

ADRIEN (*volant au secours de sa sœur*) : Mais c'est un spectacle ! Tout le monde sait que c'est un spectacle !

Comme le catch ! Le catch n'est pas un sport, c'est un spectacle sportif. Personne n'est dupe. La réalité produit *aussi* du spectacle ! Le spectacle *est réel* ! Et sur mon métier de médecin, tu as quelque chose à dire, sur mon métier ?

ALCESTE : Médecin légiste ? Se pencher sur l'autre quand il n'y est plus, Tobias et Mélimé doivent adorer ! Aucune chance de rencontrer du vivant.

ADRIEN (*conciliant*) : C'est surtout faire progresser la médecine, chercher à préserver les vivants de ce qui a tué les morts.

ALCESTE : Est-ce toi qui as autopsié le corps de Françoise Delbac après son suicide ? Tu as trouvé de quoi elle était morte ? (*Il montre le public.*) Ça pourrait aider à protéger les vivants ici présents.

Faustine bondit, tout en restant assise :

– Tu es ignoble ! Je t'interdis de…

ALCESTE : Tu m'interdis quoi ? De dire que cette jeune femme s'est tuée après une de tes émissions ? Qu'elle est morte d'avoir été vidée d'elle-même et gavée comme une oie d'une personnalité inconsistante et ridicule ? Qu'il n'y avait rien d'autre à trouver dans son cadavre que le néant dont tu l'as remplie et la honte qu'elle a finalement ressentie ? Qu'elle n'est pas la première à s'être tuée dans ces circonstances ? Que pour échapper aux procès ta chaîne négocie des dédommagements ? Que ton service juridique achète la douleur au prix fort ? Ce dont tu te fiches éperdument parce que Tobias et Mélimé ne t'ont pas appris la différence entre personne et personnage, entre produit industriel et singularité humaine ! Et que tu prends ton indifférence pour de la force de caractère, une sorte de virilité sociale !

Silence funèbre de la salle. Des larmes de fureur viennent aux yeux de Faustine. L'animateur doit se dire que si ce n'est pas un drame ça pourrait bien le devenir. Il botte puissamment en touche :

ANIMATEUR : Et le foot pratiqué avec brio par votre jeune frère Baptiste ? Nous ne sommes pas dans la fiction, là ! C'est du réel, et du lourd !

ALCESTE (*évasif*) : Oh le foot... Des têtes vides tapant dans des ballons pleins d'air pour que leurs maillots, taillés dans le tissu de la publicité, finissent punaisés dans des chambres d'adolescents... Je vois assez peu de réel, là-dedans... Beaucoup d'hystérie... Donc beaucoup d'argent... C'est ce que vous appelez le lourd, j'imagine... Non, ce qui me chagrine c'est qu'à son âge Baptiste continue de jouer à la balle... Vous savez, nous avons assez peu mûri dans cette fausse famille. Mon livre n'est après tout qu'une tentative de maturation et je...

Mais Faustine contre-attaque :

– Ton livre est une entreprise de torture mentale, domaine où tu excelles, comme tu viens de le démontrer ! Ton « œuvre », comme tu dis modestement, relève moins de la littérature que du harcèlement moral. Mais nous ne nous laisserons pas amoindrir, nous réagirons, s'il le faut nous irons jusqu'au procès, nous...

Est-ce l'évocation de la justice sous la forme d'un tribunal ? Une houle de désapprobation soulève la salle dont les protestations couvrent la colère de Faustine, houle que la main levée d'Alceste apaise instantanément.

ALCESTE (*très calme*) : Je n'ai jamais douté que vous iriez jusqu'au procès. Tobias et Mélimé vous le demanderont – vous l'ont peut-être déjà demandé – et vous suivrez comme un seul pantin. Et qu'avancerai-je, moi, pour ma défense ? Ceci, que je répète.

Suit un long monologue à la gloire de la vérité vraie pendant lequel Faustine arrache son micro et quitte vigoureusement le plateau, suivie d'Adrien et de Baptiste, lequel fait un doigt d'honneur aux spectateurs déchaînés et brandit son poing fermé en direction d'Alceste.

L'animateur tente mollement d'endiguer la fuite de ses invités, déplore que « ça finisse comme ça », affirme qu'« on ne peut pas réussir à tous les coups », et, tout sourire, annonce le thème de l'émission suivante en rassemblant ses papiers.

Hadouch et moi soufflons un bon coup, le grabuge a été évité. La Reine Zabo et Loussa de Casamance se lèvent pour partir, celui-ci soutenant celle-là. Fugitivement, leur grand âge me frappe, ce qui n'arrive jamais entre les murs du Talion où, depuis que je les connais, leur fonction me les rend immuables.

Pendant que l'animateur tapote sur la tranche ses documents rassemblés, Alceste réclame une dernière fois la parole.

– Je vous en prie, dit spirituellement l'animateur, je crois avoir compris qu'il est difficile de vous en priver.

Alors, Alceste s'adresse directement au public. Il lui demande s'il n'a pas honte d'applaudir ou de protester à la commande.

ALCESTE : Où se cache le meneur de jeu qui vous a transformés en chiens de Pavlov ? (*Il pointe du doigt l'animateur toujours occupé à tasser ses papiers.*) C'est lui ? Il appuie sur un bouton, une lumière s'allume et vous riez ! C'est ça ? Ou vous protestez ? C'est ça ? Tous ensemble ?

Comme un seul homme ? Vous n'êtes pas effrayés d'être si nombreux à n'être personne ? Vous savez ce qu'on peut faire faire à des foules comme la vôtre ? Vous êtes prêts pour le lynchage ? Et vous venez toutes les semaines ? Vous faites des heures de queue pour être sélectionnés ? Pour participer à ces séances de torture publique ?

La première chaussure rate Alceste d'un cheveu. La deuxième le touche à la tempe. La troisième est bloquée par Mo le Mossi qui s'est précipité sur le plateau. Simon le Kabyle l'a suivi et tente d'éviter l'invasion du public pendant que Mo pousse en coulisse un Alceste vociférant :

ALCESTE : Ah ! Quand même ! Enfin un peu de spontanéité !

*

Remonter à Paris pour retrouver ce cirque…

Pourquoi ?

Pourquoi ne pas prendre ma retraite, tout bonnement.

Hein ?

Zabo m'en doit au moins deux : retraite d'employé et retraite de personnage. Ça devrait chiffrer un peu.

Allez, restons ici. Laissons la Reine se démerder avec ses plumes suicidaires.

Le soleil est tout à fait couché à présent. Le Grand Veymont n'est plus que sa masse nocturne et l'hiver alpin s'insinue, aiguisé déjà, dans l'automne à peine entamé.

Frisquet, frisquet.

– Julie, on rentre ?

Bien entendu, Julius le Chien nous précède.

IV

LA PETITE

> « En fait, j'y suis allé comme un chien truffier, sur cette affaire ; j'ai mis dans le mille au premier coup de pif. Un instinct, décidément ? Se peut-il qu'on soit flic à ce point-là ? »
>
> Adrien Titus

13

Le soleil se couche sur le Vercors et Paris s'embrase. Musique à tous les carrefours. Les orchestres jaillissent du bitume. La course aux décibels brouille les communications téléphoniques. Son portable à l'oreille, le capitaine Adrien Titus hurle :

– C'est la petite, ça, non ? C'est pas la petite ?

Il vient d'envoyer la photo de la fille de la pharmacie à Silistri.

– Comment veux-tu que je te dise ? Elle devait avoir douze ans la dernière fois que je l'ai vue. Et puis, c'est toi, le parrain, c'est pas moi.

– Demande à Hélène* ! hurle Titus. Ma main au feu que c'est la petite !

– Hélène ne décroche plus quand je l'appelle. Tu n'as qu'à leur demander à eux !

– Pas sans en être sûr ! Je te rappelle qu'on s'est déjà gourés une fois avec eux.

Tout autour de Titus, l'incendie musical fait des ravages. La fiesta des mômes à crête : tecktonik, hip-hop, breakdance, et que je m'autofilme la prouesse, selfie, selfie ! Et que je la mette aussi sec en ligne.

– Et toi, tu es où, là ?

C'est une question que le capitaine Adrien Titus pose au divisionnaire Joseph Silistri.

– À Créteil. Chez LAVA. Une bande d'allumés ont cru malin de coincer Ménestrier, Ritzman, Vercel et Gonzalès dans leur salle de réunion. Ils les soupçonnent d'avoir exfiltré Lapietà, tu t'imagines ? Il va falloir qu'on sorte ces quatre cons de là, mes gars et moi. Pour le reste le ramier fait fouiller tous les entrepôts et vider tous les containers. Il est à cran. On a embastillé suffisamment de délégués du personnel pour obstruer les couloirs de la PJ jusqu'au week-end. Aucune trace de Lapietà, bien sûr.

– Comment tu vas t'y prendre pour libérer tes grossiums ?

– J'attends des renforts. Une compagnie de CRS. Ça va être chaud. Écoute !

Le divisionnaire Silistri a dû tendre son portable par une fenêtre ouverte parce que le capitaine Adrien Titus entend nettement le monde du travail souhaiter la mort des financiers, l'extermination des actionnaires et la sodomie de la police nationale. Un temps, la fureur de Créteil couvre la musique de Paris.

– Bon et toi, qu'est-ce que tu vas faire avec ta photo ?

– Je vais suivre mon pressentiment en espérant me gourer.

Après le départ de Manin, le pressentiment du capitaine Adrien Titus l'a conduit à la pharmacie de Youssef Delage. Titus a bloqué le rideau du bout du pied à la seconde de la fermeture. Protestation du pharmacien. Carte de police. Le pharmacien rouvre. Caméra de surveillance, s'il vous plaît, vite ! Le capitaine Adrien Titus s'est offert une projection privée. Il a voulu voir la fille au duffel-coat en mouvement. Il l'a vue. Cette façon de bouger… merde. Il a voulu entendre sa voix. L'accent british est bidon, pseudo-shakespearien. Ça sent son théâtre amateur. Merde de merde de merde, elle est anglaise comme je suis malgache ! Il ne la reconnaît pourtant plus. Plus vraiment. Plus tout à fait. Moins. Un peu quand même. C'est elle ? Ce n'est pas elle ? Il faut dire qu'avec ces nattes et ce duffel-coat… Moins conforme à son look habituel, on ne peut pas imaginer. Il a filmé sur son portable la séquence entière. Dans le métro, il se la repasse en boucle. La fille entre dans la pharmacie, elle baratine Youssef en jouant les Ophélie au bord de la noyade. Youssef la bouffe des yeux. Se taper Ophélie pour son quatre heures, ça devient son projet de vie. La fille ressort avec les sondes. Dix secondes passent, Youssef la suit. Et Titus, soudain, pense à autre chose : Dire que je lui ai filé une rallonge pour ses vacances ! Non, ce n'est pas elle, ça ne peut pas être elle ! Je la reconnaîtrais, quand même ! La dernière image qu'il garde de la petite date de la fin juin. Elle est à des années-lumière de ce qu'a filmé cette caméra de surveillance. Il la revoit avec ses tifs en fusée d'artifice. Comme elle lui saute au cou !

– Oh ! Merci parrain ! Mais va pas croire que tu me fais la charité, hein ? Considère ça comme un investissement. Je vais te le rendre au centuple !

Comme elle est joyeuse en empochant les billets ! Et lui, une fois de plus sous l'effet du ravissement, qui fait tout son possible pour ne pas regarder ses seins. Lui qui se morigène : Arrête ! On ne plonge pas entre les seins d'une enfant qu'on a vue naître !

Tiens, à propos, qu'a-t-elle fait de ses seins ? Sur le noir et blanc de la vidéo la fille est sans formes. Cylindrique. Mais quelle poitrine survivrait à un duffel-coat ? Non ce n'est pas elle, non. Et ces nattes… non, ça ne *peut pas* être elle.

*

Ariana Lapietà lui ouvre sa porte pour la deuxième fois en deux jours.

– Tituuuuuus ! Tu es sans manteau ? Avec ce froid ? Entre, entre.

(Par réflexe de coquetterie il a caché le Burberry de Manin dans une poubelle avant de sonner.)

Il réclame la salle de bains de toute urgence, s'y enferme à clé, ouvre le placard, constate que les sondes y sont encore, en éprouve du soulagement, tire une chasse d'eau ostensible et ressort.

– On ne s'est pas vus depuis trente-quatre ans et tu viens pisser en passant ?

Ariana est surprise mais pas vraiment étonnée. Titus se rappelle que c'était une de ses caractéristiques. Adolescente déjà elle ne s'étonnait de rien. Ça flanquait la trouille à son frère. Elle a tout à apprendre, expliquait le Gecko, et rien ne l'étonne. Je te jure Titus, j'ai peur qu'elle prenne un mauvais coup à force.

– Ton fils est là ?

– Tuc ? Il cuisine.

Va savoir pourquoi, cette nouvelle aussi le rassure.

– Je peux lui parler ?

Titus colle la vidéo sous les yeux de Tuc :

– Tu connais cette fille ?

Tuc s'essuie les mains, jette le torchon sur son épaule, baisse le feu sous un machin qui mitonne, prend le portable, regarde attentivement, fronce les sourcils, hoche la tête de droite à gauche.

– Non.

– Regarde encore.

Nouvelle séance. Tuc passe la vidéo, puis porte l'appareil à son oreille. Il écoute très attentivement.

Un lièvre à la royale… Aucun doute sur le fumet de la cocotte… Le lièvre qui a rissolé, le sang que le môme vient de verser dans le vin, on ne peut pas se tromper. Tuc est un cordon-bleu, il ne fait pas dans la cuisine bâclée. Son argent de vie est bien gagné.

Tuc hoche la tête en rendant son portable à Titus.

– Ce n'est pas une vraie Anglaise.

Titus le regarde sans mot dire, rempoche son appareil et prend congé.

Il s'excuse auprès d'Ariana qui le raccompagne à la porte.

– Excuse-moi, mon p'tit cousin, c'était juste pour une vérification.

– Y a pas d'offense.

Sur le seuil il la regarde vraiment. Il constate qu'à dix heures du soir elle est la même Claudia Cardinale, exactement, que la veille à dix heures du matin.

*

Plus tard il racontera qu'il s'est contenté, cette nuit-là, de suivre son instinct, « ou quelque chose du genre ».

Qu'il n'avait absolument pas conscience de ce qu'il faisait. Non, on ne peut pas parler d'intuition… Un pressentiment peut-être, mais va savoir ce que ça veut dire. La vérité c'est qu'il faisait les choses mécaniquement, mû par… Il luttait contre une évidence ! C'est ça, je me bagarrais contre une certitude. Je ne *voulais pas* y croire, tout simplement, et moins je le voulais plus j'y croyais, tout en me disant que non, tout de même, c'était pas croyable. En fait, j'y suis allé comme un chien truffier, sur cette affaire ; j'ai mis dans le mille au premier coup de pif. Un instinct, décidément ? Se peut-il qu'on soit flic à ce point-là ?

Après avoir quitté Ariana et Tuc il avait récupéré l'imper de Manin dans la poubelle et replongé dans le métro, direction la Défense. Pourquoi la Défense ? C'est là que la fille au duffel-coat avait fait surface. Il ne pouvait pas se l'enlever de la tête. Au point qu'il avait envoyé la vidéo à Tanita*. Oui, il était allé jusque-là.

– Regarde, c'est la gamine, non ?

Comme prévisible, elle avait répondu évasivement :

– Je ne sais pas. Ce n'est pas moi qui l'ai vue naître.

Tanita n'avait jamais aimé cette histoire de gamine. Ni l'histoire ni la gamine. Elle trouvait que Titus prenait son rôle de parrain trop à cœur. Elle ne voulait tout simplement pas en entendre parler. Elle ne pouvait pas. Titus avait observé sur le tard qu'en matière d'amour, au moindre regard de côté – fût-ce sur un bébé dans les langes –, elle se sentait volée.

Puis, Titus avait refilé le numéro de sa filleule à Manin.

– Appelle ce numéro et dis-moi ce qui se passe.

Manin avait rappelé :

– Il se passe rien, capitaine. Plus attribué.

Bon, elle n'est pas rentrée, pensa Titus. Pas encore renouvelé son abonnement. Pas d'affolement, elle rentrera dans la semaine. Elle n'est pas là, je déconne, ce n'est pas elle.

*

Quand il sortit du métro, la Défense tout entière dansait. Combien pouvait-il y avoir d'orchestres ? De nombreux solos aussi avec un ampli à leurs pieds et leur cercle de badauds. Ce que ces mômes savent faire de leur corps tout de même ! Titus se prit à les envier. Il s'imagina, à leur âge, une boîte à musique sur le trottoir, laissant courir l'onde rythmique de son index à son gros orteil aller retour, le corps devenu parfaitement caoutchouteux, déployant ses volutes dans un cercle de craie. Seulement, à leur âge il parcourait le Népal, lui, et d'une certaine façon, il n'en était jamais redescendu. Et puis il y avait Tanita. Ils avaient eu – avaient encore – leur danse à eux deux, trop ardemment pratiquée pour laisser la place à d'autres chorégraphies. Il errait parmi la jeunesse à présent. Chacun dansait dans sa bulle et ce n'était pourtant pas la cacophonie. La musique cognait partout mais on s'arrangeait pour s'y découper un abri à soi. Pensait-il tomber sur la petite parmi ces danseurs ou ces badauds ? Il se disait confusément qu'il avait davantage de chances de la trouver là que partout ailleurs dans Paris. Voyons, elle avait attiré Youssef dans le trou de béton, lui avait quadruplé la gueule et après, bien sûr, elle était remontée à la surface. Avec ses sondes Pioralem.

Pour aller déboucher pépère. C'est à ça que ça sert, les sondes, non ? Ergo, qui était pépère ? Où gîtait pépère ? Et pourquoi, une fois débouché, pépère ne se serait-il pas offert avec elle un petit tour sur l'esplanade en folie ? Aucune contre-indication à ça. Au contraire, même. La vessie allégée, tiré dehors par fifille : Allez, ça te fera du bien. Un petit restau du soir, par exemple ? Why not ? Titus léchait les vitrines des restaurants qui donnaient sur l'esplanade. Aucun mangeur n'avait le nez dans son assiette. Tous regardaient dehors les mouvements de la belle jeunesse. Ça saut-périllait, ça smurfait, ça crachait du feu sur des rythmes de samba. Titus ne songeait qu'à la petite. Ces danses sur le pavé luisant étaient beaucoup plus son genre que les nattes et le duffel-coat. Puis, il se dit que non, qu'il perdait son temps, que la fille de la pharmacie n'était pas la petite, que pépère était sûrement n'importe qui et la fille aux nattes n'importe quelle auxiliaire de vieillesse, qu'il était temps de rentrer, que l'attendait à la maison une chaleur dont il ne s'était jamais lassé. Un instant, l'image de Tanita vers seize ou dix-sept ans se superposa à celle de la petite. Il y avait plus que de la ressemblance entre elles. L'enfant qu'ils auraient pu avoir, ce genre de probabilité. Il s'expliqua par là le refus de Tanita d'en entendre parler. Puisque la gamine n'existait pas par eux il était injuste qu'elle existât tout court. De fait, il se demanda s'il ne jouait pas un peu trop les pères dans cette histoire. Plus que le flic, en tout cas. N'était-ce pas déontologiquement contestable ?

Il décida de rentrer chez lui. Allez, métro. En cheminant vers la station il fut alpagué par deux Blacks. Le plus grand lui demanda s'il n'était pas impresario sur les bords. Qu'est-ce qui te fait penser ça ? Votre imper, m'sieur ! C'est classe un Burberry, c'est un trench et c'est de la thune ! Il avait donc eu raison de faire l'échange avec Manin. Il s'était dit que, le cas échéant, le Burberry lui permettrait de générationner. C'était fait. Vous voulez voir ce qu'on sait faire, moi et mon cousin ? Moi, c'est Willy et mon cousin c'est Habib. On peut vous montrer ? Allez on vous montre ! Et les deux mômes se mettent à boxer entre deux amplis qui diffusent une musique ravageuse. Boxe anglaise. Pas de savate, que du poing, la musique appelant les coups et guidant les esquives sur un rythme meurtrier. La boxe, qui, pour Titus, avait toujours eu à voir avec la danse, devenait sous ses yeux la danse elle-même. Si rapides et violents fussent les coups, ils ne portaient pas, il s'en fallait chaque fois d'un cheveu. Pendant un quart de seconde, musique et boxeurs se figeaient, le poing de l'un à un demi-millimètre du visage de l'autre, et la musique, comme enragée par ces ratages, reprenait, de plus en plus massacrante. Ces gosses rêvaient la boxe comme aucun boxeur ne l'avait rêvée. Puis la musique accéléra encore et les danseurs frisèrent les dix mille tours-minute. On les voyait à peine. Ils continuaient de se taper dessus sans se toucher jamais. Une malédiction avait frappé la boxe anglaise. Titus regretta sincèrement de n'être pas l'impresario que ces boxeurs célestes avaient imaginé. Il les aurait embauchés, les aurait exhibés en avant-match sur tous les rings, leur aurait offert une tournée mondiale. Faute d'en être capable, il fendit le cercle d'admirateurs qui s'était formé autour d'eux et gagna le métro.

Comme il allait glisser le ticket dans le composteur, une

bouffée de musique jaillit du puits de béton où la fille de la pharmacie avait rectifié Youssef Delage. Titus rempocha son billet et descendit l'escalier. Plus il s'enfonçait, plus les notes venaient à lui. Une musique totale, montée des tripes mêmes de la ville. Les notes arrivaient par grappes multisonores. C'était une mélopée composite qui ne lui faisait penser à rien mais qui évoquait tout ce qu'il avait entendu dans sa vie. Une sensation de familiarité absolue et pourtant de complète nouveauté. Quand il atteignit l'esplanade, au-dessus de l'A14, elle était pleine de monde. Au centre de cette petite foule une longue fille aux cheveux en cascade et aux bras nus parcourait du bout des doigts une sorte de soucoupe volante où se déployaient en corolle les cases d'un damier multicolore. Chaque fois qu'un doigt de la joueuse effleurait une de ces cases, une grappe de sons s'envolait, aussitôt mêlée à d'autres notes qui flottaient encore au-dessus des têtes. Titus ne put s'empêcher de demander à son voisin le nom de l'instrument.

– C'est l'OMNI de Moullet*, monsieur, un objet musical non identifié.

Titus n'avait plus d'yeux que pour la silhouette de la longue fille à présent. La joueuse ne quittait pas la soucoupe multicolore des yeux. Chaque effleurement de ses doigts sur une des cases convoquait un essaim de sons nouveaux et la danse de ses deux mains sur cette palette d'aquarelle réveillait tout ce qui avait sonné aux oreilles du capitaine Adrien Titus depuis le jour de sa naissance. Le tam-tam des forêts vierges le disputait aux craquements de l'orage, au chuintement des pneus sur l'asphalte mouillé, aux carillons des places flamandes, aux pizzicati d'un violon fou.

– Et la fille, demanda Titus à son voisin, vous la connaissez ?

– C'est Alice ! Tout le monde la connaît dans le trou de la Défense.

Un livreur de pizza fendit la foule avec force sourires d'excuse. Titus le vit disparaître en contrebas d'une rambarde de fer.

L'OMNI maintenant l'emmenait dans un charivari d'arrière-sons où s'expliquaient, entre autres, un trombone et une clarinette. Titus ne lâchait plus les longs bras de l'interprète, la concentration de son visage dans la danse de sa chevelure, la grâce inouïe de ses doigts voletant sur les touches de couleur…

Ce fut au troisième livreur seulement que le flic en lui se réveilla. D'autant que le parfum qui émanait de cette troisième livraison lui rappelait quelque chose.

Beaucoup plus tard il conclurait :

– J'avais beau être tombé amoureux de cette Alice et de sa soucoupe musicale, ça m'a tout de même paru étrange qu'à minuit passé on livre un lièvre à la royale dans ce trou de béton.

*

– J'entre avec toi, ça ne te dérange pas ?

C'est ce que le capitaine Adrien Titus souffle à l'oreille de Tuc une fois qu'il l'a rejoint dans l'escalier métallique qui descend jusqu'à la porte.

Tuc sonne.

La porte s'ouvre.

Et c'est bien la petite que Titus voit, debout devant eux.

Et c'est bien la petite qui s'écrie :

– Parrain ! Tu en as mis du temps à nous trouver !

Et qui ajoute :

– Tu tombes bien, on vient juste d'envoyer notre manifeste ! Champagne ! Entre donc.

14

Le manifeste des ravisseurs se greffa sur l'écran de la juge Talvern pendant que l'avocat Soares récapitulait leur journée d'interrogatoire. Il était tard pour tout le monde. Minuit largement passé. Selon maître Soares, l'agent sportif Balestro, son client ici présent, serait facilement lavé des soupçons qui pleuvaient sur sa tête depuis (coup d'œil à sa montre) plus de neuf heures d'interrogatoire à présent. L'avocat affirmait qu'en dépit de la malheureuse affaire du footballeur Olvido, « qu'on peut considérer comme un péché de jeunesse », son client n'avait plus jamais contrevenu à la loi réglementant l'âge légal de l'achat ou du transfert des joueurs de foot sur le territoire européen. Avec un sourire dénué de toute agressivité, maître Soares se proposait de démontrer une fois pour toutes à madame la juge l'innocence de M. Balestro.

Le manifeste des ravisseurs vint éclore sur l'écran de la juge à la seconde où l'avocat prononçait l'expression « péché de jeunesse ». La juge Talvern attendit la fin de sa phrase et pria l'avocat de faire sa démonstration :

– Faites donc, maître, je ne vous interromprai pas.

Fort de cette promesse, Soares se lança dans un monologue qui permit à la juge de lire le manifeste à tête reposée.

Rédigé dans le style d'une décision de justice, le manifeste des ravisseurs disait :

> *Attendu que le préambule de la Constitution de 1946 garantit à tous des moyens convenables d'existence,*
>
> *Attendu que cette résolution demeure en toutes lettres dans l'actuelle Constitution,*
>
> *Attendu qu'elle a néanmoins été abandonnée par nos gouvernements successifs, de droite comme de gauche, pendant ces trois dernières décennies,*
>
> *Attendu que cet abandon a pour cause l'allégeance de la force publique à la minorité des plus riches,*
>
> *Attendu que, durant ces trente dernières années, les avoirs de ladite minorité ont enflé à proportion de l'accroissement vertigineux du seuil de pauvreté,*
>
> *Attendu que, conséquemment, nos gouvernants mènent une guerre ouverte aux pauvres (qualifiés d'« assistés ») plutôt qu'à la pauvreté (qualifiée de « conjoncturelle »),*
>
> *Attendu que le bénévolat prend partout le relais des missions de protection constitutionnellement dévolues à l'État,*
>
> *Attendu que, de ce fait, à l'universelle notion de SOLIDARITÉ s'est substituée la très chrétienne, donc subjective, donc individuelle, donc aléatoire notion de CHARITÉ,*

Par ces motifs,
Nous,

Magistrats bénévoles,

Constitués en tribunal provisoire,

Avons procédé à l'arrestation du dénommé Georges Lapietà, prédateur notoire des catégories les plus démunies,

Et Nous,
Magistrats bénévoles,

Constitués en tribunal provisoire,

Informons que ledit Georges Lapietà ne sera remis en liberté que contre versement d'une rançon de 22 807 204 euros,

Somme correspondant au parachute doré touché par ledit Lapietà pour la mise à pied des 8 302 salariés du groupe LAVA.

Cette rançon sera remise à M. l'abbé Courson de Loir, autrement dénommé l'Abbé,

Lequel Abbé en disposera au profit des orphelinats, ateliers, centres d'accueil, dispensaires, entrepôts, restaurants et autres œuvres ou associations actuellement sous sa responsabilité.

La rançon lui sera remise publiquement et en main propre par messieurs Paul Ménestrier, Valentin Ritzman, André Vercel et William J. Gonzalès, tous quatre administrateurs du groupe LAVA.

La cérémonie devra se dérouler sur le parvis de la cathédrale Notre-Dame de Paris, dimanche prochain à la sortie de la première messe.

Nous,

Magistrats bénévoles,

Constitués en tribunal provisoire,

Condamnons en outre l'actuel gouvernement, réputé socialiste, à supporter seul le ridicule du premier enlèvement caritatif *de l'histoire de notre justice.*

Charité que nous déclarons conchier d'une même et forte voix,

En mémoire

De la Solidarité assassinée,

Et du Droit anéanti.

Dans les secondes qui suivirent cette lecture, la juge Talvern s'offrit une authentique vision. Elle vit l'abbé Courson de Loir – qu'on n'appelait, c'était vrai, jamais autrement que l'Abbé – planté droit comme un étendard sur le parvis de Notre-Dame devant les quatre administrateurs du groupe LAVA qui, genoux ployés, têtes basses et bras tendus, lui présentaient le chèque de la rançon épinglé sur un coussin rouge à glands dorés. Qu'est-ce qui me prend ? se demanda la juge. La vision était aussi nette que si elle avait pris la place du manifeste sur son écran.

Maître Soares interrompit son monologue.

– Madame la juge ? Vous m'écoutez ?

La juge Talvern fronça les sourcils et posa sur l'avocat un regard circonspect.

TALVERN : Êtes-vous croyant, maître ?

SOARES : Je vous demande pardon ?

TALVERN : Croyez-vous en Dieu ?

SOARES : Je ne vois pas ce que la religion vient faire dans notre affaire, je…

TALVERN : Vous venez de l'y introduire.

SOARES : Moi ?

TALVERN : En me priant de considérer le trafic d'adolescent auquel s'est livré votre client sur la personne de Nessim Olvido comme un « péché de jeunesse ». Un péché, n'est-ce pas ?

SOARES : C'était une façon de parler.

TALVERN : Façon religieuse. Qui réclame l'absolution.

SOARES : Une expression comme une autre…

De nouveau transportée sur le parvis de Notre-Dame, la juge entendait maintenant l'Abbé déclarer à une foule médiévale en tunique et surcot (où elle reconnut les édiles de la capitale et les membres du gouvernement) que jamais, au grand jamais, la Charité ne se nourrirait de l'argent du crime. La voix de l'Abbé tonnait. Il avait des lueurs de bûcher dans les yeux.

TALVERN : En matière de droit, maître, il n'y a pas d'expressions comme les autres.

SOARES : Je ne comprends pas ce que…

Au-dessus de l'Abbé, immobile dans le soleil du matin, une buse madeleine jouait à l'Esprit saint. Elle rayonnait. Un imperceptible frémissement de ses plumes indiquait qu'elle allait se ramasser sur elle-même et plonger. C'était imminent. Son œil rond avait repéré une proie. Ici, la juge Talvern entendit clairement une voix murmurer à son oreille : « Tu vas voir qu'elle va piquer le chèque, cette conne. » C'était une voix familière, montée de son enfance, une voix qui se plaisait à la drôlerie des choses.

La juge ne sourit pas.

TALVERN : Tenons-nous-en au droit, maître, voulez-vous ? Il se fait tard.

Tout à coup, elle s'adressa à Jacques Balestro.

– Le soleil est couché depuis longtemps, monsieur Balestro. Maître Soares a raison sur un point : en neuf heures d'interrogatoire nous n'avons guère avancé. Y passerions-nous la nuit que nous n'avancerions pas davantage, n'est-ce pas ?

Balestro rassembla ses dernières forces :

– Faut croire que j'ai plus rien à vous dire.

Quoique vêtu du même costume que la veille, Jacques Balestro avait émergé de sa première nuit de prison comme d'une peine de longue durée. Il ne s'étonnait même pas que, depuis l'aube, la juge s'adressât à lui sans le truchement d'un ordinateur. C'était une greffière qui tapait ses réponses. Longue, sèche, insensible à la fatigue, la greffière n'éprouvait pas le besoin de se nourrir. L'interrogatoire pouvait durer dix ans.

– « Faut croire », murmura la juge Talvern… Encore le religieux.

Puis,

TALVERN : Une dernière question, monsieur Balestro. La toute dernière. Après, nous allons nous coucher. Je vais prononcer cinq noms. Levez la main dès que vous en reconnaîtrez un.

Balestro haussa des épaules indifférentes.

TALVERN : Ali Boubakhi, ça vous dit quelque chose ?

Apparemment rien.

TALVERN : Fernand Perrin ?

Pas davantage. Mais l'immobilité de Balestro tenait de la statue de sel, à présent.

TALVERN : Philippe Durant, avec un « t » ?

SOARES : Madame la juge, puis-je…

TALVERN : Olivier Sestre ?

– Des amis à toi, Jacques ? ne put s'empêcher de demander l'avocat.

– Intimes, confirma la juge. Et Ryan Padovani, monsieur Balestro, vous ne le connaissez pas ?

À présent toute couleur s'était retirée des joues de la statue. Bloc de sel à lèvres grises.

TALVERN : Monsieur Balestro, je vous le demande pour la dernière fois, connaissez-vous une de ces cinq personnes ?

Ici, il y eut un silence sur lequel la juge parla comme on écrit, noir sur blanc. Elle expliqua à maître Soares que ces cinq noms figuraient sur cinq passeports dont la photo représentait le même individu. Brun ou blond, certes, les yeux bleus ou marron, certes, imberbe, barbu ou moustachu, certes, lunettes ou pas, certes, sans signe distinctif ou avec une petite croix tatouée à la base du cou, certes, chauve ou chevelu, bien sûr, mais le même homme, ici présent, assis à côté de vous, maître.

BALESTRO : N'importe quoi.

TALVERN : Une perquisition approfondie de votre domicile sera nécessaire mais nous trouverons ces passeports.

BALESTRO : Ça me ferait mal.

TALVERN : C'est donc que vous les cachez ailleurs.

BALESTRO : Nulle part, des conneries tout ça. J'ai jamais eu qu'un seul passeport.

TALVERN : Bon, vous les avez détruits. Vous les détruisez après chaque tournée de recrutement ? Il faudra me recommander votre fournisseur…

BALESTRO : Je voyage presque pas, moi. J'aime rester ici.

SOARES : Madame la juge, pardonnez-moi, vous ne pouvez produire aucun des passeports dont vous parlez ?

TALVERN : Aucun, maître, en effet.

BALESTRO : Bon, on va se coucher, alors ?

Balestro s'était levé. Mais il resta en suspension au-dessus de sa chaise, assez comiquement, car ni maître Soares ni la juge Talvern n'avaient ébauché le moindre geste qui allât dans le sens de sa proposition. Il dura quelques secondes ainsi, entre ciel et terre, sous le regard de la juge qui murmura, sans l'ombre d'un sourire :

– Trop balaise, Balestro.

Ça lui avait échappé. C'était ainsi qu'on parlait autour d'elle dans son enfance. Ses demi-frères, ses neveux, la famille… Deuxième attaque d'enfance en cinq minutes, se dit-elle. Qu'est-ce qui m'arrive ? La fureur dans le regard de la juge incita Jacques Balestro à se rasseoir au ralenti. Quand ce fut fait, elle dit :

– Excusez-moi, je voulais juste dire que vous n'êtes pas homme à faire des aveux, n'est-ce pas ?

BALESTRO : Pour ça, faudrait que je sois coupable de quelque chose !

Silence.

Dehors, la fête battait son plein. Les basses cognaient comme un cœur dans le bureau de la juge.

Qui rompit le charme :

TALVERN : Monsieur Balestro, nous sommes bien d'accord, vous ne connaissez pas Ryan Padovani ?

BALESTRO : Jamais entendu parler.

TALVERN : Peut-être sous un autre nom ? Oncle Ryan ? Quelque chose comme ça ?

BALESTRO : J'ai qu'un oncle, moi. C'est Joseph, son nom. Giuseppe, si vous préférez.

La juge acquiesça, sortit son portable et y tapa un bref SMS :

C'est bon, Gervaise, tu peux entrer.

Elle fit un signe de tête au fonctionnaire de police qui se tenait en faction devant la porte, et un autre de l'index, qui pouvait signifier : Ouvrez l'œil, ça risque de se gâter.

La porte s'ouvrit.

Jacques Balestro se retourna.

Ce qu'il vit ne dura qu'une seconde : un garçon d'une douzaine d'années, la tignasse hirsute, le visage mangé de croûtes et d'une maigreur de cauchemar venait de pénétrer dans le bureau de la juge. Quand il croisa le regard de Balestro le garçon poussa un tel hurlement qu'instinctivement le garde posa la main sur la crosse de son arme. Puis le garçon bouscula la femme qui l'accompagnait et l'on entendit un bruit de cavalcade dans le couloir.

TALVERN : Restez assis, Balestro !

Balestro se serait bien levé une deuxième fois mais le poids de la gendarmerie sur ses épaules l'en empêcha. Deux gendarmes occupaient le bureau de la juge à présent.

Dans le couloir, la femme qui accompagnait le garçon criait :

– Nelson, volte aqui ! Não tem mais perigo, acabou !

(Nelson, reviens ! Tu ne risques plus rien, c'est fini !)

Quelqu'un avait dû stopper l'enfant car la femme ordonna :

– Brigadier, lâchez-le, s'il vous plaît !

Et, de nouveau à l'enfant, plus doucement :

– Vem pra cà menino ! Não tenha medo. Agora ele está preso.

(Viens ici, mon petit ! N'aie pas peur. Il est prisonnier maintenant.)

Visiblement, l'enfant peinait à revenir.

Sans quitter Jacques Balestro des yeux, la juge Talvern donna à la femme le conseil suivant :

– Gervaise, dis-lui qu'il est mort, ou tout comme.

La dénommée Gervaise s'accroupit et tendit les bras :

– Nelson, vem cá, por favor ! Ele não pode mais lhe faz mal. É como se estivesse morto.

L'enfant se laissa convaincre. Il reparut dans le bureau. Cette fois, Balestro ne se retourna pas. Le garçon marchait, cuisses serrées, en se blottissant contre la femme blonde que la juge avait appelée Gervaise.

– Il s'est souillé, dit Gervaise à la juge.

– Aucune importance.

La juge tendit les bras à l'enfant, l'assit sur ses genoux et constata qu'en effet il s'était souillé. Elle referma ses bras autour de sa poitrine, déposa un baiser sur sa tempe et murmura : Chuuut.

Puis, elle demanda à Balestro :

– Ça va, Balestro ? L'odeur de la peur ne vous incommode pas ?

Et, à l'enfant, désignant Balestro du doigt :

– Regarde-le bien, Nelson, pendant dix secondes.

Ce que Gervaise traduisit.

– Olha bem o rapaz, Nelson, durante dez segundos.

– Et vous, Balestro, ne baissez pas les yeux.

Dans un murmure, la juge égrena les secondes à l'oreille de l'enfant. Elle sentait sa respiration entre ses bras. Une respiration ponctuée de brèves décharges électriques.

Jacques Balestro tentait de ne pas ciller. Un enfant et deux femmes le regardaient fixement.

– Maintenant, Nelson, demanda la première femme, tu vas me dire comment s'appelle cet homme.

– Como se chama esse rapaz ? traduisit la deuxième femme.

– Tio Ryan, murmura l'enfant.

– Oncle Ryan, traduisit à mi-voix la deuxième femme.

– Dis-le plus fort, demanda la première femme.

– Tio Ryan !

Les deux femmes et l'enfant ne lâchaient pas Balestro des yeux.

– Ryan comment ? demanda la première femme.

– Ryan Padovani, répondit l'enfant. Il répéta : È o tio Ryan !

– Il répète que c'est l'oncle Ryan, traduisit la deuxième femme. Il dit : Ryan Padovani.

– Pourquoi « oncle » ? demanda la première femme.

– Ele quer que a gente chame ele assim.

– Il veut qu'on l'appelle comme ça, traduisit la deuxième femme.

– Qui ça, « on » ?

– Todos os meninos que chegaram.

– Tous les gosses qui arrivent.

Maître Soares semblait émerger d'une longue stupeur. Il leva un doigt timide :

– Madame la juge, il me semble que les allégations de ce garçon…

TALVERN : J'ai sept autres garçons à peu près du même âge à votre disposition, maître, de trois nationalités différentes et bourrés d'allégations identiques. Mais nous verrons ça demain, si vous le voulez bien, M. Balestro a sommeil.

Sa main fourragea dans la tignasse de l'enfant.

– Pour l'heure, nous allons prendre un bon bain.

Et, à Balestro :

– Histoire de nous débarrasser de votre odeur, oncle Ryan.

Mais l'enfant ne voulait pas descendre. Il se pelotonnait dans les bras de la juge. Il posa son menton sur ses genoux qu'il venait de replier et qu'il serrait de toutes ses forces contre sa poitrine. Sur quoi, il planta ses yeux dans ceux de Balestro. Alors, la juge posa son propre menton sur le crâne du garçon. Balestro, qui avait tant de fois eu envie de s'en aller, restait cloué à sa chaise. Ces deux regards superposés le paralysaient. L'électricité s'était remise à parcourir les tendons et les muscles du garçon. Il semblait à la juge Talvern que ce courant avait changé de nature. Elle desserra doucement son étreinte. Ce fut comme si elle ouvrait la porte d'une cage. Poussant de toutes ses forces sur l'arête du fauteuil, le garçon déploya ses jambes, plongea par-dessus le bureau de la juge et, toutes griffes dehors, se planta dans le visage de Balestro dont le fauteuil bascula.

La gendarmerie eut quelque peine à libérer la proie de cet oiseau fou.

– Il m'a crevé un œil ! hurla Balestro.

15

La métaphore n'est pas mon fort. Le point final d'un livre comme une cloche qu'on soulève, le grand air, le ciel enfin retrouvé, dans mon cas ces images sont à prendre au pied de la lettre. Le ciel, j'y suis. Je suis arrivé chez moi à deux heures du matin, comme Malaussène l'avait prévu. Bo et Ju m'ont installé dans ma nouvelle planque, au sommet d'une Babel chinoise. Un vingt-troisième étage du treizième arrondissement. Demain Paris se déploiera sous mes pieds, je survolerai le plan de Turgot*, une *abstraction palpable* ! Mes meubles et mes livres sont disposés autour de moi comme si j'habitais là depuis toujours. Déménagement aux frais du Talion, le deuxième en dix-huit mois. Encore une idée de Malaussène. Dès que je suis arrivé j'ai ouvert toutes les fenêtres sur Paris, et j'ai respiré un air saturé de musique. Là est la métaphore. Dans ce que veut faire accroire cette musique… C'est sans aucun doute une idée germée dans une tête de conseiller, soufflée à l'oreille du président et communiquée à la mairie de Paris : fêter la rentrée des écoles et des chômeurs, distraire les jeunes faute de leur trouver du travail, les abrutir de basses telluriques pour qu'ils se mobilisent contre les mitraillages en terrasse, les bombes humaines et les assassinats à venir. L'art du divertissement contre la science de la terreur… Et les jeunes générations se précipitent dans les rues, en masse, garçons et filles, persuadées qu'il y a de l'héroïsme à danser sur le pont du naufrage. Demain les journaux tartineront tous dans le même sens : « *Les héros de la fête* », ce genre de billevesées.

Gouverner c'est distraire.

Le téléphone a sonné à la seconde où, debout à mon balcon, j'éternuais sur les flonflons de la ville.

C'était Malaussène.

– Bien arrivé, Alceste ?

– Avec une rhinite carabinée, comme prévu.

Je me demande pourquoi je le laisse m'appeler Alceste. Cette fausse complicité n'a pas lieu d'être. Mais il est juste de dire que je supporte très bien les surnoms qu'il donne aux autres auteurs du Talion : avoir appelé Coriolan* ce mégalo de Schmider ou Lorenzaccio ce faux-derche de Ducretoy, ce n'est pas mal vu. Alceste, moi ? Après tout, pourquoi pas ? Enfant déjà je le trouvais plus honorable que Philinte.

– Vous trouverez de la cortisone dans le tiroir de la salle de bains, a répondu Malaussène. Avec des antihistaminiques en comprimés.

Et il y est allé de son ordonnance :

– Deux pulvérisations dans chaque narine, vous allez dormir comme un bébé. Si ça persiste, au réveil ajoutez-y de la cortisone, mais en comprimés cette fois, je vous ai fait un petit assortiment. À boire avec votre café. Vous allez péter le feu !

Puis, il a demandé :

– L'appartement, ça va ? La vue vous plaît ?

*

Quand Alceste a raccroché j'ai laissé mon œil vaguer sur les roses trémières que caressait le clair de lune. Elles ont une fois de plus poussé où elles voulaient, développé des robes inattendues, du blanc rosé au pourpre noir en passant par des jaunes incongrus et des bleutés arachnéens. Robes de bal ou chemises de nuit, avec leurs feuilles mitées elles ont tout envahi, mes impériales guenilleuses. Il n'y a que la nuit pour les assagir. Sous le clair de lune on les croirait presque de la même couleur. Certaines années, elles refusent de pousser ; ces étés-là elles me manquent presque autant que les enfants.

Qui ne monteront plus guère ici, eux, il faut bien l'admettre. Sauf quand ils voudront à leur tour se débarrasser de leur progéniture.

Cet été, j'ai dû me contenter de leurs skypes. Leur vie en images… Leur présence pixélisée… C'est déjà ça. Cette énergie vitale, quand même ! Ces regards qui y croient… Sumatra, Mali, Nordeste brésilien… Tout à l'heure encore, Mara farceuse, dans une robe thaïe, cambrée comme une parturiente :

MARACUJA : Et si je ramenais un p'tit orang-outang dans mon tiroir, qu'est-ce qu'il en dirait mon tonton préféré ?

MONSIEUR MALAUSSÈNE (*un verre d'eau à la main, trinquant à ma santé*) : À la tienne, vieux père, ça coule ! On a trouvé la nappe phréatique à soixante-dix-huit mètres, c'est relativement peu profond. Je te dis pas la fiesta ! Tout le village était là. Ils ont bu comme si on avait percé le tonneau. On dirait qu'ils sont complètement stone.

C'EST UN ANGE (*voix paisible, comme les dunes de sable qui, derrière lui, gondolent l'horizon*) : Je n'ai rien à te dire aujourd'hui, mon bon oncle ; comme tu vois (il me montre le sable), je suis désert.

Pourquoi me manquent-ils tant, ces sacs d'illusions ? Partir semer « le bien » aux trois coins du monde, je te demande un peu… Comme leur enfance a glissé vite sur notre Vercors de silex et de vent ! Auraient-ils grandi plus lentement si nous avions passé tous nos étés à Belleville ou si je les avais emmenés s'agiter dans un quelconque shaker à touristes ?

D'un autre côté, est-ce une heure pour se poser ce genre de questions ?

Dormons.

16

– Bon, Titus, je t'écoute.

La juge Talvern décollait sa moustache avec des précautions de philatéliste. Assise à sa coiffeuse, elle encourageait le capitaine Adrien Titus, debout derrière elle dans le reflet du miroir.

– Allez, accouche !

Trois transformistes dans la même journée, se disait Titus, c'est quand même beaucoup. La Claudia Cardinale de Sergio Leone, la jeune Anglaise au duffel-coat, et maintenant la juge Talvern occupée à redevenir Verdun Malaussène… Qu'ont fait aux femmes les hommes de ce pays ?

La juge Talvern se méprit sur le silence du capitaine.

– C'est si difficile à dire ?

Elle se décapait à grands coups de coton. Elle dissolvait le faux gras de sa peau. Elle s'aidait même d'une sorte de spatule. Titus voyait, comme une toile qu'on restaure, le visage de Verdun réapparaître sous le maquillage de la juge. Sa seconde peau dégringolait en copeaux flasques dans une assiette creuse. C'était parfaitement dégueulasse. Être au courant de cette métamorphose quotidienne était une chose, y assister en était une autre. Le capitaine Adrien Titus restait là, plus que muet, sachant ce qu'il savait. Ce qu'il avait à dire à cette femme n'était pas facile à entendre. Il aurait préféré s'adresser à la juge Talvern qui le vouvoyait à l'oral et à l'écrit plutôt qu'à Verdun Malaussène qu'il connaissait depuis qu'elle était enfant et qui lui dit tout à coup :

– Je sens encore la merde, Titus. Va voir Ludovic, il nous a préparé du café. Je me douche et je vous rejoins.

Elle laissa choir son peignoir et passa sous la douche. Elle était si menue, débarrassée de ses oripeaux ! Dans l'espèce de holster où la promenait feu l'inspecteur Van Thian quand elle était bébé, elle n'était pas plus grosse qu'une cigale et, adolescente, Titus l'avait vue prendre son bain dans un lavabo.

Avant qu'il ne sorte, elle cria :

– Tu as prévenu Joseph ? Il vient ?

*

Le divisionnaire Joseph Silistri avait reçu le SMS du capitaine Adrien Titus à deux heures du matin, juste au moment où, les poings en sang, le visage tuméfié, il s'effondrait sur son lit. Quelle bagarre, bon Dieu ! Sans lui, les mutinés de LAVA auraient lynché Ménestrier, Ritzman, Vercel et Gonzalès. Les CRS étaient arrivés trop tard. Pourparlers absurdes. Silistri avait alerté le ramier qui avait transmis la demande de renfort mais s'était entendu répondre – « par un vulgaire colonel, Silistri ! » – qu'on ne soustrait pas une unité affectée au bouclage d'une cité pour aller régler une négociation salariale.

L'état d'urgence, mon cher. Les Compagnons Républicains de Sécurité verrouillaient onze blocs d'un quartier voisin où perquisitionnaient les limiers de l'antiterrorisme. Le ramier avait dû grimper jusqu'au ministre pour qu'on expédie une compagnie au divisionnaire Silistri. Quand les casqués-bottés étaient enfin arrivés, Silistri et ses hommes (deux, pas un de plus) étaient largement débordés. Les furieux de LAVA avaient envahi le bureau directorial. Gonzalès avait perdu son pantalon en essayant de sauter par la fenêtre, Ménestrier sa chemise et toute espèce de dignité, lunettes émiettées, Ritzman avait le nez en sang, et Vercel cherchait à s'accrocher aux jambes du divisionnaire Silistri. Silistri y allait de la tête et des poings mais il était tombé dans une bande dessinée : plus il en assommait, plus il en arrivait. Ils lui sautaient dessus de tous les côtés. Des gars qui défendaient leur gagne-pain, leurs droits, l'avenir de leur progéniture, leur honneur, le devenir de l'entreprise française, leur passé et tout le reste. Je vais crever ici, s'était dit Silistri, putain de Dieu je vais crever pour la survie de la haute finance ! Il avait bondi sur un bureau et tiré trois balles dans le plafond.

Brusque saisissement sous la pluie de gravats.

Que Silistri avait mis à profit pour gueuler :

– Qu'est-ce que vous voulez ? Vous voulez leur mort ? C'est facile, je peux les flinguer moi-même !

Il s'était baissé, avait saisi André Vercel par le collet, l'avait hissé sur le bureau et lui avait ventousé le canon de son arme contre la tempe.

Paralysie générale.

– C'est ça que vous voulez ? Dites-le encore une fois et je les fume tous les quatre !

Le fait est que depuis un bon moment la horde des LAVA souhaitait cette quadruple mort. On le criait dans les couloirs, on le hurlait en enfonçant la double porte du bureau, on le gueulait encore en sautant sur Silistri et ses hommes.

Eh bien, apparemment, on ne la voulait plus, cette mort.

Les données avaient changé.

Le canon du commissaire divisionnaire sur cette tempe de grand patron…

Silence.

Qui n'était pas celui de la réflexion.

Ni du doute.

Mais d'une certitude horrifiée.

Ce type allait le faire.

Ce flic fou allait faire sauter quatre têtes de la grande spéculation financière.

Les lourdés de LAVA en avaient perdu la respiration.

Ils voulaient bien la mort du spéculateur mais pas ici, pas sous leurs yeux, pas maintenant, pas dans ces conditions, pas avec projection de cervelle. Ils voulaient bien la mort mais dans un certain respect de la vie.

Or, ils en étaient persuadés, si un seul d'entre eux gueulait une fois de plus « À mort les administrateurs ! », ce commissaire divisionnaire, debout sur ce bureau, les abattrait tous les quatre, Vercel, Ménestrier, Ritzman et Gonzalès.

Du coup, ils se tenaient là, à ne savoir que faire. Les deux autres flics, passablement cabossés eux aussi, semblaient congelés dans le même silence.

– Alors barrez-vous, conclut Silistri. Sortez tous ! Et tout de suite !

Ce qu'ils avaient fait, à reculons, absolument démunis, toute colère tombée, réclamant le silence à ceux qui, restés dans le couloir, ne savaient pas encore ce qui se passait à l'intérieur de la pièce. Et tous avaient reflué, entraînés par le même ressac. Ils n'étaient plus que commentaires chuchotés, et c'est quand ils s'étaient retrouvés dans la cour que les CRS leur étaient tombés dessus : fumigènes, flash-balls, canon à eau, matraquage, arrestations, comparutions immédiates, toute la gamme.

*

Rendez-vous aux Fruits de la passion, avait écrit Titus à Silistri. Il avait précisé : *Pas à l'orphelinat, en dessous, à la boulangerie.* Ils y étaient à présent. Ludovic leur avait préparé le café.

Gervaise tamponnait ecchymoses et griffures sur le visage de Silistri.

– Menacer de mort les quatre administrateurs de LAVA ? Tu as l'intention d'abréger ta carrière, ou quoi ?

– Je leur ai sauvé la peau. On allait tous y passer.

La boulangerie de l'orphelinat sentait le travail de nuit. De la pâte levait dans des fours, du chocolat mitonnait quelque part, les apprentis mitrons pétrissaient.

Ludovic servit le café. Son autre main, couverte de farine, désigna le plafond :

– Ils dorment, les nouveaux ?

– La musique les a un peu excités, répondit Gervaise, mais ça y est, ils dorment. Clara leur a fait une projection.

Un mitron posa les croissants sur la table. Il se serait

bien attardé mais Ludovic lui fit signe de retourner au fournil.

Il avait encore la cafetière à la main quand Verdun, surgie de nulle part, lui sauta dessus, l'escalada, lui ébouriffa le crâne, cueillit un baiser en redescendant et se trouva assise devant un bol de café noir, le teint rose et son kimono de soie pourpre complètement enfariné.

Elle sourit à Titus :

– Alors ?

Titus montra son croissant.

– Jamais la bouche pleine.

Autant nous empiffrer avant qu'ils sachent ce que j'ai à leur dire, se disait-il, après plus personne n'aura d'appétit pendant dix ans.

À Gervaise, qui pansait maintenant les phalanges de Silistri, Verdun demanda :

– Comment va Nelson ?

– Je lui ai donné un bon bain et une tisane de sauge. Il dort, je crois. De toute façon, une fois au pieu, il n'en sort plus, ce gosse. Il a un énorme déficit de plumard. Dis-moi, il a vraiment crevé l'œil de Balestro ?

– C'est ce que dit l'hôpital des Quinze-Vingts.

Deux heures trente du matin. La tête plongée dans leur bol, on eût dit que la juge, les deux flics, le boulanger et la patronne de l'orphelinat fêtaient la fin heureuse de quelque chose.

Quelqu'un dit :

– Benjamin ne va pas tarder à arriver, non ?

– Demain soir, confirma Gervaise.

– Et Julie ?

– Elle fait un détour chez Coudrier, répondit Verdun.

Il a besoin d'elle, il écrit ce bouquin, là, tu sais, sur l'innocence Malaussène.

– Sur l'obsession de la cohérence comme source d'erreur judiciaire, corrigea Silistri. Benjamin n'est que l'exemple sur lequel s'appuie la démonstration.

Ils entendirent un bruit de cavalcade au-dessus de leur tête.

Ludovic tapa du poing au plafond :

– Micha ! Kapel !

Le chahut cessa aussitôt. Deux corps se jetèrent sur deux lits à ressorts, puis plus rien.

Taper au plafond sans même se hisser sur la pointe des pieds. Une fois de plus, Titus fut sidéré par la taille du boulanger.

Sur quoi, Ludovic rejoignit les mitrons au fournil. Il leur apprenait à pétrir à la main. Ne jamais mégoter sur l'huile de coude. Ilin, le coude ! Il montrait ses deux coudes : Daouilin, grondait-il dans son breton souterrain. Dans le pétrin jusqu'aux coudes, les gars ! Comme d'habitude, evel boaz. Et pourquoi on se paierait pas un pétrisseur électrique ? Une machine ? Parce que si tu n'en trouves pas en rentrant dans ton pays, tu pourras faire ton pain avec tes mains. Pareil si on te coupe l'électricité. Là était toute la philosophie de Ludovic Talvern : les mains. Il montrait sa main droite aux garçons et aux filles, il répétait : Dorn ! Il levait ses deux pognes et grondait : An daouarn ! Les jeunes faisaient oui de la tête, les mots bretons revenaient suffisamment souvent pour qu'ils les retiennent. Daouarn, c'est ainsi que les orphelins de Gervaise Van Thian surnommaient Ludovic Talvern. Daouarn : les mains. Il leur apprenait tout ce qu'elles peuvent faire : redresser les murs d'une maison bombardée, la couvrir, la peindre, la carreler, l'éclairer, la chauffer, y faire le pain : daouarn.

– Et nos explorateurs, demanda Gervaise, quand rentrent-ils ? Avec l'arrivée des nouveaux, Ludovic aurait quand même besoin d'un petit coup de main.

– Mara et Sept arrivent demain et Mosma lundi soir, répondit Verdun. C'est ce qu'ils ont skypé à Benjamin.

– Bon, je vous laisse, dit Gervaise en se levant. Il faut que je jette un œil aux nouveaux, si par hasard ils se réveillaient... Ils ne doivent pas être très rassurés quand même. J'aimerais...

– Reste, demanda Titus.

Elle le regarda avec surprise.

– Reste, Gervaise, assieds-toi, je t'en prie.

Voilà.

Le moment était venu.

On ne peut pas reculer indéfiniment devant l'obstacle, ce serait faire la course à l'envers. Titus plongea les yeux dans son bol vide, prit sa respiration, releva la tête pour les regarder tous, et dit ce qu'il avait à dire :

– Maracuja, Monsieur Malaussène et C'Est Un Ange sont ici.

Flottement.

– Ici, à Paris ?

– À Paris.

– Ils sont rentrés ? demanda Gervaise.

– Ils ne sont jamais partis.

Tous les bols s'étaient posés sur la table.

Titus attendit encore deux ou trois secondes, puis :

– C'est eux qui ont enlevé Lapietà.

Difficile d'interpréter le silence qui s'installa. Il n'y eut personne pour s'exclamer quoi ? Non ? Sans blague ? Tu déconnes ? On était tout simplement au-delà de la stupeur.

– Qu'est-ce que tu dis ? demanda finalement Silistri par pur automatisme.

– Je dis que la nouvelle génération Malaussène a kidnappé Georges Lapietà, et j'ajoute qu'ils l'ont fait sous la direction de son fils, le surnommé Tuc. C'est le chef de la bande.

– Tuc ? demanda Gervaise.

– Travaux d'Utilité Collective. Tu te souviens ? Lapietà était à l'origine de cette brillante idée en quatre-vingt-quatre, quand il était ministre, les travaux d'utilité collective... Dix ans plus tard, quand son gosse est né et qu'il a commencé à grandir, gentil comme tout, aidant tout le monde, Lapietà lui a filé ce surnom, pour amuser la galerie. Aujourd'hui, Tuc revendique son surnom haut et fort. Il s'en est fait un pseudonyme. La collectivité, ça lui parle.

– Où est leur planque ? demanda Verdun.

– Dans un atelier de musique sous l'esplanade de la Défense.

La masse enfarinée de Ludovic réapparut, une deuxième cafetière à la main. Mais cette fois il retourna au fournil sans remplir les bols.

– Ils relâcheront Lapietà dimanche, après que Ménestrier, Vercel, Ritzman et Gonzalès auront remis le chèque à l'Abbé sur le parvis de Notre-Dame.

– Pourquoi ont-ils fait ça ? demanda Gervaise.

– À cause de Benjamin, répondit Titus.

À cause de Benjamin ? Comment ça à cause de Benjamin ? Qu'est-ce à dire, à cause de Benjamin ? C'est à peu près ce qui se lisait sur les visages.

– Ils comptaient vraiment passer leurs vacances dans le caritatif estampillé, expliqua Titus, ils avaient pris contact pendant l'année avec diverses associations, en Indonésie, au Mali, au Brésil, mais Benjamin leur a fait un tel portrait des ONG qu'ils ont changé d'avis. Ils ont décidé de « se rendre vraiment utiles », Mara dixit (Mara qui est ma filleule, je vous le rappelle en passant).

Suivit un long silence de digestion. Quand Verdun l'interrompit, ce fut d'une voix intermédiaire. Pas encore celle de la juge Talvern, mais plus tout à fait celle de Verdun Malaussène. Une intelligence en embuscade :

– Peut-on savoir comment Lapietà a pris la chose ?

– Lapietà ? répondit Titus. Georges ? Tu le connais, c'est le genre de type à se rouler dans la confidence comme un chien de ferme dans la fosse à purin. Il a beaucoup parlé. Les gosses l'ont enregistré.

– A-t-il su d'entrée de jeu que c'était son fils ?

Non, Lapietà n'avait pas compris tout de suite qui l'avait enlevé. Il lui avait fallu chercher, d'abord. Quelques heures. À voix haute. Les gosses avaient tout enregistré.

– Tu veux écouter ?

V

CE QUE LAPIETÀ AVAIT À DIRE

« Je suis comme l'or, moi, moins il en reste, plus c'est cher. »

Georges Lapietà

17

Georges Lapietà s'était réveillé dans une pièce étanche aux sons, murs et plafond capitonnés, porte de coffre-fort parfaitement verrouillée, le tout flottant dans une pâle lueur de néon. Une paupière s'ouvrant après l'autre, il avait observé les alentours en laissant se dissoudre le nuage qui lui embrumait l'esprit.

– J'ai vu un orang-outang se réveiller comme ça, au Jardin des Plantes, chuchota Maracuja à l'oreille de Tuc. On lui avait fait une injection de médétokétamine avant de le soigner.

Une fois la brume tout à fait dissipée et la situation parfaitement évaluée, Lapietà s'était dit, bien sûr, qu'on l'observait. Il avait eu un sourire las.

– C'est quoi, cette pièce ? Un studio ? De radio ? Un truc du genre ? Vous m'écoutez, alors ? Eh bien puisque vous m'écoutez, on va causer !

Et il s'était mis à parler.

– Bon, je ne sais pas à quel type de crétins je m'adresse mais je vais vous réciter votre catéchisme.

Huit oreilles écoutaient cette voix qui reprenait du poil de la bête.

– Pour commencer, article 224-1 du code pénal : arrêter une personne sans ordre des autorités constituées, la détenir ou la séquestrer : vingt ans de réclusion criminelle ! Vingt ans de placard, vous m'avez entendu ?

Non seulement Mara, Sept, Mosma et Tuc entendaient Georges Lapietà, mais ils l'enregistraient et le filmaient.

– Toutefois, selon les deux premiers alinéas de l'article 132-23, si la personne séquestrée est libérée avant le septième jour, la peine est réduite à cinq ans et l'amende à soixante-quinze mille euros. Un tarif dégressif, en quelque sorte. Une remise pas négligeable.

– Pas stressé pour deux sous, dis donc, fit observer Mosma.

– Je peux même te dire qu'il doit prendre un pied féroce, souffla Tuc.

– J'ajoute à titre personnel, continuait Lapietà, que si vous me relâchez maintenant et que je ferme ma gueule, il ne vous arrivera rien.

– Ça, c'est la carotte, murmura Sept.

– Mais si vous me restituez en mauvais état, une couille en moins ou dans un fauteuil roulant, ça passe à trente ans. Je suis comme l'or, moi, moins il en reste, plus c'est cher.

– T'as pas dû te faire ièche avec un père pareil dans ton enfance, observa Mara.

– On s'est bien amusés, oui, admit Tuc. J'ai juste manqué un peu de silence.

– Ah ! s'exclama Lapietà comme s'il comblait un petit oubli, j'imagine que c'est important pour vous, ça aussi, écoutez bien : si l'otage est détenu pour obtenir une rançon, l'article 224-1 vous punit de trente ans de réclusion criminelle.

– Attends, il connaît le code pénal par cœur ?

– Dans son cas, c'est un bagage nécessaire, confirma Tuc.

– Notez, si vous récupérez une rançon suffisamment copieuse et que vous placez votre pognon judicieusement, continuait Lapietà, les intérêts peuvent peser lourd à votre sortie de cabane.

Un temps.

– D'ailleurs, je m'y connais un peu en placements, je pourrais vous donner un coup de main, moyennant commission bien sûr.

Encore un temps.

– D'un autre côté, l'argent est volatil au jour d'aujourd'hui, va savoir ce qu'il vaudra dans trente ans…

C'Est Un Ange eut tout à coup le soupçon que leur otage parlait ad hominem.

– Il arriverait presque à me faire peur. Tu es sûr qu'il ne nous voit pas ?

– C'est son truc, le rassura Tuc, il a toujours parlé aux gens comme s'il les avait vus naître. Qu'il te connaisse ou pas, aucune importance, de toute façon, à part ma mère, il ne *voit* personne. Tu serais devant lui qu'il ne te verrait pas davantage.

Il ajouta :

– Et pourtant il reconnaît tout le monde. C'est ce qu'on appelle une intelligence politique.

– Si j'étais mineur, continuait Lapietà, ça vous vaudrait perpète : article 224-5. Mais ils n'ont prévu aucune majoration pour les vieux. Tout pour les jeunes, comme d'hab'. Saloperie de jeunesse !

– Il est incapable de ne pas s'amuser, expliqua Tuc. C'est ce que ma mère adore en lui.

– Attendez, conclut Lapietà, je vous ai gardé le meilleur pour la fin, l'article 224-5-2 : lorsque l'enlèvement est commis en bande organisée, les peines sont portées à un million d'euros par tête et c'est perpète pour tout le monde.

Silence. Puis :

– Allez, ne faites pas la gueule, je m'arrangerai pour que vous partagiez la même cellule. (Ici, il imite une dispute entre les complices :) Enlever Lapietà, c'est pas toi qui as eu cette idée à la con, peut-être ? Arrête, tu sais très bien que c'est ta faute si ça a merdé ! Avec ce genre de conversation pendant trente années incompressibles, vous n'allez pas vous ennuyer, mes amis…

*

– C'est moi, qu'il commence à ennuyer, dit Verdun en coupant le dictaphone. J'écouterai le reste seule.

Silistri demanda :

– Comment les gosses ont-ils fait pour tromper Malaussène avec leurs skypes ?

– Ça ne doit pas être un problème pour Sept, répondit Verdun. C'est lui qui m'a tout appris en matière d'informatique.

– Ils ont un studio d'enregistrement dans leur planque, expliqua Titus. Avec décors, costumes, projections de paysages et tout ce qu'il faut. Verdun a raison, Sept est le roi de l'incruste, un as de la transparence. Sur un écran il peut te faire croire n'importe quoi, qu'il pêche le saumon au pôle Nord ou qu'il bronze au milieu du Sahara. Quand je suis arrivé, Mara était habillée en robe thaïe. Elle venait de skyper avec Benjamin.

Un temps, il ajouta :

– Benjamin qu'ils ne veulent pas inquiéter, soit dit en passant.

Il hochait une tête qui n'en revenait pas.

– Oui, le plus dingue c'est qu'ils kidnappent un mec du calibre de Lapietà en souhaitant *réellement* ne pas inquiéter Benjamin !

Question de Silistri :

– Et comment comptaient-ils le libérer, ces petits cons ?

– Comme ils l'ont enlevé, en l'endormant et en le déposant incognito quelque part. Tuc suggérait les bords de Marne. Avec sa canne à pêche et son bermuda, ça lui aurait fait un réveil impressionniste. Ensuite, Mara, Sept et Mosma auraient fait semblant d'arriver dans leurs aéroports respectifs. Ils se sont même fait des UV dans leur planque, genre retour des tropiques. Tu verrais Mara ! Benjamin a promis à Mosma d'aller le chercher à Roissy, lundi soir.

Curieusement ces nouvelles anodines alourdirent le silence qu'avaient installé les nouvelles désastreuses.

Le capitaine Adrien Titus leva un œil égaré sur Verdun :

– Qu'est-ce qu'on fait, madame la juge ? On les arrête ou on les sort de là ? On les planque jusqu'à la remise de la rançon ?

Verdun fit non de la tête.

– Il n'y aura pas de remise de rançon.

Elle revit nettement l'abbé Courson de Loir debout devant Notre-Dame : « La Charité ne saurait se nourrir de l'argent du crime ! » Elle revit les yeux flamboyants de l'Abbé.

– L'Abbé refusera de toucher cette rançon. Question de principe.

C'était donc ça, ces images à répétition pendant l'interrogatoire de Balestro : une invasion malaussénienne ! Verdun revit la buse jouer au Saint-Esprit et réentendit la phrase qui avait éclos dans sa tête : « Tu vas voir qu'elle va piquer le chèque, cette conne ! » Du Maracuja tout craché. Comme s'ils m'envoyaient des signaux du fond de leur planque, se dit-elle. Verdun ne croyait pas aux messages subliminaux et pourtant il fallait bien admettre que pendant l'interrogatoire de Balestro son esprit avait été saturé de phrases familiales : « Trop balaise, Balestro ! » Ça, c'était du Mosma. Monsieur Malaussène parlait la langue de son père et de son oncle Jérémy, cette branche lexicale de la famille. Jouer avec les mots... Prendre le langage pour un jeu... Et quelle langue parlait C'Est Un Ange ? Depuis toujours, il semblait à Verdun que Sept ne parlait pas. Il modulait plutôt. Son premier cri avait été une sorte de chant. Un chant si protecteur et pourtant si vulnérable... comme ces mélopées de baleines qui, paraît-il, apaisent la famille sur toute la surface des océans et dans leurs plus obscures profondeurs... Sept le consolateur... Sept était le fils de Clara et de Clarence*, aucun doute là-dessus.

Verdun entendit – venue de très loin – la voix de Titus :

– Verdun !

Relayée par celle de Gervaise :

– Verdun…

On était habitué aux longues plages de silence où Verdun se perdait. On la sortait rarement de ces comas ; c'était s'exposer à rallumer le regard du bébé qu'elle avait été.

Gervaise insista pourtant.

– Verdun, il faut prendre une décision.

Lentement, elle revint à eux.

– Titus, demanda-t-elle, comment s'appelle ce jeune chauffeur avec lequel tu as travaillé, ces jours derniers ?

– Manin.

– Débrouillard ?

– Pas manchot.

– Discret ?

– Je lui ai donné quelques leçons. Il assimile vite.

– Dis-lui de se procurer une camionnette qui puisse embarquer tout ce monde, retourne à la Défense et ramène-moi la bande au complet. Ici, à la boulangerie. Joseph, dit-elle à Silistri, accompagne-les, je serai plus tranquille.

– Et Lapietà ?

– Oh ! celui-là…

À croire qu'en un quart de seconde elle venait de relire tout le dossier Lapietà.

– Celui-là, je le veux avec eux.

18

La voici maintenant, la juge muette, objet de toutes les admirations et de tous les sarcasmes, de toutes les craintes et de tous les respects, la voici, nue dans son lit, son corps de gamine attendant la blanche apparition du boulanger Talvern, le pieu poudré du colosse Talvern qui sonnera l'heure du réveil. Mais elle ne dort pas. Pis, elle partage son lit avec un autre homme. Pis, elle s'est glissée *dans la voix* de cet autre. Les écouteurs d'où jaillit le flot de cette parole lui font une tête de mouche, comme jadis les tampons de feutre dont la coiffait l'inspecteur Van Thian pour lui protéger les oreilles pendant les séances de tir. À voir le regard de ce bébé chou-fleur planté au cœur des cibles, nul ne s'étonnait que l'inspecteur Van Thian vidât tous ses chargeurs dans le mille. Verdun, viseur de Thian, les collègues y croyaient dur comme fer.

Eh bien, c'est ce même regard qui, cette nuit, écoute le monologue de Lapietà.

L'incessant monologue de Lapietà.

Cet homme est-il né en parlant ?

Cet homme n'en finira-t-il donc jamais de parler ?

Assis dans sa geôle capitonnée, il a pris la parole. Il s'est saisi du verbe, comme un lutteur qui ne lâchera pas. Il parle seul mais s'adresse à quelqu'un. Il ne sait pas à qui ; peu lui importe. Il s'est mis en tête de trouver *qui lui a fait ça.* Après avoir présenté l'addition pénale à ses ravisseurs, il passe ses troupes en revue : les déçus de Lapietà, les innombrables à qui, d'une façon ou d'une autre, il a fait payer le prix fort et qui, aujourd'hui, pourraient avoir en tête de réclamer le dédommagement d'une rançon :

Une rançon…

L'idée l'amuse :

– Parce que vous imaginez que quelqu'un va lâcher un rond pour me faire libérer ? Qui ? Une rançon ? Contre quoi ? Contre un Lapietà tout vivant déboulant à nouveau dans leurs combines minables et leurs conseils d'administration véreux ? Je suis un casseur de vaisselle, moi, les plus vieux squales de la finance en savent quelque chose. On lâche pas un kopeck pour un casseur de vaisselle ! Trop contents que vous les ayez débarrassés de moi ! Vous allez faire la tournée des popotes ? Cent briques et on vous rend Lapietà ? Vous aimez faire rire ? On vous filera le double pour me garder, oui ! Le triple pour m'éclater la tronche. Et plus encore si vous me restituez en boîte. Ma femme, peut-être ? Vous comptez rançonner ma femme ? Faire chanter l'amour ? Alors là, mes chéris, l'amour, vous allez en atteindre le sommet ! On est peu chanteurs dans la famille. Pas nés pour obéir à des maîtres. L'amour, c'est qu'elle ne paiera pas ! La preuve absolue de l'amour, c'est qu'elle lâchera pas un flesch ! Parce qu'elle sait que je le supporterais pas ! Ça vous la coupe, hein ? Ça donne matière à réflexion, j'admets… Enfin, pas à vous… Ce genre de sentiment ne peut pas germer dans votre genre de cervelle…

Les yeux ouverts dans l'obscurité, la juge filtre les mots de cette voix. Peu lui importe le discours, elle est en quête de mots. L'aura-t-elle suffisamment entendue, cette voix de galets roulants qui charrie les arguments comme autant de béliers, ce flot de convictions qui brise les résistances, entraîne les adhésions, suscite tous les espoirs, inspire toutes les craintes, ce Niagara ininterrompu que jamais ne ralentissent le doute, la plus petite peur, la moindre retenue. Si bien qu'entre les oreilles de la juge Talvern, ça roule, ça gronde, ça percute, c'est plus que torrentiel, c'est un barrage qui libère un océan, c'est ouvert depuis les premiers mots prononcés par cet homme dans la vie et ça ne tarira qu'avec son dernier souffle… La juge connaît si bien cette logorrhée… ces flots lui sont si familiers… elle l'a si souvent convoqué, Georges Lapietà ! Elle s'est si souvent plantée dans ces eaux-là !

Plantée.

Restée droite.

Sans jamais se laisser emporter.

Sans même ployer.

Entre eux deux, c'est, depuis des années, parole contre silence.

Une fois pour toutes la juge a déployé un filet dans les flots du torrent Lapietà. Elle attend que certains mots s'y prennent. Elle laisse passer tout ce que le courant charrie de protestations d'innocence, de menaces apocalyptiques, de confidences conjugales, d'histoires drôles, de considérations politiques, de cours ex cathedra :

– Au lieu de fouiller mon passé en me faisant perdre mon présent, laissez-moi vous servir ma conception de l'avenir, cela vous sera utile, jeune femme !

« Jeune femme »…

Elle laisse passer.

Et les cajoleries esthétiques :

– Savez-vous qu'à y bien regarder vous n'êtes pas si vilaine ? Or, croyez-moi, je m'y connais en matière de beauté !

Elle laisse passer.

Et les invitations à déjeuner :

– Bon, on y est depuis quelle heure, là ? Il est temps de casser la croûte, non ? Venez, je vous invite, on remet ça à notre retour. Cette semaine j'ai tout le temps devant moi.

Tout cet amusement…

Elle laisse passer.

Elle n'est plus que ce filet invisible solidement arrimé dans le flot Lapietà,

où parfois se prend un mot.

Petit à petit les mots épars délimitent un territoire, comme ces pastilles noires et blanches qui pleuvent sur le jeu de go. Territoire encore énigmatique, mais il faut faire confiance au lexique… Vient un moment, toujours, se dit la juge, où le nombre des mots épinglés – toute syntaxe mise à part – finit par vous dessiner un homme.

Lapietà…

Sa part de silence.

Je cherche son arpent de silence.

Autour de quel noyau de silence cet homme parle-t-il ?

Quel trésor cache le silence du bavard ?

Revenons à nos moutons, ma vieille, lui souffle Verdun, tu t'égares en généralités... Tu ne l'écoutes plus. Qu'est-ce qu'il raconte, là ? Écoute un peu. Qu'est-ce qu'il est en train de dire ?

Là ?

Maintenant ?

Georges Lapietà s'adresse à un syndicaliste.

– Je sais que tu m'en veux, Dosier ! De t'avoir empêché de faire ton nid dans tant de boîtes ! Mais sois réaliste, mon ami. Combien de troupes, ton syndicat ? Hein ? Pas même une brigade. Qu'est-ce que tu représentes ? Rien d'autre qu'une centrale devenue sa propre finalité. Tu n'es que toi, Dosier, rien ! Rien et pourtant nuisible ! Parce que chaque fois que tu l'ouvres c'est un investisseur qui se barre ! Tu n'es pas foutu d'encarter le plus exploité des esclaves mais par ta faute tous les patrons de la planète imaginent les Français syndicables jusqu'au dernier, ce qui leur suffit pour aller planter leurs choux ailleurs. Tu n'es rien, Dosier, mais tu es la ruine de ta patrie !

Il est juste de dire que la juge Talvern s'endort parfois pendant une tirade, sa journée a été longue. C'est un éclat de voix dans le casque qui la réveille.

– Vercel, si c'est toi qui m'as fait enlever, c'est une connerie de plus dans le chapelet de conneries qui a fait de toi le con foireux et le cocu que tu es ! Tu gueules sur tous les toits que je t'ai roulé mais j'ai acheté ton canard au prix exact où tu l'as effondré, mon pauvre André ! D'ailleurs comment t'y es-tu pris pour dégoûter tant de lecteurs en si peu de temps ? La crise, je veux bien, le Net, d'accord, mais il faut un Vercel pour une prouesse pareille ! T'as un secret ? Et tu veux quoi ? Que je t'embauche dans la nouvelle structure ? À quel poste ? Combien de temps ? Payé à plastronner ? Non, c'est par la concurrence que je dois te faire engager, mon pauvre André, je vais te glisser chez eux et tu vas y jouer la bombe humaine. Quel que soit le job qu'ils te fileront, en trois mois d'exercice tu auras coulé le journal et ils me le vendront à l'euro symbolique, ça te va ?

La juge Talvern et Verdun Malaussène s'endorment dans le grondement des flots. C'est le hic avec les hâbleurs : quelle que soit la puissance de leur organe, on s'habitue, ils engendrent la monotonie, ça finit toujours en ronronnement de matou sur un sofa moelleux.

Puis, la juge se réveille en sursaut. Ça hurle dans sa tête :

– Tu as triché Paracolès ! Qu'est-ce que tu voulais que je fasse ? Que je vous décore, toi et les quatre ou cinq tocards qui t'ont suivi ? Votre salaire ne vous suffisait pas ? Il vous fallait la lune ? Tout le monde les connaissait vos combines à deux balles. Même Balestro avait pigé, c'est dire ! Et il a refusé d'en croquer ! C'est pourtant pas un prix de vertu, celui-là ! Ta combine était foireuse, Para. T'étais le seul à ne pas t'en rendre compte. J'aurais dû quoi ? Acheter un club pourri et attendre de tomber avec vous dans le panier des flics ? Me faire bannir de la galaxie football, comme on dit ? Tu sais pourtant qu'on ne peut pas tirer une chasse d'eau sans que les traqueurs le sachent ! Tu crois qu'ils n'ont pas prévenu la Fifa ? Tout le monde savait que tu trempais, mon pauvre. La Fifa a préféré que j'achète le club et que je te vire pour éviter un scandale de plus. C'était la condition du rachat. Et puis tu t'imagines que c'est ça, l'avenir du foot ? La triche ? Putain de Dieu, à quoi tu penses ? Les tricheurs de chez nous sont des gagne-petit. Il faut être chinois pour tricher vraiment ! Il n'y a que les Chinois pour savoir en faire une industrie. Et encore ! Les Chinois d'aujourd'hui vont flinguer leurs tricheurs, pauvre con ! Les Chinois d'aujourd'hui investissent colossalement dans le foot mondial, l'archi rentable, infiniment plus juteux que la triche. Paracolès, tu devrais me remercier de t'avoir lourdé. Parti comme tu l'étais, tu aurais fini par les croiser, les Chinois, et je n'aurais pas aimé te retrouver en rouleau de printemps dans mon assiette…

Les Chinois…

Le mot s'est pris dans le filet de la juge… les Chinois… Le mot résiste au courant. Capturé par les mailles. Les Chinois, pense la juge en piquant du nez. Pourquoi les Chinois ? Balestro, oui, dans les mailles depuis longtemps… La galaxie football… Lapietà le patron… son club… Balestro l'agent… La vénération un peu jalouse du second pour le premier… Et Paracolès… oui, dans la déposition de Balestro… « J'ai fait quarante pour cent sur Paracolès. » Mais les Chinois ?

La juge sombre à nouveau. Combien de mécontents Lapietà passe-t-il en revue pendant cette plongée ?

À un moment donné, il s'adresse à d'éventuels hommes de main. Il ne peut pas imaginer que les minables qu'il vient de sermonner aient fait le coup eux-mêmes. Ils ont forcément engagé des professionnels. Qu'il met en garde contre la malversation :

– J'espère que vous avez palpé le toutim d'un seul

coup, les gars, parce que du reliquat, y en aura pas ! Je peux même vous dire…

L'argent, pense la juge en marge du monologue. L'argent… On achète toutes sortes de choses, des boîtes, des immeubles, des journaux, des clubs de foot, des yachts, des tueurs, mais *le premier argent* ? D'où vient le premier argent, celui qui a rendu ces achats possibles ? C'est la seule vraie question qu'elle se pose concernant Georges Lapietà : sous combien de couches de mots cache-t-il son premier argent ? Elle ne s'est jamais demandé autre chose. Quel genre de trésor protège son noyau de silence ?

Encore un petit coma. La juge n'y est plus. Verdun pas davantage. Toutes deux coulent de nouveau dans le tourbillon hypnotique du verbiage devenu berceuse. Ça s'endort.

C'est un changement de ton qui les ramène à la surface. Lapietà déroule le générique de fin sur un autre ton.

Il dit,

très tranquillement,

il dit que, de toute façon, il va mourir. Pas dans dix ans, non, pas la semaine prochaine, non, ici même, maintenant, sous leurs yeux. Il ne dit pas de quoi. Vous ne saurez pas de quoi je meurs ! Il dit juste comment. Il dit que dans cinq ou six heures commencera le processus d'agonie. De telles douleurs qu'il craint pour la sensibilité de ses geôliers. Et ça risque de durer. Il va mettre un certain temps à mourir. La nuit, le jour suivant, une autre nuit peut-être. Ils le verront se rouler par terre, se taper la tête contre les murs, appeler sa mère – non, sa femme –, gueuler son tourment à tue-tête, sans pour autant leur donner le moindre renseignement sur ce qui le tue, et finalement se recroqueviller sur lui-même comme sous une douche insecticide. Et voilà, ils auront le cadavre de Georges Lapietà sur les bras.

19

– Évidemment, il a pigé que son fils était dans le coup dès que les sondes sont arrivées ?

– Tout juste.

– Réaction ?

– Il s'est sondé. Les mômes ont cessé de filmer pendant qu'il le faisait.

Cette conversation entre Titus et Silistri se déroule devant le domicile du jeune Manin, à deux heures et quarante-cinq minutes du matin, dans la voiture de Silistri. Ils l'attendent.

– De camionnette ou de fourgon, capitaine, j'en ai pas, a dit Manin au téléphone. Et j'ai pas de copain qui en ait.

– Démerde-toi, Manin. Tu as dix minutes.

C'est plus compliqué que Titus ne le croit. À peine a-t-il raccroché que Manin s'est trouvé précipité en plein film. Dans une scène qu'il a déjà vue au cinéma, en tout cas. Et dans les séries américaines, françaises, anglaises, allemandes ou scandinaves que Nadège et lui regardent pendant le week-end… Séquence inévitable dans un polar dont le héros est flic. La femme qui le somme de choisir entre son métier et elle. C'est la partition que lui joue Nadège. Abandonnée au lit à trois heures du mat ? Il croit qu'elle va supporter ça ? Tu me prends pour qui ? Je compte pour quoi ? Et quand on aura des gosses ? Il objecte qu'elle connaît pourtant les obligations d'une enquête, elle a collaboré à la recherche des pharmacies, non ? C'était de jour ! Pas de police la nuit, alors ? Dans ce cas je viens avec toi ! Oublie ça, tu peux pas monter au feu si t'es pas keuf. C'est là qu'elle pose l'ultimatum : Si tu sors, c'est toi que je vais oublier, et plus vite que tu le crois ! Ça devait arriver, se dit Manin. C'est le cinéma qui le lui a prédit et ça arrive. Le débat s'envenime. Comme à l'écran. On dirait que ça a été écrit à l'avance. Manin trouve la vie péniblement ressemblante. Il s'habille tant bien que mal. N'oublie pas de lui rendre sa serpillière, à ton capitaine ! Nadège jette à Manin le manteau de Titus. De toute façon tu finiras là-dedans toi aussi. Apparemment, elle nourrit le plus grand mépris pour les hommes en cachemire, c'est une vision d'avenir qui la débecte. Elle le hurle. Sa fureur lui donne le courage de voir Manin ouvrir la porte. Elle pleurera après, une fois la porte refermée. Manin sort. Il ne sait pas s'il obéit au capitaine ou s'il suicide leur amour. Dehors pour toujours. Ça vous a un côté adieu au jardin d'Éden. Dehors, la vie attend Manin, avec sa navrante complexité. Il s'y précipite, dans un mélange de désarroi et d'excitation extrêmes.

– C'est lui, ton Manin ? demande Silistri.

Manin déboule à la porte de son immeuble. C'est lui, oui. Il rentre sa chemise dans son jean, il serre sa ceinture, il cale son holster, il porte le manteau de Titus sur le bras. Il regarde sa montre. Il jette un œil à sa fenêtre, troisième étage à gauche de l'entrée. Pas de Nadège au balcon. Il regarde droit devant, la bagnole de Silistri.

– On est repérés.

– Il va vite, oui.

Manin fait signe qu'il en a pour une minute.

Il enfile le manteau de cachemire, en boucle la ceinture, et le voilà perché sur le marchepied d'un combi VW. Penché sur la serrure il glisse une tige voleuse dans la rainure de la vitre côté chauffeur. Sitôt fait sitôt ouvert. Le fourgon couine mais il muselle l'alarme aussi sec.

– Pourvu qu'il ne salope pas mon pardingue dans son bricolage, souffle Titus.

Bon, pense Silistri, résumons-nous : nous allons soustraire à la loi une bande de kidnappeurs, les trimballer avec leur otage dans un véhicule volé par un fonctionnaire de police pour les planquer dans un orphelinat, le tout sur ordre d'une juge d'instruction qui n'a aucune intention d'en référer à qui que ce soit.

Pour penser à autre chose, il demande à Titus :

– Non, je veux dire, comment a-t-il réagi vis-à-vis de son fils ?

– Qui ça ?

– Comment, qui ça ? Lapietà !

– Il lui a parlé, comme à tous les autres. Des heures de monologue. Tout est enregistré. Il a cherché à comprendre. Tout le monde veut comprendre la jeunesse. Mais c'est pas ça, la question intéressante.

– C'est ?

– Pourquoi les jeunes Malaussène se sont embarqués là-dedans.

– Tu as la réponse ?
– Oui.

La tête de Manin a disparu sous le tableau de bord du combi. Il bidouille l'allumage, pense Silistri. Ça n'a aucun rapport mais Silistri se revoit collant son arme de service sur la tempe de Vercel. À y repenser, le plus sidérant c'est que les mutinés de LAVA aient cru qu'il allait tuer cet homme. Une société où d'honnêtes citoyens, même énervés, croient possible qu'un commissaire divisionnaire abatte quatre chefs d'entreprise pour satisfaire à leurs revendications, non, décidément les choses ne tournent pas rond. Silistri supporte de moins en moins ce début de millénaire.

– Et ?
– Et quoi ?
– Ta réponse. Pourquoi ont-ils fait ça ? Enlever Lapietà.
– Tu ne vas pas y croire, Joseph.

Les feux du fourgon se sont allumés. Son moteur vrombit. Appel de phares.

– Je suis prêt à tout croire, déplore Silistri en mettant le contact.

Il démarre, fait demi-tour, passe devant le fourgon qui clignote et les suit. Direction la Défense.

– C'est une installation, dit Titus.
– Une quoi ?
– Une installation, une œuvre d'art si tu préfères, comme Hélène et Tanita s'en farcissent toutes les semaines à Beaubourg, à Berlin ou l'année dernière à New York. Rien de crapuleux. L'enlèvement comme un des Beaux-Arts. Pure esthétique. L'œuvre totale, avec pour

point d'orgue la remise de la rançon, demain, sur le parvis de Notre-Dame. Grand spectacle. Mais pas que, Joseph. Tuc voulait écrire le rap de la haute finance, aussi. Il savait que son père parlerait dès qu'il se retrouverait seul dans le studio d'enregistrement. Il faut toujours qu'il parle *à quelqu'un,* ce mec, il faut qu'il convainque. Il ne s'envisage pas sans interlocuteur. C'est son moteur. Ils l'ont enregistré et filmé en connaissance de cause. Il n'y avait qu'à recopier. Le rap de la financiarisation, oui… Et peut-être un long-métrage sur Lapietà débitant ses salades. Tuc voulait filmer le bagout qu'il se farcit depuis sa naissance.

Paris dort. La musique s'est tue. Titus et Silistri roulent sans excès, suivis de Manin au volant du combi.

– Bref, l'œuvre totale, je te dis. C'est très à la mode, en ce moment, n'importe quel connard cause, on le filme et on est dans l'art du vrai.

Je n'y crois pas, se dit Silistri. Je ne *veux* pas y croire… Foutre un pareil bordel pour une représentation sur le parvis de Notre-Dame et l'écriture d'un rap…

– Le plus jouissif, mon bon Joseph, c'est qu'à force de monologuer Lapietà leur a fourni le texte du rap. Et celui de leur manifeste. Tout est dans son baratin. Les mômes n'ont eu qu'à se servir. C'est lui qui, en cherchant les mobiles de son fils, s'est engouffré dans le politique et leur a parlé de la Constitution de 46, c'est lui qui leur a balancé le pourcentage de Français sous le seuil de pauvreté. Ils se sont contentés de recopier. L'idée de demander le montant du parachute doré comme rançon, c'est Lapietà aussi. Et qu'est-ce que tu comptes demander comme rançon, fiston, le montant de mon parachute ? Il a lâché cette suggestion pour rire. Demander le parachute comme rançon à Vercel, Ménestrier, Ritzman et Gonzalès, ça l'a fait poiler. La gueule des quatre administrateurs ! Bref, le manifeste des ravisseurs c'est Lapietà qui l'a écrit. Inconsciemment bien sûr, mais d'un bout à l'autre. Au fil du monologue, les mômes ont enregistré, coupé, monté, résultat : le manifeste.

C'était, en effet, le pari de Tuc. Laisser aller l'intarissable parole paternelle. Dans des conditions extrêmes elle fournirait le texte, le prétexte, le sur-texte, le sous-texte, l'intertexte, la mise en scène, tout ce qu'il faudrait. Accès direct au subconscient de la haute finance. Quelles qu'en soient les conséquences judiciaires, Tuc revendiquerait son œuvre haut et fort. Quand il n'y a plus rien à espérer d'une société demeure la création !

– Et qu'est-ce que les petits Malaussène sont allés foutre dans cette galère ?

– Ah, ça, il faut demander à l'Amour, camarade !

Ici, ça se simplifie. Maracuja, folle amoureuse de Tuc, le suit les yeux fermés. C'Est Un Ange, le cousin protecteur, suit sa cousine les yeux ouverts. Monsieur Malaussène, qui a la tête sur les épaules, décide de ne pas abandonner ses deux cousins dans cette folie. Et tous les trois pensent que Benjamin a raison : la charité institutionnelle, c'est du pipeau. Les ONG, non. Ils ne vont tout de même pas faire comme les petits-fils de la reine d'Angleterre !

– Voilà.

Voilà.

*

Le combi de Manin sur les talons, ils ont traversé Paris d'est en ouest. L'esplanade de la Défense luit au loin. Titus et Silistri se posent la question inévitable :

– D'après toi, qu'est-ce que Talvern va faire ?

– Écraser le coup, je suppose. Négocier avec Lapietà et sauver les gosses contre son silence.

– Elle a sans doute suffisamment de munitions pour ça, oui… D'un autre côté, s'installer sans remords dans l'illégalité ? Elle ? Tu crois que ?

L'un et l'autre se taisent, partis qu'ils sont en spéléo dans la double tête de la juge Talvern et de Verdun Malaussène. Un fameux dilemme ! Sortir ses neveux de là en se mettant elle-même hors la loi ou les déférer si elle veut rester juge…

– Du Corneille.

– Et nous, demande finalement Joseph, tu crois qu'on fait dans la légalité, là, peut-être ?

Il pose la question au moment où leur voiture plonge sous la Défense.

Ils vont arriver.

Ils arrivent.

– Tiens, dit Titus, à propos de légalité…

C'est que ça gyrophare à tout va devant le studio d'enregistrement, sur l'esplanade de l'A14. Des éclaboussures bleues contre les murailles de béton. Deux voitures de police et un fourgon sont en stationnement. On a tiré une herse sur toute la largeur de la voie pour couper la circulation. Un gendarme à mitraillette fait signe à Silistri de stopper. On les a doublés. La BRB est arrivée avant eux. On a envoyé une escouade faire la cueillette à leur place. Deux flics à cagoule et brassard poussent sans ménagement deux silhouettes au dos courbé dans le fourgon de police. Ils les ont menottés et leur ont collé des sacs-poubelle sur la tête.

– Putain, dit Silistri, ça ne peut pas se passer comme ça.

Il sort de la voiture, sa carte de flic haut brandie :

– Hé, les gars, y a maldonne, on était avant vous sur ce coup-là !

Pour toute réponse le gendarme lui lâche une rafale de mitraillette dans la poitrine. Silistri a la nette sensation d'être coupé en deux. Les impacts propulsent son corps sur le capot de sa voiture. Quatre coups de feu répondent à la rafale du gendarme, dont la tête explose. C'est Manin qui a riposté. Dans le même temps, il crie :

– Faites gaffe, capitaine, c'est pas des keufs.

Deux faux flics font grimper aux trois autres otages l'escalier de fer qui relie le studio à l'esplanade. Cagoulés eux aussi. Brassards BRB eux aussi. Sacs-poubelle eux aussi sur la tête de leurs otages. Au bruit de la fusillade les prisonniers ont le réflexe de se laisser tomber à terre. Ils roulent jusqu'au bas de l'escalier. Leurs ravisseurs hésitent. Ils dégainent, les visent en criant quelque chose, mais Titus ouvre le feu sur eux. Une épaule est touchée. Un flingue tombe, qui dégringole les marches. Cascade métallique. Le deuxième faux flic de l'escalier riposte aussitôt pendant que deux autres types profitent de la diversion pour se ruer vers le cadavre du pseudo-gendarme qu'ils tirent par les pieds et jettent dans le fourgon. Titus et Manin en profitent pour contre-attaquer. Titus est sorti par l'autre côté de la voiture. Il défouraille avec deux pistolets, à présent, son P5 et le Glück de Silistri qu'il a trouvé dans la boîte à gants. Treize cartouches dans l'un, quinze dans l'autre, il tire en avançant sur l'ennemi. C'est l'armada en pleine action. Autour de lui sifflent les balles de Manin qui le couvre. Des portières claquent, des moteurs rugissent. Un type de plus est touché, qui pousse un cri de douloureuse surprise. Ça riposte pour le principe mais c'est déjà en fuite. Hurlements des moteurs et de la gomme. Et, très vite, ça disparaît. Ça a duré vingt secondes, peut-être. Ça n'a duré que vingt secondes.

VI

LE CAS MALAUSSÈNE

« Aucun doute, ma chère Julie, votre Malaussène est un cas. »

Coudrier

20

Le plus fort, c'est que je n'ai rien su de tout ça. Je n'en parle ici qu'a posteriori. Consigne de C'Est Un Ange : Il ne faut rien dire à Benjamin. Approbation de Thérèse : Tout à fait d'accord, il a suffisamment écopé dans sa jeunesse. (« Écopé », c'est paraît-il le mot qu'elle a employé.) Monsieur Malaussène a suivi le mouvement : Et puis il a assez d'emmerdes comme ça avec ses vévés ! Maracuja a tout simplement décrété qu'elle se tuerait si j'apprenais quoi que ce soit. Et Verdun l'incorruptible, Verdun elle-même a donné sa bénédiction à cette gigantesque menterie familiale. Tout le monde savait dans ma tribu. Clara savait, Louna savait, Jérémy savait, Le Petit (qui me dépasse d'une bonne tête) savait, Gervaise, Ludovic, Théo*, Hadouch savaient, tout le monde savait sauf moi. Même Julie l'a su ! De la bouche de Gervaise. Il semblait à Gervaise qu'en parler à Julie c'était lui confier une vérité qui me revenait de droit, mais qu'on devait me la servir plus tard, quand je serais apte à la digérer. Où Gervaise traçait-elle la frontière de cette aptitude ? À la veille de ma mort ? Quelle idée se faisait-elle de ma capacité à encaisser les faits ? Et pourquoi diable Julie, si réaliste (Benjamin, nous sommes une somme d'intentions et d'actes, rien d'autre ; le nier c'est devenir fou !), a-t-elle marché dans la combine ? Autant de questions qui ont empoisonné bon nombre de mes nuits. Je me disais, on cache la vérité aux enfants parce qu'ils sont trop jeunes et aux vieillards parce qu'ils sont trop vieux. Or, je pouvais difficilement me classer dans la première catégorie.

Bref.

Quant à la façon un tantinet brutale dont j'ai moi-même appris ladite vérité, elle m'aurait été épargnée si les miens me l'avaient administrée par les voies naturelles.

Mais c'est une autre histoire.

Ça intervient plus loin.

Au point où nous en sommes, donc, je ne sais rien. C'est le lendemain de la fusillade, et je ne sais rien.

*

En entendant la rafale, Maracuja s'est laissée tomber, molle comme un chiffon, entre les mains de l'homme qui croyait bien la tenir. Surpris lui aussi par les détonations, l'homme a desserré son étreinte un quart de seconde. Suffisant pour que Mara lui glisse entre les doigts. En roulant sur les marches de fer elle a fauché les jambes de ses deux cousins qui ont suivi le mouvement malgré eux. Tous les trois ont dégringolé jusqu'en bas de l'escalier, leur sac-poubelle sur la tête. L'encagoulé qui poussait les garçons est resté sur ses jambes. Il y voyait, lui.

– On les fume ! a gueulé celui qui était en haut des marches.

Les deux ont dégainé mais l'épaule du premier a été touchée par la balle de Titus et son arme lui a échappé. L'autre est monté à la rescousse.

– Merde, regarde, ils ont eu Gérard !

Riposte.

Contre-attaque.

– On s'arrache !

Courir, cassés en deux jusqu'à leur voiture. Ça ricochait de partout. Béton éraflé, étincelles, miaulement des balles. Au moment où ils atteignent la voiture, un cinglé court vers eux en défouraillant des deux mains.

– Mon pied ! Putain, mon pied !

Juste avant de claquer la portière, celui qui a une balle dans l'épaule s'en prend une autre dans le pied. Y a des jours comme ça...

Contact.

Rugissement.

Ça a duré quoi ? Vingt secondes peut-être. Aucune voiture, aucun témoin... Et un tel silence, soudain !

En bas, la fille aux poignets fins s'est défaite de ses liens. Elle a arraché son sac-poubelle. Avant même de libérer les cousins, elle s'est jetée sur le pistolet qui a rebondi jusqu'en bas des marches et elle s'est mise en batterie, son arme pointée vers la sortie, là-haut.

Sur l'esplanade Titus n'y est plus que pour Silistri :

– Joseph ! Joseph !

Manin saute du combi VW, il fonce vers l'escalier. Trois coups de feu l'accueillent. Deux des trois balles font mouche. Une balle traverse l'épaulette gauche du cachemire, l'autre en coupe la ceinture. Manin sent une brûlure contre sa hanche. Tout juste le temps de se jeter sur le côté. Il ne riposte pas, bien sûr. Il gueule juste :

– Cessez le feu on est des keufs ! Des vrais, cette fois !

– Et ta sœur ? répond Maracuja. Montre-toi, vrai keuf, allez, amène-toi !

– Putain, Mara, je suis avec ton parrain !

De s'entendre prénommée par cette voix qu'elle ne connaît pas intrigue Maracuja. L'évocation du parrain aussi. Mais parrain n'a pas le temps. Parrain a dégagé la herse et chargé Silistri dans sa voiture. En passant devant Manin, parrain hurle juste :

– Emmène-les aux Fruits de la passion !

– Aux quoi ?

Monsieur Malaussène prend le relais :

– Aux Fruits de la passion, t'inquiète, on connaît.

Maracuja a baissé son arme. Elle libère ses cousins. Manin, là-haut, pointe son nez très prudemment.

Trente ans d'amitié perdent leur sang sur la banquette arrière de Silistri.

– Ne pars pas, Joseph, attends-moi, nom de Dieu !

*

Maracuja, C'Est Un Ange et Monsieur Malaussène avaient donc failli se faire abattre la nuit précédente, ils étaient cachés aux Fruits de la passion, et je ne le savais pas. Silistri était entre la vie et la mort et je ne le savais pas. Julie, qui ignorait tout elle aussi, m'avait déposé à la gare TGV de Valence avant d'aller retrouver le vieux Coudrier pour l'aider dans ses travaux d'écriture. Je m'apprêtais à accueillir les enfants, censés revenir des bouts du monde.

Après-demain j'irais chercher Monsieur Malaussène à Roissy ! Bonnes nouvelles qui atténuaient la perspective déprimante de ma rentrée professionnelle. Le Vercors et Robert me manquaient déjà mais les enfants allaient revenir. Mes vévés me fatiguaient par avance mais j'allais retrouver Mosma, Sept et Mara. Vivre c'est passer son temps à remplir les deux plateaux de la balance.

J'étais assis dans le TGV, prêt à jeter un œil paresseux au journal du jour. Cette manie qu'a Julie de me faire acheter la presse chaque fois qu'elle me flanque dans un train !

– Le paysage me suffit largement, Julie.

– Un coup d'œil sur le paysage social ne te fera pas de mal.

L'affaire Lapietà faisait la Une. Pas seulement de mon journal mais de tous les journaux de la rame, toutes tendances confondues : « LE MANIFESTE DES RAVISSEURS ». En lettres considérables. Curiosité émoustillée, les voyageurs se reportaient à la page où s'étalait ledit manifeste. Moues scandalisées, commentaires vengeurs (mais que fait la police ?)... Rares, les sourires. C'est le genre de texte à la lecture duquel chacun prend ses mensurations. Moi, je me disais que ça ressemblait à une pétition d'étudiants (un type d'étudiants dont on croyait le moule cassé depuis une trentaine d'années). La référence au préambule de la Constitution de 46 me touchait. Le couplet sur l'opposition charité / solidarité retint mon attention. L'idée de faire supporter à notre gouvernement prétendument socialiste « le ridicule du premier *enlèvement caritatif* de l'histoire de notre justice » m'amusait. Le happening sur le parvis de Notre-Dame était prometteur. Seulement, me disais-je, si les auteurs de cette farce se font gauler – ce qui me paraissait inévitable –, ils vont salement morfler. En période de grande lâcheté on fusille les joyeux intrépides. Cette perspective suffit à me faire retourner au paysage. Là-bas, à mon est, le massif du Vercors défilait comme un adieu. Je repensais aux injonctions d'Alceste : « Le vrai courage, Malaussène, c'est de redescendre dans la vallée. Se farcir l'Homme, voilà le sacrifice absolu ! »

Eh bien nous y étions.

Planqué juste derrière moi entre mon siège et la cloison du wagon, Julius faisait le mort. L'aptitude de ce chien à s'effacer n'est pas le moindre de ses dons. Il est des circonstances où Julius disparaît complètement. Parmi elles les voyages SNCF. Aplati comme une crêpe il se fond dans le gris de la moquette. Invisible, le chien. Tout juste s'il respire. En conséquence, pas de supplément à payer. Ne reste que son odeur. Généralement, on me l'attribue. Du coup, pas de voisins non plus. Sauf ce soir-là. Le gars qui était assis à côté de moi ne semblait pas du tout incommodé. C'était un grand costaud, tatoué, cheveux gris, nuque raide et rase, peau tannée, profil d'aigle, œil fixe, blouson de cuir. La soixantaine inoxydable. Devait trimballer sa Harley-Davidson dans sa valise. Curieusement, il avait des mains d'enfant et une Légion d'honneur punaisée à son blouson. Lui aussi s'était plongé dans la lecture du manifeste. Il lisait sans moufter. Il n'essayait pas d'engager la conversation. Ce qui convenait à mon désir de paysage.

Lequel paysage, passé la frontière de la Drôme, m'endort toujours.

Roupiller dans le train, au cinéma, au théâtre ou en lisant est une volupté dont je ne me prive jamais.

Ce ne fut pas le contrôleur qui me réveilla, mais un éblouissement. Ça crépitait autour de moi. Flash sur flash. Un véritable peloton d'exécution. Je me suis réveillé en sursaut, la main devant les yeux. Mon cœur battait l'alerte. Mon voisin me prit le bras :

– Excusez-les, mon fils, c'est pour moi.

Mon fils ?

En effet, c'était lui que fusillait la meute des photographes.

– Monsieur l'Abbé, regardez par ici !

– Un sourire, monsieur l'Abbé !

– Ici, l'Abbé, ici !

Jusqu'à ce que se pointe une équipe de télé.

– Tirez-vous, les paparazzi, laissez-nous bosser, maintenant !

Une caméra, une bonnette comme un blaireau empalé, un présentateur archi connu dont j'avais oublié le nom mais qui prononça celui de l'abbé.

L'abbé Courson de Loir, nom d'un chien !

En personne.

Et en seconde classe.

Pas reconnu, je dois dire. J'avais dû voir sa photo une ou deux fois dans ma vie.

PRÉSENTATEUR : Alors, demain, sur le parvis de Notre-Dame, cette rançon, monsieur l'Abbé ?

COURSON DE LOIR (*voix grondante de métro souterrain*) : Le parvis de Notre-Dame fut une scène médiévale, ce n'est pas une raison pour en faire un cirque contemporain.

PRÉSENTATEUR : Est-ce à dire que vous n'y toucherez pas le chèque de la rançon ?

COURSON DE LOIR : Ni là ni ailleurs. La Charité ne saurait se nourrir de l'argent du crime. (Oui, la phrase exacte dont Verdun m'affirmera plus tard qu'elle avait résonné dans sa tête pendant l'interrogatoire de Balestro.)

PRÉSENTATEUR : Refuser la rançon n'est-ce pas hypothéquer dangereusement la libération de Georges Lapietà ? Voire menacer sa vie ?

COURSON DE LOIR : C'est surtout ne pas me comporter en complice de ceux qui l'ont enlevé. Vous trouvez que j'ai une tête de receleur ?

PRÉSENTATEUR : Dès lors, comment imaginez-vous la suite des événements ?

COURSON DE LOIR : Je laisse à la police le soin de l'imaginer.

PRÉSENTATEUR : Mais…

COURSON DE LOIR : Fin de l'interview. Maintenant faites la quête parmi votre équipe et dans le reste de la voiture, j'ai mes œuvres.

Le présentateur rit jaune. Au lieu d'aller quêter, il s'adressa à moi, qui gardais obstinément les yeux rivés sur la campagne filante. Il me colla la bonnette sous le nez. Je reçus sa question sous une douche de lumière.

– Et vous monsieur, que pensez-vous de l'affaire Lapietà ?

Merde alors !

Lui répondre que je n'en pensais rien ? Que je refusais d'y penser ? Que je préférais paysager ? Que ma sœur était la juge d'instruction préférée de l'otage ? Le prier de remballer son attirail et d'éteindre son projo, qu'il m'éblouissait et que je haïssais la télé ? C'est évidemment ce que j'aurais dû faire. Au lieu de quoi, je m'entends encore répondre :

– Je pense aux familles.

PRÉSENTATEUR : Aux familles ? À la famille Lapietà ? Aux familles des otages en général ?

MOI : Plutôt à celles des ravisseurs. Pour l'instant elles ignorent sans doute ce qu'ont fait ces jeunes gens mais ce sera terrible pour elles quand ils se feront prendre, ce qui me paraît inévitable.

PRÉSENTATEUR : Qu'est-ce qui vous fait penser qu'il s'agit de jeunes gens ?

MOI : Le contenu du manifeste ! Connaissez-vous un seul adulte, surtout parmi nos politiques, capable de témoigner aujourd'hui d'un tel degré de conscience sociale ?

Mais ta gueule, pauvre con ! Qu'est-ce qui te prend ? Ferme-la ! N'oublie pas que tu t'en fous. Tu te prends pour Alceste ou quoi ? Auprès de qui cherches-tu à en installer ?

En fait, je me suis surpris à *ne pas pouvoir m'empêcher de répondre* ! Comme n'importe quel abruti sous le nez duquel on tend un micro. J'étais français, quoi. J'avais mes opinions, quoi. C'était la télé, quoi.

Flairant une polémique possible, le présentateur revint à Courson de Loir.

PRÉSENTATEUR (*ironique*) : Monsieur l'Abbé, qu'en pensez-vous ? Compatissez-vous au sort des preneurs d'otages, vous aussi ?

Courson de Loir, qui s'était replongé dans son journal, le rabattit brutalement.

– La quête, je vous ai dit ! Et, pour votre pénitence, dans toutes les voitures de la rame !

21

Le reste de la nuit, c'est des larmes et du sang. Les larmes de Maracuja à peine assise dans le combi de Manin. Les larmes muettes de Mara jusqu'au petit matin et le sang de Silistri jusque sous la pédale d'accélérateur écrasée par Titus. Là aussi des phrases de film :

– Putain Joseph, ne pars pas, reste avec moi !

Maracuja pleure son Tuc. Les salauds qui se sont fait passer pour des flics de la BRB ont enlevé le père et le fils. Tuc et Lapietà. Ils avaient l'intention d'enlever les trois cousins avec mais le sort en a décidé autrement.

Ce que hurle Titus sur son portable c'est qu'il arrive avec Silistri.

– Préparez tout, Postel*, on arrive !

À l'autre bout du fil on lui répond que c'est impossible, qu'on est à la retraite.

– Depuis deux ans, Titus !

Titus dit qu'il s'en fout, qu'il arrive, qu'il arrivera peut-être avec un mort.

– Je vous ai vu ressusciter des morts, docteur.

– J'étais outillé pour, à l'époque !

Mara se maudit d'avoir joué les chiffons mous entre

les mains du type qui la tenait. Elle n'aurait pas dû se laisser tomber dans l'escalier de l'atelier mais le grimper quatre à quatre et courir avec la bande jusqu'à la voiture, ne pas abandonner Tuc, mon Dieu, Tuc, que peut Tuc sans elle, que peut Tuc contre de pareilles ordures, ils ont failli nous descendre, ils ont collé une lame de cutter sous le nez de Tuc quand Lapietà a refusé de les suivre. Ils lui auraient vraiment coupé le nez !

– Comment je m'appelle, Joseph ? hurle Titus en enquillant les feux rouges, comment je m'appelle ? J'ai paumé mon nom, tu peux bien me dire comment je m'appelle, tu peux me rendre ce service, merde ! Comment je me nomme, Joseph ?

C'est aussi cette nuit-là que la parole de Lapietà poursuit son cours tumultueux entre les oreilles de la juge Talvern. Il parle à son fils à présent, il fait l'éloge des fonds de pension.

– C'est ce que tu te dis, Tuc, hein ? Que ton père dynamite notre système de retraites en prospérant sous la bannière des fonds de pension ! Eh bien c'est vrai, figure-toi ! Et au nom de la plus belle justice, encore ! À bas la retraite et vive les fonds de pension ! Laisse-moi te raconter l'histoire de Pandora McMoose, fiston, qui va sur ses cent quatre ans dans son cottage du Wyoming. Le vieux McMoose a investi dans les fonds de pension en 1925. Quatre ans avant la crise de 29. Toutes les actions se sont effondrées, comme tu le sais, puis tout est remonté, le couple McMoose avec, comme un bouchon flottant sur l'histoire financière des États-Unis d'Amérique. Aujourd'hui, Pandora (elle est veuve depuis trente-six ans) palpe cent cinquante mille dollars par an ! Une retraite de douze mille cinq cents dollars mensuels. Ce ne sont pas les impôts de ses enfants ni de ses petits-enfants qui la financent, cette retraite, ce sont les fonds de pension de Pandora et du vieux Moose ! C'est leur pognon à eux, pas celui de leurs mômes. Gloire aux McMoose, fiston, qui n'ont pas mis leur progéniture sur le tapin pour s'offrir une douce vieillesse ! Ce que tu t'apprêtes à faire, toi, au nom du sacro-saint principe de la retraite à la française !

Bien entendu, Georges Lapietà ignore que la progéniture de Tuc – son petit-fils ou sa petite-fille – est déjà en route dans le ventre de Maracuja. Personne ne le sait, d'ailleurs. Même pas Mara. Dans l'esprit de Maracuja, leur enfant n'est encore qu'un désir. Silistri perd le sang de sa vie quand la vie prospère incognito sous la robe thaïe de Maracuja. Un enfant ? avait blagué Tuc, un joli bébé pour assurer notre retraite ? Allez hop !... Tuc manque à Maracuja. De l'enfant à venir il avait dit aussi : Il sera notre présent puis notre passé. La voix de Tuc manque à Maracuja dont les larmes redoublent.

– Ne venez pas chez moi, dit Postel à Titus qu'il vient de rappeler, foncez à la morgue du quai, vous y trouverez l'infirmier Sébastien*, il est au courant. Je serai peut-être déjà arrivé. Je suis en route.

Virage sur les chapeaux de roue, direction la morgue du quai.

– Décrivez-moi les blessures.

Ce que Titus fait tant bien que mal. Mais ça grésille, ça glougloute et finalement ça coupe.

– La morgue du quai, Joseph, ça te rappelle rien ?

C'était là qu'en son temps le docteur Postel-Wagner

démontait les morts et rafistolait les vivants. Il y accouchait, même, parfois. Titus et Silistri lui avaient servi d'infirmiers pendant quelques jours.

– Joseph, dis-moi que tu t'en souviens ! La morgue de Postel-Wagner ! C'est là qu'est né Monsieur Malaussène, Mosma, le fils de Benjamin, tu te rappelles ?

– Les Fruits de la passion, qu'est-ce que c'est, demande Manin à ses passagers, un hôtel ?

– Un orphelinat, répond C'Est Un Ange en berçant Mara, recroquevillée autour de sa future retraite.

Manin n'en revient pas de voir pleurer sans fin cette fille qui, il y a peu, lui tirait dessus avec un .45, cette fille qui, pour tout dire, a failli le tuer. Sa hanche le brûle. Il se demande si la balle a entamé le gras ou l'a juste éraflé. En tout cas, c'est sa première blessure de guerre et elle lui fait un mal de chien. Nadège va en tomber dans ses bras et dans les pommes.

– Un orphelinat ? demande Manin.

– Dirigé par ma mère, répond Mosma.

– Par une de ses *deux* mères, corrige Sept.

C'est peut-être à la même seconde que le mot « orphelinat » se prend au filet de la juge Talvern.

– Les impôts, les impôts, déclare Georges Lapietà à son fils, je préfère m'imposer moi-même plutôt que d'engraisser ces feignasses de Bercy. Qu'est-ce que tu sais de la façon dont je redistribue mon fric, Tuc ? Tu veux que je me vante ? Que je fasse le compte de mes fondations, de mes bonnes œuvres, des gens que j'aide, des orphelinats que j'ai ouverts dans le monde, par exemple ? À Phnom Penh, à Samobor, à Peyrefitte, Dublin, Abengourou, Bucarest, Canindé, Naples…

Tout ce banc de mots se prend au filet de la juge, le mot « orphelinat » et les noms de villes que lui accole Georges Lapietà... Au point que la juge Talvern s'en assied dans son lit, parfaitement réveillée cette fois. Elle repense à Balestro, aux passeports de Balestro, aux destinations de Jacques Balestro, alias Ali Boubakhi, Fernand Perrin, Philippe Durant, Olivier Sestre, Ryan Padovani...

– Deux mères ? finit par demander Manin.

– Et Mara deux pères, oui, confirme Monsieur Malaussène. Elle les appelle Pa et Pa, ça évite la confusion. Prenez la prochaine à gauche.

À vrai dire, Mosma essaie de détendre l'atmosphère, d'arracher un sourire à Mara en lui rappelant la nuit mythique de sa conception (grand moment des fiestas familiales), mais ça tombe à l'eau, tout le monde se tait. Les larmes de Maracuja coulent entre les doigts de C'Est Un Ange.

– Doucement, supplie Titus.

L'infirmier Sébastien et lui sortent Joseph Silistri de la voiture. Ils y vont au millimètre.

– Il n'est pas mort, murmure l'infirmier Sébastien.

Évidemment, pense la juge Talvern à propos de Lapietà, son raisonnement sur les fonds de pension est spécieux. Il récite la vulgate. Il sait très bien qu'anthropologiquement on ne peut pas imaginer la survie de l'espèce sans la solidarité des générations. Plus d'espèce humaine si, le moment venu, les fils ne nourrissent pas les pères, il le sait. Il faudra que je fasse écouter ce passage à Benoît Klein, se dit-elle encore. Et à Titus celui sur les orphelinats.

Mais soudain Verdun en elle dresse l'oreille.

Éteint le dictaphone.

Ôte ses écouteurs.

Du bruit en bas.

Ils sont revenus.

Verdun jette écouteurs et dictaphone sur le lit, enfile son kimono, se glisse dans une robe de chambre dont elle noue la ceinture en descendant l'escalier.

De son côté, Postel est arrivé. L'infirmier Sébastien prépare Silistri sur la table de dissection. Titus entend parler chirurgie :

– J'ai suturé le cuir chevelu à la barbare, il a beaucoup saigné.

– Le reste ?

– Fracture comminutive de l'épaule droite, des morceaux partout. Deux plaies traversantes transversales de l'hémithorax droit, plutôt externes. Une des balles a contourné la côte, elle a glissé sur elle comme sur un rail de sécurité. Organes nobles épargnés, je crois. Thorax soufflant, mais on a de la chance sa veste a fait tampon pendant le transport. Sept de tension, pouls filant.

– Hémopneumothorax ?

– J'en ai peur, confirme Sébastien. Gros risque d'hémorragie interne.

– Allez, drainage thoracique : xylocaïne 1 %, povidone iodée, seringue montée, bistouri, trocart de Monod avec son mandrin, pince mousse, drain trente-six ou quarante F.

– C'est prêt. Trente-six, j'ai rien d'autre.

– Ça ira.

Titus voit les doigts latex de Postel pénétrer le corps de son ami par les trous qu'y ont percé les balles ; ils en retirent des bribes de tissu et la moitié d'un bouton que l'infirmier Sébastien range comme des reliques.

– Préparez le drain, la seringue, le tuyau de raccordement et les poches à urine ; on siphonne et on le récupère.

– Ok, docteur. Autotransfusion, d'accord.

Oui, le sang n'a pas manqué cette nuit-là. C'est la première chose que voit Verdun derrière les quatre jeunes gens qui sont arrivés aux Fruits de la passion, la longue traînée laissée par ce garçon qu'elle ne connaît pas (l'inspecteur Manin sans doute) et la jambe de son jean collée à sa peau par la coagulation :

– Groupe sanguin ? demande Postel à Titus.

– A+, répond Titus. Moi aussi, on est compatibles.

– Comme les pigeons de la fable, marmonne Postel-Wagner en fouillant sous les côtes de Silistri.

– Vous savez que vous êtes blessé ? demande Verdun au lieutenant de police Manin.

– Oui, oui, répond distraitement Manin.

Mais en se retournant, il découvre sa traînée de gibier sanglant et s'évanouit.

– Couchez-le sur une table du réfectoire, ordonne Gervaise qui débarque avec Clara.

Sept et Mosma s'exécutent.

– Trouvez-nous des ciseaux.

– Où sont Titus et Silistri ? demande Verdun.

C'est là qu'elle apprend tout : que Lapietà s'est fait enlever une deuxième fois, avec son fils cette fois, par des professionnels cette fois, qu'il y a eu fusillade, que Silistri est gravement touché, peut-être mort, qu'avec Silistri et Manin elle a perdu les deux tiers de ses effectifs, que la blague des trois crétins qui se tiennent debout devant elle tourne à la tragédie, que tout va fantastiquement se compliquer.

Gervaise a récupéré le cachemire troué de Titus et découpé la jambe du jean de Manin, dont Clara a photographié la plaie.

– Alors ? demande Verdun.

– Ça va, l'os n'est pas touché. Il faut juste nettoyer et recoudre.

– Demandez à Ludovic.

Bon, le dénommé Manin s'en tirera sans problème.

Ce qui n'est pas le cas du divisionnaire Silistri dont le cœur vient de s'arrêter.

– Frigo, ordonne Postel.

Titus voit son ami disparaître dans la chambre froide, comme avalé par la mort en personne. Il ébauche un geste.

Postel retient son bras.

– Pas d'affolement mon vieux, dans le froid on meurt moins vite. On va en profiter pour cautériser vite fait les plaies thoraciques. Après, on fait repartir la machine.

Au passage, il demande à Titus :

– Les ecchymoses sur le visage et sur les poings, qu'est-ce que c'est ?

– Autre chose, une bagarre en début de soirée.

– À son âge ?

Pendant que Ludovic recoud la poignée d'amour de Manin (les énormes doigts de Ludovic si habiles à ce genre de broderie !), Verdun se tourne vers les trois rescapés. Maracuja, C'Est Un Ange et Monsieur Malaussène se tiennent là, restes piteux d'une grappe salement entamée. Verdun ne peut pas leur parler. Pas un mot. Elle ne leur pose aucune question. Elle le connaît bien, ce silence saturé, hérité du vieux Thian. Avant qu'elle ne se trouve dans les bras de l'inspecteur Van Thian, sa nounou providentielle, Verdun bébé hurlait dès son réveil. On pensait que c'était la faim, non, c'était le réveil. Elle se déclenchait comme une sirène municipale. Personne n'avait l'interrupteur. Verdun n'en finissait pas d'alerter le monde. Quand elle hurlait ainsi, comme si elle annonçait un bombardement (de fait, des bombes tombaient à coup sûr quelque part sur la planète au même moment), il arrivait à Jérémy de refermer d'un coup sec le tiroir où on avait installé son berceau. (Benjamin y avait percé des trous à la chignole pour la respiration.) Bref, Verdun se tait de ce silence conquis sur ses propres hurlements contre la poitrine apaisante de l'inspecteur Van Thian. Depuis, ce sont ses yeux qui hurlent. Un regard sous lequel on préférerait ne pas être né. Aucun des trois rescapés n'ose bouger un cil, ni dire un mot.

Et cette idiote, dans sa robe thaïe, qui est enceinte !

C'est un fait, Verdun est la première à avoir repéré le nouveau venu chez Maracuja. Quelqu'un s'est installé en Maracuja qui n'est déjà plus elle, Verdun le sait.

Manquait plus que ça, se dit-elle. Dix-sept ans à peine ! La relève de maman ! La future mère Malaussène ! Foutue famille, foutue manie de la reproduction ! Cette ivrognerie de la vie ! De la ronce, les Malaussène ! Lutter contre leur prolifération c'est vouloir transformer l'Amazonie en jardin à la française.

Verdun ne peut lâcher Maracuja des yeux.

Au point que Mara siffle comme un chat pris au piège :

– Quoi ?

Par bonheur, Ludovic, qui en a fini avec ses travaux de couture, murmure à l'oreille de sa femme :

– Da gousket, karedig.

Verdun se secoue. Son Breton a raison. Aller dormir, oui.

Clara et Gervaise finissent de bander la taille du lieutenant Manin.

– Bezañ kousket, insiste Ludovic, qui laisse traîner son énorme patte sur le dos de sa femme avant de disparaître dans la chaleur du fournil :

– Hennez eo ar penn.

Il a raison, bien dormir, tout est là. Après tout, il n'est jamais que cinq heures du matin.

22

Le lendemain dimanche la scène principale ne se passe pas comme prévu sur le parvis de Notre-Dame à la sortie de la première messe, mais trois heures plus tard, à quelques centaines de mètres de là, dans le bureau très peu gothique de Xavier Legendre, chef des services actifs de la police judiciaire.

– Monsieur l'Abbé, ce n'était pas ce dont nous étions convenus avec votre hiérarchie !

Legendre est hors de lui, ce qui a toujours eu pour effet de l'incorporer davantage à son costume anthracite. Legendre est une petite boule de fureur chauve et soyeuse aux escarpins bien cirés. L'Abbé, lui, en toutes circonstances, demeure l'Abbé, cuir, tatouages, santiags et commandeur de la Légion d'honneur.

– Mon fils, personnellement je conviens d'assez peu de choses avec ma hiérarchie.

Legendre n'est pas d'humeur à finasser. Ni à se laisser impressionner par cette voix de bronze.

– Vous deviez accepter la remise publique de cette rançon ! Nous avions l'accord formel de l'archevêché !

– Qui connaissait mon refus catégorique.

Non content de refuser le rôle que lui assignait le manifeste des ravisseurs, l'Abbé a prié messieurs Ménestrier, Vercel, Ritzman et Gonzalès de ne pas assister à l'office.

– Je n'avais aucune raison de leur imposer l'humiliation d'un refus public.

– C'est un comble ! fulmine Legendre. Ça c'est un comble !

– Le comble de quoi, mon fils ?

– Vous deviez accepter la remise de ce chèque ! J'ai décidé de ce plan dès la publication du manifeste ! J'en ai rendu compte au ministre, j'ai obtenu son feu vert, j'ai mis en place les effectifs nécessaires, j'ai déployé sur le parvis de Notre-Dame une batterie de caméras pour filmer discrètement les curieux qui assisteraient à cette remise de rançon ! Le parvis était bondé, nous avions toutes les chances qu'un ou plusieurs membres de la bande se trouvent parmi la foule, on pouvait mettre la main dessus, et vous...

Reprise de souffle :

– Vous, vous annoncez *dès l'introït* que la remise de la rançon n'aura pas lieu ! Résultat, la nouvelle s'ébruite, l'esplanade se vide, et toute l'opération tombe à l'eau ! C'est de l'entrave pure et simple à une enquête judiciaire, monsieur l'Abbé !

– En effet, je n'y avais pas songé.

– Vous n'y aviez pas *songé* ?

L'Abbé se tient debout face à la fenêtre à présent. Là-bas, obturant la perspective, c'est Notre-Dame de Paris qui est debout. L'Abbé revoit la scène. Le fait est que, ce matin, sa déclaration liminaire a purement et simplement siphonné son église. « Que ceux qui sont venus ici pour assister à la conclusion d'un fait divers retournent chez eux ; le sacrifice de la messe ne saurait être le théâtre de l'actualité ! » Dans les cinq minutes qui ont suivi Notre-Dame était vide. Exit les marchands du temple dans un grand brouhaha de matériel photographique en tout genre, pieds de caméra, perches de son, sacs à dos... Il ne restait pas même l'étiage des fidèles habituels qui, ce matin-là, n'avaient pas trouvé de place dans la cathédrale.

L'Abbé pousse un long soupir.

– Le prix à payer ? demande-t-il.

Legendre en est réduit à s'adresser à un dos de cuir. Le cuir, sur cet homme, c'est de l'acier.

– Je vous demande pardon ?

– Pour obstruction à une enquête judiciaire, quel est le prix à payer, mon fils ? Aller exercer pendant quelques mois mon ministère dans une de vos prisons ?

Ici, l'Abbé se retourne :

– C'est ma place, après tout, il paraît qu'elles regorgent de brebis égarées et de bons tatoueurs.

Legendre est furieux. L'Abbé en prison ? Et pourquoi pas Lapietà disant la messe ? Ce bloc de sainteté sait pertinemment qu'il ne risque rien !

– Vos raisons, monsieur l'Abbé ! Donnez-moi seulement vos raisons !

– Vous les apprendrez par le journal de treize heures. La télé m'a traqué jusque dans mon train, cette nuit, quand je rentrais à Paris.

– Je crains de ne pas comprendre... (Comme toujours quand on comprend trop bien.) Vous ne m'avez pas annoncé *à moi* votre refus de toucher cette rançon mais vous vous en êtes expliqué hier soir dans une *interview télévisée* ?

Oui, fait la tête de l'Abbé :

– Chacun court après son scoop, mon fils. J'ai tenu à être le premier à parler à mes ouailles ce matin, et la télé tient à l'exclusivité de mes raisons…

– Qui sont ?

– Si vous ne les devinez pas par vous-même vous les apprendrez comme tout le monde au journal de treize heures.

Puis, comme on fait demi-tour pour la seule raison que la promenade est finie :

– Des nouvelles de votre beau-père ? Sa retraite se passe bien ? Il me manque, parfois, ce cher Coudrier. Un flic d'une puissante sagesse. Figurez-vous qu'un jour…

*

Ce même dimanche matin, quand je suis descendu me faire mon café – Julius le Chien déjà en vadrouille dans Belleville –, la Quincaillerie* m'a paru plus vide que le plateau du Vercors. Le genre de vide que laisse la vie après qu'elle a passé. Ce n'est pas que je m'attendais encore à entendre résonner les jurons de Jérémy, les remontrances de Thérèse, les hurlements de Verdun, ni que je cherchais le sourire de Clara ou le dos du Petit, penché dès le matin sur ses dessins, mais enfin tout cela avait eu lieu, qui n'était plus. Passé aussi les cavalcades de Maracuja et de Monsieur Malaussène, leurs jeux d'enfants, leurs disputes d'adolescents, la voix conciliante de C'Est Un Ange, les bourrades filiales de Mosma :

– Salut, vieux père, la nuit fut bonne ?

Quincaillerie vide. Le silence des maisons est rempli de ce qu'on y entendait.

Bien sûr, ce n'était pas la première fois que je me réveillais ici sans personne autour de moi mais je n'avais jamais ressenti à ce point les effets de la solitude. Il manquait dans la Quincaillerie quelque chose de plus que notre vie passée, une absence qui creusait un moins considérable.

Maman n'y était pas.

Pas de maman.

Dieu sait que maman n'avait pas brillé par sa présence au long de nos existences, mais cette fois la raison de son absence en faisait sentir la profondeur. De cette raison la tribu ne connaissait que le prénom :

Paul.

Paul…

Un certain Paul…

Dernier amour de notre mère.

Rencontré Dieu sait où, longtemps après les arrêts de jeu procréateurs. Un amour garanti sans reproduction, c'était déjà ça. Mais un coup de foudre tout de même :

– Vois-tu mon grand, la jeunesse se trompe ; mieux vaut courir les cent derniers mètres que les cent premiers !

Cela dit un soir de confidences, entre elle et moi.

– Tu as probablement raison, ma petite mère, c'est une phrase que je resservirai aux enfants, ça les ralentira peut-être un peu.

– Tu as été un bon fils, Benjamin.

– Tu n'as pas été une mauvaise mère, maman.

– C'est ce genre de réponses qui font de toi un bon fils, Benjamin.

Et maman de disparaître au bras de ce Paul. Un coup

de fil de temps en temps, parce que la traversait le souvenir qu'elle était mère et grand-mère :

– Paul et moi sommes à Barranquilla !

Que fichaient-ils en Colombie, la patrie des homicides impunis ?

Que fichait-elle avec Paul ?

Plus généralement, que fichait maman avec maman ?

Puis, fin juin, juste avant notre départ pour le Vercors, le coup de téléphone est venu d'ailleurs.

– Monsieur Benjamin Malaussène ?

– C'est moi, oui.

– Ici l'EHPAD de Beaujeron-sur-Meuse.

– L'épade ?

– Établissement d'Hébergement pour Personnes Âgées Dépendantes…

– Oui ?

– Votre mère, monsieur, aimerait vous parler.

– Ma mère ?

– Votre mère, monsieur, qui, comme vous le savez, est notre pensionnaire depuis cinq mois.

Comme je le savais ? L'ironie accusatrice, dans cette voix ! Sous-entendu : Et ne me dites pas que vous ne le saviez pas ! Déjà que vous ne venez jamais la voir, ne rajoutez pas le mensonge à l'ingratitude filiale. D'ailleurs vous n'êtes pas le seul de votre espèce, mais les autres au moins ne se cherchent pas d'excuses dans le mensonge, ils nous fourguent leurs vieux au nom de la vie telle qu'elle va, en s'en foutant ouvertement, et d'une certaine façon je préfère le cynisme de ces salopards à l'hypocrisie de ceux qui, comme vous, me répondent en voulant me faire croire qu'ils tombent des nues.

Il y avait réellement tout ça dans le ton de ce « comme vous le savez ». Inutile, donc, d'objecter que je n'en savais rien.

– Passez-la-moi.

– Comment ça va, mon grand ?

– Ça va, maman, ça va. Et toi ? Où es-tu ?

– La petite de l'accueil ne te l'a pas dit ? À l'EHPAD de Beaujeron.

– Beaujeron ?

– Oui, Paul est originaire de Beaujeron. Alors, quand il a commencé à baisser vraiment, nous nous sommes inscrits ici. Par bonheur, des places s'étaient libérées et j'ai pu l'accompagner.

– Maman, tu es en train de me dire que tu es toi aussi pensionnaire de ce... de cet... établissement ?

– Bien sûr ! La place d'une épouse est au côté de son mari.

Voilà comment j'ai appris le mariage de notre mère. Le mariage ! De maman ! Son premier, son unique mariage ! Au dernier quart d'heure de sa vie ! Avec ce Paul ! Dont je ne connaissais même pas le nom de famille. Pourquoi ne nous avait-elle pas prévenus ?

– Oh ! Je ne voulais pas vous embêter avec ça. Vous avez bien d'autres choses à faire !

Et quand, finalement, je lui ai demandé la raison de son appel, c'est d'une voix guillerette qu'elle a répondu :

– Pour rien, comme ça, pour prendre des nouvelles. Ça va ?

23

– Maintenant, vous allez nous dire exactement comment ça s'est passé. Exactement, n'oubliez rien.

Titus et Verdun tiennent Mara, Sept et Mosma assis sur le même lit, dans ce dortoir d'orphelinat. Eux sont assis sur le lit d'en face. Une foutue situation de colonie de vacances, songe brièvement Titus. Les deux moniteurs cuisinant trois gamins après une vague bêtise… Nom de Dieu…

– Bon, allez-y.

– On a voulu…

– On se fout de vos raisons. Dites-nous ce que vous avez fait, comment vous vous y êtes pris, du début jusqu'à la fin et n'oubliez rien. Pas le plus petit détail.

– On commence par où ?

Le fait est qu'ils ont l'air de trois gosses à présent. Mara blême, les yeux enflés, et les deux garçons qui semblent avoir rétréci, ramenés à leur première adolescence par une brutale prise de conscience. L'enfance pour la première fois face à la gravité des choses.

– L'enlèvement proprement dit, propose Verdun. Racontez-nous ça, d'abord.

Tuc songeait depuis longtemps à kidnapper son père pour son grand projet esthétique…

– On s'en fout ! grogne à nouveau Titus. L'enlèvement, on vous dit. Juste l'enlèvement. Les faits. Épargnez-nous les justifications à la con. Comment avez-vous *fait* ?

Ils avaient choisi ce jour et cette heure parce que Lapietà bassinait son fils depuis des semaines avec cette histoire de rendez-vous et de chèque à toucher. Il avait demandé à Tuc de lui trouver une canne à pêche, un after-shave ridicule, de lui prêter sa voiture, ce genre de trucs. L'heure et le lieu du rendez-vous étaient donc établis. Par-dessus le marché, l'endroit était tout à fait propice à une opération de ce genre, vu l'étroitesse de la rue et sa relative tranquillité. Ils ne savaient pas le chemin que prendrait Lapietà, mais l'enlèvement ne pouvait avoir lieu que rue de Chazieux, passage obligé pour accéder au lieu du rendez-vous. Tuc avait caché son portable dans la Clio et Sept l'avait utilisé comme balise de repérage. Dès le départ de Lapietà, ils avaient suivi son itinéraire sur leur écran à eux. Ils avaient mis le camion en place quand Lapietà avait passé l'angle de la rue des Archers et de la rue des Trois-Fils.

– Le camion ? Quel camion ?

– C'est comme ça qu'on l'a enlevé, en chargeant la Clio dans un camion.

– Quel genre de camion ?

Un camion de tournée. De ceux qui charrient le matériel colossal des groupes de rock. Ils l'avaient loué pendant une semaine. Le camion possédait un treuil et une rampe. Il avait purement et simplement avalé la Clio.

– Lapietà n'a pas réagi ?

Mara avait d'abord détourné son attention en nettoyant le pare-brise. Elle était un peu décolletée. Pendant qu'elle aveuglait Lapietà avec la mousse et qu'il attendait le premier passage de la raclette, Mosma, par une fente du bas de caisse, avait injecté dans l'habitacle une quantité de protoxyde d'azote suffisante pour endormir un bœuf et Sept avait accroché le treuil au châssis de la voiture. Et puis les portes étaient verrouillées de l'extérieur. Sept avait bricolé ça, aussi.

– Que faisait Tuc, pendant ce temps ?

Tuc n'était pas là.

– Où était-il ?

Tuc était à la fac. Il réglait des histoires d'inscription. C'était vérifiable.

– Quelle marque, le camion ? D'où venait ce camion ?

C'était un DAF, onze tonnes, d'une contenance de trente mètres cubes, loué à la Peter Bernhard, une compagnie autrichienne, siège social français basé à Colmar.

– Compagnie choisie sur quel critère ?

Sur un critère affectif, à cause du nom, Bernhard, Tuc ne jurait que par Thomas Bernhard*, il…

– On s'en fout. Pas d'autres critères ?

Si, l'habitude. Chaque fois que Tuc montait en concert, il choisissait un Bernhard. C'était un de ses jobs, conduire les bahuts, tiper les flight-cases des musicos. Il a pas l'air comme ça, il est sec mais il est costaud Tuc, il…

– On s'en fout. Qu'est-ce qu'il fichait avec les musicos ?

Rien d'illégal, Tuc avait fait le roadie pendant quelques années, il ne voulait rien devoir à son père. Trimballer le matériel des groupes c'était sa façon de gagner son argent de vie avant de faire le livreur gastronomique. Comme chauffeur, il faisait toujours équipe avec le même gars, il…

– Il y avait un autre chauffeur ? Le jour de l'enlèvement vous aviez un autre chauffeur ?

Pas pour l'enlèvement proprement dit mais pour descendre le camion à Paris, oui, et pour le remonter à Colmar à la fin du contrat de location. Le chauffeur n'avait pas participé à l'enlèvement, ni d'ailleurs à l'installation du studio. Tuc et Mosma ont leur permis poids lourd, dans Paris c'est eux qui conduisaient.

– Le nom de ce chauffeur.

– Freddy.

– Freddy, Freddy quoi, Freddy comment ?

– Juste Freddy.

– Et le camion, vous l'avez loué sous quel nom ?

Ils l'avaient loué sous le nom d'Alice, la joueuse d'OMNI, la joueuse de soucoupe volante dont Titus était tombé amoureux sur l'esplanade. Titus voyait qui c'était, oui, il avait entendu sa musique, oui, mais pourquoi louer sous le nom de cette Alice ? Parce qu'il avait aussi fallu installer l'OMNI de Moullet, ce qui, en plus de l'OMNI proprement dit, représentait quelques mètres cubes d'amplis. Du coup, la raison officielle – et vérifiable – de la location du camion c'était l'installation de l'OMNI.

– Cette Alice, elle était au courant pour Lapietà ?

Bien sûr que non, personne n'était au courant. Après qu'on avait déchargé son matos, Alice avait laissé le camion à Tuc pour installer des trucs à eux dans leur studio, c'est tout, elle ne savait même pas quoi. Et puis, le camion avait servi à un groupe de rock aussi. Les Nikakeu.

– Nikakeu ?

– Ni Kalach ni Keuf.

– La facture est à quel nom au bout du compte ?

La facture était au nom d'Alice, mais Tuc lui avait remboursé la moitié en liquide, parce que c'est un gars correct. Il est vraiment réglo, Tuc, son père est ce qu'il est mais lui, Tuc…

– On s'en fout. Et la voiture ? La Clio ? Qu'est-ce que vous en avez fait ?

L'éternel enfilage de perles, Titus menant l'interrogatoire, Verdun transformée en disque dur, enregistrant le moindre détail pour les siècles des siècles.

– On l'a cachée dans un box de parking.

– Un box, quel box, où ça le parking ?

Adresse du parking, rue de Charenton, un box prêté par un copain au prétexte que Tuc ne savait pas quoi faire de sa bagnole pendant l'été.

– Vos noms n'apparaissent nulle part, alors ? Sur aucun document ? Ni le vôtre, ni celui de Tuc ?

Ici, flottement… Les trois kidnappeurs se regardent. Quelque chose est à dire qui devrait rester tu. Ils se demandent qui le dira. Ils aimeraient bien s'en dispenser mais personne n'a jamais pu taire quoi que ce soit sous le regard de Verdun. Finalement, c'est Mosma qui s'y colle. Il explique que, du point de vue de leur état civil, ils n'étaient pas en France. Ils étaient ailleurs. Ailleurs ? Où ça, ailleurs ? Eh bien, Mara à Sumatra, Sept au Mali et Mosma dans le Nordeste brésilien.

Titus, qui n'est pas d'humeur, veut du clair.

– Qu'est-ce que vous avez encore fait comme connerie ?

Enfin, c'est-à-dire, pour être couverts ils ont donné leurs passeports à trois copains qui sont allés bosser en leur nom dans les ONG avec lesquelles ils avaient eux-mêmes pris contact. Comme ça, en cas de problème, les billets d'avion et les contrats signés prouveraient qu'ils n'étaient pas à Paris au moment de l'enlèvement mais au bout du monde, comme d'ailleurs leur entourage familial le croyait. À l'origine, c'était une idée de Tuc qui ne voulait pas compromettre Maracuja si ça tournait mal. Sept s'était arrangé pour les passeports, il avait…

Mais la porte du dortoir s'ouvre.

Gervaise fait une apparition sidérée.

– Venez voir, vite !

Depuis une demi-heure, le noyau familial de la tribu est rassemblé dans le bureau de Gervaise. Il y a là Clara, Thérèse, Louna, Jérémy, Le Petit, Ludovic, Hadouch et Théo. Quelqu'un a battu le rappel. Il s'agissait de prévenir ceux qui n'étaient pas au courant. Une chose à vous dire : Ce sont les gosses qui ont enlevé Lapietà.

Les gosses ?

Les nôtres, Mara, Sept et Mosma.

Non ?

Si.

Mais je les croyais dans leurs ONG.

Ils étaient ici.

Vous vous rendez compte ?

Tout le monde se rend compte.

Vous imaginez la situation de Verdun ?

Ils imaginent.

On leur a raconté le reste, la nuit qu'on vient de

passer, la fusillade sous la Défense, le deuxième enlèvement…

LE PETIT : Merde alors !

JÉRÉMY : Cette fusillade, il y a eu des témoins ?

GERVAISE : Apparemment non, d'après Titus et Manin, personne, ça s'est passé très vite dans une espèce de coude de l'autoroute A4 qui n'est pas vraiment un lieu de passage, plutôt une sorte de parking, presque un cul-de-sac.

Ainsi va la conversation jusqu'à ce que Théo demande :

– Et le chèque du parachute doré, la rançon, elle a été remise à l'Abbé, ce matin, sur le parvis de Notre-Dame ?

– Je sais pas.

– Moi non plus.

– Et toi, Hadouch ?

– Je vais pas à la messe tous les dimanches.

– Qu'est-ce qu'ils en disent, aux nouvelles ?

La question étant posée à treize heures pile, on allume la télé. Le sujet fait l'ouverture. On entend le refus catégorique de l'abbé Courson de Loir. Quelqu'un dit : Il est pas si mal ce curé. Beau mec, en plus, lâche Théo. On s'apprête à éteindre, mais voilà que la tête de Benjamin apparaît, plein écran ! Benjamin occupé à expliquer posément qu'il plaint la famille de ces preneurs d'otages.

C'est là que Gervaise fonce chercher Verdun et Titus.

– Qu'est-ce qu'il dit ? demande Titus en découvrant Benjamin dans le poste.

Benjamin fait l'éloge des ravisseurs. Il affirme préférer l'intérieur de ces jeunes têtes à celui de nos têtes gouvernantes et des adultes en général.

Jusqu'à ce que la télé passe à autre chose.

Exit Benjamin.

Voilà.

On éteint.

On se tait.

Assez longuement.

C'Est Un Ange parle le premier. Un murmure consterné :

– Il ne faut pas qu'il apprenne que c'est nous, le pauvre.

Thérèse trouve une justification à la Thérèse :

– Tout à fait d'accord, il a suffisamment écopé dans sa jeunesse.

Monsieur Malaussène approuve.

– Et puis il a assez d'emmerdes comme ça avec ses vévés !

Maracuja conclut, les poings fermés, tout à fait close :

– S'il l'apprend, je me tue.

*

En fin de chapitre, il reste souvent des miettes. Par exemple cette phrase prononcée par l'ex-commissaire divisionnaire Coudrier à l'autre bout de la France, à la même heure, en commentant le même journal télévisé :

– Aucun doute ma chère Julie, votre Malaussène est un cas ; si après une pareille sortie il ne se trouve pas impliqué d'une façon ou d'une autre dans cette affaire Lapietà, c'est que mon gendre et la police française ont beaucoup changé depuis mon départ à la retraite.

*

Pour l'instant, le gendre en question a d'autres chats à fouetter. Son ministre de tutelle le tient au bout du téléphone :

– Une seule question, Legendre, et une seule réponse, je vous prie : concernant cette remise de rançon à l'Abbé, pourquoi ne pas m'avoir prévenu qu'il refuserait ?

– ...

– J'attends, Legendre.

*

Ou le bref murmure de Maracuja, quand Titus lui montre le manteau de cachemire – deux fois troué – que Gervaise vient de lui rendre :

– Ben quoi ? Fallait pas m'apprendre à tirer !

VII

LA RENTRÉE

« Si j'y pense il faut que je raconte ça à Malaussène, c'est le genre d'idiotie qui l'amuse. »

Alceste

24

C'est la même scène que l'avant-veille mais au petit matin et en rembobinant. Verdun assise à sa table de toilette reconstitue le visage de la juge Talvern, truelle après truelle, le reflet de Titus dans son miroir :

– Qu'est-ce que tu vas faire ?

– Que veux-tu que je fasse ? Je vais prendre rendez-vous avec le président du tribunal de grande instance et je vais lui présenter ma démission.

– Sous quel prétexte ?

– La fatigue, capitaine. Regarde-moi, tu ne me trouves pas fatiguée ?

Verdun tourne vers Titus le visage de la juge Talvern à demi recomposé. Titus en éprouve un spasme de solitude, comme s'il avait déterré une morte.

– Tu vois… Complètement crevée, conclut-elle en se remettant à l'ouvrage.

*

À peu près au même moment, coup de téléphone anonyme au secrétariat personnel du ministre de la Justice.

Une voix d'homme ordonne au planton qui décroche d'aller chercher un carnet de toile noire qu'une main anonyme a déposé dans les poubelles de la cantine – La cantine du ministère, ouais, tu sais où elle est, non, tête de con ? –, de ne pas l'ouvrir s'il tient à sa vie et de le remettre dare-dare au ministre s'il tient à sa place. Sitôt dit, sitôt fait, sitôt lu. Toute stupeur encaissée, la Justice referme le carnet, laisse à son cœur le temps de retrouver un rythme viable, décroche son téléphone et appelle l'Intérieur. Pierre, viens vite, une gigantesque tuile nous est tombée sur la tête ! Nous ? Nous, toi, moi, le Premier, le président, le gouvernement, tout notre monde je te dis, et au-delà ! Si nous ne réagissons pas immédiatement nous allons morfler hors de l'imaginable, je t'assure, viens vite avant que la chose ne soit rendue publique, viens vite et viens seul !

La Justice n'a pas raccroché que l'Intérieur est déjà là.

– Qu'est-ce qui se passe ?

– Regarde toi-même.

L'Intérieur se plonge à son tour dans la lecture du carnet de toile noire...

– Oh bon Dieu, ce n'est pas vrai...

– Justement si, tout est vrai.

*

La juge Talvern sort du métro, elle grimpe les marches du Palais, elle essuie la politesse des bonjours. Bonjour madame la juge, elle répond à brefs coups de tête, elle sait les regards une fois qu'elle a passé, coups d'yeux goguenards sur ses sandales, ses chaussettes, son kilt, coups de coude, sourires entendus, moqueries peureuses et malléables qui se transformeraient en courbettes subalternes si elle se retournait, elle sait tout ça, qu'elle a sciemment suscité mais qui la fatigue à la longue. Oui, allez, démission. Après tout, boulangère, pourquoi pas ? Boulangère avec son boulanger… Troquer cette usine à plaidoiries pour une boulangerie où s'échangeraient dans la journée quatre mots de breton… Qu'en dis-tu karedig ? Ludovic en dira qu'il est d'accord bien sûr, qu'il n'attendait que ça, qu'il est passé par la même fatigue, Ludovic Talvern, son aîné de quinze ans, son ex-professeur en droit du sport, Ludovic, juge d'application des peines converti à la boulange, parce que la justice… tout colosse qu'il soit… au fond du fond… Mais ce n'est pas un bavard… Il a toujours gardé ses raisons là-dessus. Boulanger, point final. Et spécialiste ès orphelins. C'est décidé, boulangère, elle aussi, bouloñjerien.

Démission.

La juge Talvern referme sur elle la porte de son bureau, elle pioche en sa mémoire le numéro du juge suprême, son patron absolu, tend la main vers le téléphone…

Qui sonne.

Eh bien c'est lui, justement. Albin de Souzac, président du tribunal de grande instance, à l'autre bout du fil et de la hiérarchie. Il lui demande de venir, « toutes affaires cessantes », ce qui tombe à pic puisque ça va cesser. Pas à mon bureau, au ministère. (Tiens donc ?)

– J'y suis déjà, on vous y attend, on vous a envoyé une voiture et deux motards.

En effet, la Citroën de haute fonction et deux gendarmes réglementaires clignotent dans la cour du Palais. On m'attend ? Combien de personnes dans ce on ? Je verrai bien…

*

– Qu'est-ce qu'on va faire ? a demandé l'Intérieur.

– Convoquer nos troupes, serrer les boulons, nous faire le plus discrets et le plus efficaces possible, a répondu la Justice ; tu connais la juge Talvern ?

– De réputation, oui, très moche à ce qu'il paraît.

– Pire que ça mais personne ne connaît Lapietà mieux qu'elle. En outre c'est une tombe.

Convocation. Talvern, donc, et Souzac le président du tribunal de grande instance, et le procureur général Souzier ; que la magistrature et le parquet n'aillent pas s'étriper sur ce dossier !

– Legendre, peut-être, aussi, non ?

– Il faut bien, mais c'est un sacré con, ton Legendre ! Il aurait pu s'assurer la collaboration de l'Abbé, tout de même !

*

La juge Talvern rêvasse à l'arrière de la voiture sans se préoccuper de ce qui l'attend à l'arrivée. C'est même la première fois de sa carrière qu'elle roule vers le président Souzac sans remâcher trois ou quatre dossiers brûlants.

Tout de même, ces gosses… ces neveux, cette nièce… Aurait-elle jamais songé à rendre son tablier sans eux ?

Non, à coup sûr non, vieille juge légendaire elle serait devenue. Elle l'est déjà, légendaire et vieille, en dépit de son jeune âge. Qu'est-ce donc qu'elle aime tant dans l'exercice de ses fonctions ? Réponse : le Droit. C'est le Droit qu'elle aime, cette sédimentation de la raison sociale. La rigueur du Droit. La loi. La mathématique appliquée à de l'informe, à du fluctuant, à de l'impulsif, à du brouillon, à de l'envie, du belliqueux, de la rouerie, du trop rigide ou du tordu, à de l'humain en somme. Une attaque à main armée avec un pistolet en plastique reste une attaque à main armée, oui monsieur ! C'est ce qu'elle aime dans le Droit. Le Droit est le coffre-fort où elle a remisé ses ardeurs. Chaque matin, quand elle pénètre dans ce coffre, elle déclenche une douche froide qui la glace jusqu'au soir. Elle aime ça. Lucidité. Voilà le Droit. Et puis ceci : personne n'est juge *naturellement.* Être juge est un rôle. D'où son armure.

Elle remonte à loin, sa passion pour le Droit. La juge Talvern a tété la loi aux mamelles sèches de l'inspecteur Van Thian, son père nourricier. Thian était le bras armé de la loi. (Le Droit secondé par la balistique, ça aide.) Parfois, elle se souvient exactement du vieux Thian. La plupart du temps, non, pas du tout, mais parfois oui, très précisément, comme si elle ballottait encore sur sa poitrine osseuse, comme si elle sentait encore entre ses cuisses et ses aisselles les lanières du baudrier dans lequel Thian la portait et, près de son cœur, la protubérance du holster. Ah ! dans ses narines aussi, ce mélange de merlot et de fleur d'oranger…

Ainsi rêvasse la juge dans la voiture aux vitres fumées (ce besoin contemporain de se montrer sans être vu…), pendant que les motards siffleurs ouvrent la route à tour de bras. Tout à coup, cette question : Quel genre de juriste aurait fait Benjamin ? Tiens, intéressant ça. Réponse : désastreux. Il aurait confondu Droit, justice, morale et sentiment. Il aurait souffert à la place de tous – ce qui ne l'aurait guère changé. Tout de même, sa sortie à la télé sur le degré de conscience sociale des ravisseurs ! Je te demande un peu… Et maman dans son EHPAD… Mariée… Avec ce… Paul… Le nom du bled déjà ? Beaujeron-sur-Meuse (!). C'Est Un Ange est allé la voir le lendemain de son appel, fin juin. Elle l'a embrassé comme du bon pain en l'appelant Pastor. Elle disait à Paul : N'est-il pas mignon, mon petit Pastor ?

Sept en était revenu chamboulé.

– Grand-mère déménage autant que son Paul, elle m'a pris pour un autre.

Julie l'avait détrompé :

– Pas du tout, c'était une comparaison.

Et Julie avait raconté Pastor à C'Est Un Ange, l'amitié du vieux Thian et de l'inspecteur Pastor, la douceur persuasive de Pastor, sa très personnelle technique d'interrogatoire, les amours stériles de maman et de l'inspecteur Pastor, Venise, tout ça… Tu n'as pas lu *La Fée Carabine*, Sept ?

Le fait est que C'Est Un Ange peut faire songer à Pastor. Les yeux. Le regard, même. La voix aussi. Sept a le regard songeur et la voix consolante de Pastor. Un certain mystère ; comme feu l'inspecteur Pastor, Sept est le genre d'anges dont on se demande de quoi ils ne sont pas capables…

BENJAMIN : Et Paul ? À quoi ressemble-t-il le vieux Paul de maman ?

SEPT : À un Alzheimer tatoué. Je vous aurais bien rapporté des images mais il a la phobie des photos.

Ma mère… ce Paul… mon frère Benjamin et sa désastreuse empathie… mes neveux qui enlèvent Lapietà *à des fins d'installation* ! Ma famille… Leur manie de la surprise. Résultat, ma passion pour le Droit.

Mon armure.

Son armure…

Qu'elle va devoir quitter.

C'est ce qu'elle conclut à la seconde où la voiture s'immobilise dans la cour du ministère. Un chamarré lui ouvre silencieusement la porte :

– Madame la juge.

*

Il y a déjà trois personnes dans le « on » : il y a Legendre, directeur des services actifs (le ramier de Titus et Silistri), très seul dans son costume de soie, il y a le patron de la juge Talvern, Albin de Souzac, phénix de la magistrature assise, et le procureur général Souzier aussi. Souzac et Souzier, oui. Pourtant ces deux-là ne mangent généralement pas dans la même assiette.

– Madame la juge.

– Monsieur le directeur.

– Madame la juge.

– Monsieur le procureur général.

– Madame la juge.

– Monsieur le président.

– Vous permettez, Souzier ?

Souzac s'autorise ce que Souzier permet, glisser sa main sous le coude de la juge Talvern et l'entraîner doucement vers une fenêtre :

– Un mot, avant les choses sérieuses, Talvern. Nous n'en parlerons pas ici mais tout de même, cet œil crevé dans votre bureau… Le gendarme a été en dessous de tout ! Sanction, Talvern, sanction, ce gendarme doit être sacqué ! Je compte sur vous. Il me faut un rapport là-dessus. Parce que, si on se met à éborgner les… Bon, allons-y, je crois qu'on nous…

Cependant que Souzier, à l'oreille de Legendre :

– Dites-moi, Legendre, coller un revolver sur la tempe d'un grand patron pour régler une négociation salariale, c'est une nouvelle méthode de vos services ? Vous avez donné des consignes dans ce sens ?

Et Souzac, finalement, comme s'il allait oublier d'en parler :

– Ah ! Talvern, au fait, oui, le borgne, là, votre prévenu, le nommé Balestro, il s'est pendu dans sa cellule cette nuit.

(Pardon ?)

– Bien entendu Legendre ne le sait pas encore… Bon, maintenant il faut y aller…

– Il était seul, dans cette cellule ?

– Non, ils étaient cinq. Les quatre autres l'ont retrouvé comme ça, à l'aube. Pendu au montant du lit avec un bas de contention. Chère amie, allons-y, on a frappé les trois coups.

En effet, la double porte vient de s'ouvrir, un huissier les prie de bien vouloir les suivre, monsieur le ministre les attend.

Pas seul.

Un autre ministre est là, l'Intérieur. La Justice et l'Intérieur. Pas de chef de cabinet, pas de secrétaire non plus, ni de conseillers. Cellule de crise. Stricte intimité.

Les trois magistrats et le patron des services actifs pénètrent dans le bureau ministériel et dans la fin d'une conversation.

JUSTICE : Encore une fois, Pierre, ton Legendre est un con fini. En ne s'assurant pas la collaboration de l'Abbé il nous a foutus dans une merde noire.

INTÉRIEUR : Puisque je te dis qu'il ne savait pas que l'Abbé refuserait !

JUSTICE : Et depuis quand l'ignorance est-elle une excuse, chez un flic ? Surtout à ce niveau de responsabilités !

INTÉRIEUR : Tu l'aurais tenu, toi, ce curé ? Tu l'aurais tenu, peut-être ?

JUSTICE : À ce prix-là, oui, tu peux me croire !

C'est ce que les nouveaux venus entendent (y compris Legendre) avant qu'on ne s'avise de leur présence.

– Ah ! Bonjour madame la juge.

– Monsieur le ministre…

– Souzac, Souzier, Legendre…

– Monsieur le ministre…

– Asseyez-vous, je vous en prie.

Une fois assis, on leur annonce qu'on va leur annoncer l'objet de leur convocation.

Les deux ministres se sont consultés avant de…

JUSTICE : Avant de réunir ici des partis aussi antagonistes que le Parquet et le Siège.

INTÉRIEUR : Vous conviendrez que ce n'est pas précisément dans les usages…

JUSTICE : Mais la gravité de l'affaire exige une synergie parfaite de nos forces d'enquête.

INTÉRIEUR : Tous nos services doivent aller d'un même pas, sur ce dossier.

JUSTICE (*montrant le carnet noir*) : En d'autres termes, messieurs, hors de question de vous tirer dans les pattes sur la gestion de l'affaire dont nous allons vous parler. Je me fais bien comprendre, Souzier ?

– Parfaitement, monsieur le ministre.

– Souzac ?

– Je vous entends, monsieur le ministre.

– Legendre ?

– Entendu, monsieur le ministre.

Des hors-d'œuvre qui s'éternisent, pense la juge Talvern. La maîtresse de maison se demande si son fricot est assez cuit. C'est long pour donner sa démission. De toute façon, je ne suis plus de la partie. Par conséquent ma présence est inutile, voire incongrue. On ne parle pas justice devant une boulangère.

Elle lève le doigt pour le dire :

– Monsieur le ministre…

Mais ce matin la Justice est tranchante :

– Un instant madame la juge, s'il vous plaît !

Et soudain, les deux ministres se jettent à l'eau. Voilà l'affaire, ils la déballent d'un seul coup, comme on vide un sac de pommes de terre sur la table de la cuisine :

Ceux qui détiennent Georges Lapietà n'ont pas apprécié le refus de l'abbé Courson de Loir de toucher le chèque du parachute doré, hier, sur le parvis de Notre-Dame. Non seulement la bande ne libère pas Lapietà mais elle révise ses prétentions à la hausse. Ce qui semblait une plaisanterie n'en est plus du tout une.

La Justice ouvre le carnet de toile noire.

Et le fait est qu'on peut légitimement s'inquiéter en écoutant ce que le ministre y lit à voix haute.

C'est une liste interminable de toutes les fraudes, malversations, prévarications, atteintes aux mœurs, aux réglementations fiscales, bancaires, électorales et contractuelles qui ont été commises sur une profondeur de quinze ans. Abus de pouvoir et de positions, délits d'initiés, menaces de tous ordres, chantages, quelques meurtres aussi... quelques suicides transitifs... avec le nom de leurs commanditaires,

et les preuves.

Car, à gauche de cette colonne de délits, sont inscrits les noms de ceux qui les ont commis : responsables politiques, directeurs de banque, personnalités de la mode, des médias, du sport, de la fonction publique, vertueux affichés, prêtres de toutes les religions, représentants de la morale institutionnelle, rien que des irréprochables, et tous fort connus des Français auxquels ils s'adressent quotidiennement par voie de presse, de tweets, de blogs ou d'écran.

La Justice ne les dévoile pas, ces noms, elle informe juste l'assemblée qu'ils sont bel et bien écrits dans ce carnet-ci,

« des patronymes considérables, vous pouvez me croire ».

Et maintenant, ce que la Justice lit, en face de ces noms, c'est la liste des sommes à payer si le gouvernement ne veut pas qu'ils sautent de ce carnet dans la presse, ou pire, qu'ils s'envolent dans le cyberespace.

– Ce qui serait catastrophique ; la presse, à la rigueur, on peut la faire taire, mais le Net c'est de l'eau, ça ne…

Face à chaque nom sa somme.

Et,

tout en bas,

sous le trait de l'addition,

un total

pharaonique.

Quelque chose comme le produit national brut de la Belgique.

Voilà ce que la bande exige désormais de l'État pour la libération de Georges Lapietà. Décidément non, l'abbé Courson de Loir n'aurait pas dû refuser d'encaisser le chèque du parachute doré !

Dans le silence qui suit, la juge Talvern est la seule à comprendre ce qui s'est passé : ceux qui ont enlevé Lapietà aux gosses ont dû estimer que ces amateurs gâchaient le métier en exigeant pour rançon une somme aussi dérisoire :

– C'est qui, ces charlots ?

– Un mec comme ça vaut beaucoup plus !

– Putain, les gars, on loge ces cons, on les efface, on récupère Lapietà et on le remet sur le marché à son juste prix.

Voilà ce que se sont dit les truands. Lapietà vaut infiniment plus que son parachute. C'est un gigantesque maître chanteur, il sait tout sur tous et il tient ses ennemis par les couilles. Une mine de secrets en or massif. On le récupère, on le cuisine, on lui fait cracher ses dossiers – *tous* ses dossiers –, on présente l'addition à qui de droit et on touche le pactole. Si l'État refuse de raquer, on balance le contenu du panier au public. C'est le chantage du siècle. Du millénaire peut-être. Forcément gagnant ! Pourquoi forcément gagnant ? Parce que la cote de popularité du gouvernement étant déjà sous sa ligne de flottaison, un pareil scandale achèverait de le couler. Ils peuvent plus charger la barque, les mecs. Ils vont payer ! On joue sur du velours, c'est moi qui vous le dis !

Très exactement ce que l'Intérieur est en train d'expliquer.

INTÉRIEUR : Le thème du *tous pourris* faisant le jeu des extrêmes, nous ne pouvons risquer une démoralisation aussi massive de notre électorat.

En écoutant le ministre, ce sont les truands que la juge Talvern entend. Elle fait plus que les entendre, elle les voit presque. Dans ses veines palpite l'excitation de la bande. Cet effet de réel sur les projets les plus fous, la juge Talvern le connaît bien. La certitude du coup gagnant. Sur ce terrain, tous les voyous se ressemblent. Ils l'ont dans le cul, les gars, ils vont s'allonger, putain on les nique profond, ils vont raquer, c'est gagné d'avance !

Les ministres ne sont pas de cet avis mais c'est une excitation du même ordre que la juge perçoit dans leurs recommandations.

INTÉRIEUR : Pas question de verser un sou évidemment. Nous allons anéantir ces abrutis. Nous en avons les moyens et nous les utiliserons. Pas de quartier !

JUSTICE : Nous tenions à vous en avertir. Trois consignes, à présent : enquêter promptement, rendre compte immédiatement, se taire absolument. Une fuite aurait, pour celui dont les services en seraient responsables, des conséquences personnelles définitives.

INTÉRIEUR : Vous n'êtes pas convoqués, vous êtes mobilisés. Vous m'entendez ? Guerre totale !

JUSTICE : C'est de la sûreté de l'État qu'il s'agit, ici. Rien de moins. Elle nécessite une entente sans faille entre vos services ! Sommes-nous clairs ?

La juge Talvern sent les trois autres mobilisés se pétrifier, comme si leurs chaises XVIIIe allaient tomber sous leurs fesses en poussière d'Histoire. Elle-même est ailleurs. Elle est tout entière dans la question qui lui vient à l'esprit : Comment les truands ont-ils obtenu ces renseignements d'un type aussi coriace que Lapietà ? Comment l'ont-ils fait craquer ? Et aussi vite !

La réponse est à glacer le sang : En torturant son fils sous ses yeux. Ils ne sont pas juges d'instruction, eux, ils ont les moyens.

Avec une équipe pareille, Maracuja va se retrouver veuve avant le mariage et l'enfant qu'elle porte orphelin avant la naissance. Exactement comme Clara et C'Est Un Ange à leur époque. La juge Talvern voit l'histoire de sa famille se répéter sous les auspices du tragique. La monotonie dans l'horreur. Je ne peux pas laisser faire ça. La boulangerie attendra. C'est ainsi qu'elle fait machine arrière. Sa volonté de démission vient de fondre comme sous la flamme d'un chalumeau.

C'est le moment que choisit la Justice pour lui adresser la parole en se levant.

– Madame la juge ?

– Monsieur le ministre ?

– Puis-je abuser de votre temps ?

Elle se lève à son tour, elle suit la Justice dans un boudoir adjacent. Du coin de l'œil, elle observe l'Intérieur qui attire Legendre de son côté ; distribution de consignes là aussi.

Le procureur général et le président du tribunal de grande instance attendent sagement sur leur chaise.

*

La porte du boudoir se referme dans un soupir.

– J'ai besoin de vous.

Ce sont les premiers mots du ministre.

– Voulez-vous jeter un coup d'œil sur les noms contenus dans ce carnet ?

C'est un vieux carnet de comptabilité. De ceux qu'on utilisait naguère dans les épiceries. Tout y est manuscrit. Vieille main. Une écriture tremblée et le trait des colonnes tiré à la règle. Encre violette qui plus est. D'un index humide, la juge fait baver une lettre. Encre ancienne mais fraîche. Un vieil homme a écrit tous ces noms et tous ces chiffres à la main, à l'encre violette, sans dissimuler son écriture. Provocation, se dit la juge. On se sent suffisamment sûr de soi pour afficher un signe de reconnaissance manifeste… Un vieux truand qui fait de cette bataille contre l'État une affaire personnelle. Cette écriture est une signature. Considérations que la juge garde pour elle.

– Lisez les noms, je vous prie.

Elle les lit, un à un, tous.

– Entendons-nous bien, madame la juge, déclare le ministre quand elle lui rend le carnet, je n'attends pas de vous que vous trahissiez le secret de l'instruction mais dans l'ensemble des noms que vous venez de lire, quelle est la proportion de ceux dont Lapietà vous a déjà parlé, auxquels il aurait fait allusion, ou que vous estimez liés à ses affaires ?

– La totalité.

– C'est bien ce que je craignais.

La Justice baisse d'un demi-ton ; elle entre en confidence :

– Les noms français, passe encore. De vous à moi, je ne suis pas de l'avis de mon collègue de l'Intérieur ; dans le domaine des ragots les Français ont désormais la digestion facile, ils peuvent tout avaler… Mais les étrangers…

En effet, dans la liste des noms la juge Talvern a noté celui de l'ambassadeur de Turquie, de deux ou trois affairistes russes, d'un monarque du Golfe, du très distingué lord Thackenburry, du doyen Bostenberger…

– Si ceux-là sortent au grand jour, madame la juge, nous allons vers des crises diplomatiques majeures.

Elle se tait.

Elle attend.

La Justice reprend la parole.

La Justice parle de « vos états de service », la Justice énumère « vos résultats exceptionnels », la Justice évoque « votre sens aigu des moyens appropriés »… Bref, la Justice vous garantit les coudées franches dans vos investigations et s'engage à mettre à votre disposition « tous les moyens nécessaires ».

Puis,

Voix basse mais ferme :

– Et ne vous laissez pas emmerder par Legendre, Talvern, il est d'une rare incompétence.

25

Là encore je ne savais rien de tout ça. Je ne savais pas que Verdun avait été promue chef de guerre le jour même où elle allait opter pour la boulangerie, je ne savais pas que Mara était amoureuse, encore moins qu'elle était enceinte, je ne connaissais pas ce Tuc dont j'avais entendu le nom une ou deux fois pour l'oublier aussitôt. (Secrets d'adolescents, l'adulte évite de tendre l'oreille, plus encore de poser des questions… On glisse, respect, respect… doublé d'une certaine dose d'indifférence, il faut bien le reconnaître.)

Bref, ce même matin, j'entamais en toute innocence ma rentrée littéraire.

– Malaussène, vous seriez gentil de passer par l'hôpital Tenon avant de venir, m'avait conseillé la Reine Zabo, Petit Louis a eu un pépin.

Petit Louis était le meilleur représentant des Éditions du Talion.

– Tu parles d'un pépin, Benjamin, j'ai bien failli y rester, oui !

Un bras dans le plâtre, une jambe en suspension et du fil de fer dans la bouche, il me parlait en crachotant.

– C'est une bande de Manouches qui m'a envoyé dans ce plumard, à cause du bouquin de Coriolan.

L'Orgue tzigane, le roman de Tony Schmider (que la Reine Zabo, grande lectrice de Shakespeare, appelait Coriolan), racontait la rupture de l'auteur avec feu son père. Manouche de longue lignée, le père destinait le fils au violon tzigane mais la nature de Coriolan le portait à préférer l'orgue, instrument foncièrement sédentaire. Ce différend avait suffi à creuser un abîme entre les deux hommes. *L'Orgue tzigane* était le roman de cette faille.

Dès qu'ils avaient entendu parler de l'existence du livre, trois cousins de Coriolan étaient allés lui rendre visite :

– Chez nous on critique pas les morts. On en parle même pas. C'est tabou, parler des morts, chez les Manouches, tu le sais pourtant.

Comme ils avaient eu la mauvaise idée de sortir leurs couteaux pour mieux argumenter, Coriolan les avait assommés sur place. Tous les trois. (Coriolan était le seul de nos vévés que nous ne protégions pas. C'étaient ses interlocuteurs qui avaient besoin de protection.)

Du coup, les cousins s'étaient rabattus sur le pauvre Louis pendant sa tournée de représentant.

– Moi qui ai passé ma jeunesse à faucher des bouquins, tu avoueras que finir à l'hosto parce que je me suis mis à en vendre, c'est un comble. Ça m'apprendra à me faire une réputation !

Le fil de fer ne l'empêchait pas de râler.

– Je suis très embêtée, Malaussène, me dit la Reine Zabo à mon arrivée au Talion. Coriolan s'est mis en tête de venger Petit Louis. Il fume comme un taureau. Si vous pouviez l'empêcher de massacrer sa tribu, ça m'arrangerait.

Ce disant, elle me tendit une poignée d'articles frais pondus.

– D'autant que ces papiers ne vont pas l'adoucir.

Dès la lecture des bonnes feuilles de *L'Orgue tzigane* une partie non négligeable de la critique était tombée sur Coriolan à bras raccourci : traître à la mémoire de son père, traître à sa tribu, traître à ses traditions, traître à sa mystique, traître à son identité, traître à son milieu, un Manouche anti-Manouches, le comble du racisme, le sale type radical, absolument infréquentable.

La Reine n'en demandait pas tant :

– On va en vendre un paquet, Malaussène ! Ils se foutent éperdument des Manouches mais cette époque sans foi ni loi adore désigner les coupables. Avec Coriolan ils tiennent leur salaud de la saison ; ça va être le scandale de la rentrée. Nombreux débats en perspective. Les gens vont se jeter sur ce bouquin pour se faire une conscience nette. Gros chiffres, Benjamin, gros chiffres !

La Reine ne m'appelait Benjamin que sous l'emprise de l'émotion et seuls les chiffres l'émouvaient.

Les réunions de rentrée se déroulaient dans son bureau, une cellule on ne peut plus monacale, juste assez grande pour nous contenir, elle, Émile Leclercq notre comptable, et mon ami Loussa de Casamance qui n'en finissait pas de vieillir sans changer de forme. Café croissants pour nous quatre. C'était, à ma connaissance, le seul jour de l'année où la Reine faisait un accroc à son régime.

– Bon, quand vous aurez réglé le dossier Coriolan,

continua-t-elle, penchez-vous sur le cas Lorenzaccio, on va avoir du travail là-dessus aussi, n'est-ce pas, Émile ?

– Une visite du fisc, au minimum, diagnostiqua Émile Leclercq. On ne s'attaque pas impunément au ministre du Budget, même si vous êtes son plus proche conseiller, même si c'est votre oncle et même s'il vous a sodomisé en bas âge. Oui, ton aide pourrait m'être utile, Benjamin. Si tu pouvais faire le bouc émissaire sur cette affaire, ça m'arrangerait bien.

Alceste, Coriolan, Lorenzaccio, Médée… la Reine donnait un surnom à chacun de nos auteurs. Elle avait une théorie là-dessus :

– Les producteurs de vérité vraie sont monolithiques par nature, Malaussène, comme les dieux de l'Antiquité ou les grands types littéraires. Ce sont des caractères. Relisez *Le Misanthrope*, et dites-moi si notre Alceste n'est pas l'Alceste de Molière ! Relisez *Coriolan*, et vous verrez que Shakespeare a inventé Schmider ! Schmider est notre Coriolan ! Et La Masselière, ce n'est pas Médée, peut-être ?

Après un divorce d'une exceptionnelle férocité, Amandine de La Masselière, une de nos best-selleuses, nous avait livré un roman où elle sacrifiait ses deux fils sur l'autel de la littérature. En leur prêtant toutes les tares imaginables – physiques autant que morales –, c'était le portrait du père qu'elle dressait, « *… tel qu'en sa génétique et contagieuse ignominie. Il est des monstres par qui la maternité est à jamais souillée* ».

– Médée ! exultait la Reine Zabo après avoir refermé le manuscrit. Tous mes auteurs ont du sang divin, je vous dis !

Bien entendu les deux fils avaient décidé de traîner

en justice et leur mère et son éditeur. C'était un des dossiers de notre rentrée. Du moins jusqu'à ce que Loussa prenne la parole :

– À propos de Médée, j'ai du nouveau. Les fils retirent leur plainte.

– Ils se sont réconciliés avec maman ?

Non, Loussa avait tout simplement convaincu les victimes de se faire romanciers à leur tour.

– Ils vont écrire sur elle ?

– C'est ce que je leur ai conseillé, oui. J'ai pensé que dans cette affaire il valait mieux gagner de l'argent qu'en dépenser.

– Sainement raisonné, admit Émile Leclercq.

Il y avait tout l'amour du monde dans le regard que la Reine posa alors sur son vieil ami :

– Merméros* et Phérès écrivant sur Médée ! Décidément tu as du génie, Loussa. Tu viens de combler un grand vide mythologique. On va enfin comprendre la mère infanticide !

Dans ce genre de circonstances, la Reine jouait gaiement des mots. Elle redevenait petite fille. Elle applaudissait en sautillant sur son fauteuil ; ses mains pneumatiques plantées sur des aiguilles à tricoter produisaient un clapotement guilleret et ses énormes joues dodelinaient sur sa maigreur de crayon.

Loussa tenta de la modérer.

– Le seul inconvénient c'est que ces garçons sont faits pour écrire comme moi pour être garagiste.

La Reine trouva illico la solution :

– Aucune importance, Malaussène va les aider ! N'est-ce pas, Malaussène ? Vous les prendrez en main !

Les dossiers principaux une fois traités, restait à passer en revue les points de détail, que je cite de mémoire : ne pas flanquer Électre et Antigone dans le même TGV pour le festival de Châlons-en-Champagne (en tout cas pas dans la même voiture), éviter qu'Ulysse fasse la tournée des piaules dans les hôtels du même festival, suggérer à Prométhée de ne pas mobiliser la parole à la réunion des libraires (« Faites-lui comprendre une fois pour toutes qu'il n'est pas le seul auteur au monde, Malaussène ! »), veiller à ce qu'Harpagon paie de sa poche ses frais personnels et que Bacchus n'éventre pas tous les minibars…

– Ah ! un dernier point, conclut la Reine Zabo en me tendant un manuscrit. Il faudra que vous lisiez ça, aussi. Au plus vite, s'il vous plaît.

C'était *Leur très grande faute*, le manuscrit d'Alceste.

*

Après le boulot, Loussa m'a conduit à Charles-de-Gaulle dans une camionnette de livraison. J'allais y chercher Monsieur Malaussène.

– Comment ça va, petit con ?

– Ça va, Loussa, ça va, content de récupérer mon fils. Et toi, pas trop crevé par ces royales vacances ?

– Tu connais Isabelle, lecture, lecture et lecture. Cinq semaines de manuscrits. Comment ça s'est passé avec Alceste ? Il a été sage ?

– Très productif. Il s'emmerdait ferme dans ma forêt, il était pressé de se tirer. La consigne était de le surveiller sans lui adresser la parole. Pas un mot, personne. Mes copains du Vercors l'appelaient le Masque de Fer.

– Les Chinois me disent qu'il se tient tranquille dans son nouvel appartement. Il n'a pas bougé depuis deux jours. Il paraît qu'il est heureux de survoler Paris. Il faut vraiment que tu lises *Leur très grande faute.* On a besoin de ton avis pour le publier.

– Qu'est-ce qui vous tracasse ?

Il ne voulut pas m'en dire davantage.

– Tu connais la consigne, petit con, ne jamais influencer le lecteur.

Il conduisait rêveusement, tout entier au plaisir de nos retrouvailles. Plaisir réciproque, qui se renouvelait chaque année en septembre depuis près de trente ans. Retrouver Loussa me consolait de quitter le Vercors. La seule ombre au tableau c'est qu'il conduisait déjà mal dans sa jeunesse.

– Quand tu verras Coriolan, dis-lui qu'il arrête de s'en prendre à sa famille.

– Loussa, avec quels arguments ?

– Il pensait que ses cousins ignoreraient l'existence de son livre parce qu'ils ne savent pas lire. Grave erreur : pour l'illettré le livre est sacré plus que pour le lecteur. Pour celui qui ne sait pas lire tout ce qui s'écrit est écrit dans le ciel. C'est ineffaçable. J'en sais quelque chose, mon père était analphabète. Dis-lui ça, à Coriolan, vends-le-lui comme une circonstance atténuante. D'où revient-il, Mosma, d'Argentine ou du Brésil ? J'ai oublié.

C'était ça, une conversation avec Loussa. Il parlait comme il conduisait, sans esprit de continuité.

– Du Brésil, le Nordeste, une région de grande sécheresse. C'était la saison des pluies mais il n'est pas tombé une goutte. Il a creusé des puits tout l'été dans le sertão.

*

À Roissy, j'avais les yeux rivés sur la double porte des arrivées quand Mosma m'a ceinturé par-derrière.

– Salut, vieux père !

Puis, il m'a retourné comme une toupie et m'a claqué deux bises retentissantes.

– Tu attendais à la mauvaise porte.

Au cas où le lecteur n'aurait pas suivi attentivement le déroulé de ce récit (on ne sait jamais), je rappelle que Monsieur Malaussène ne revenait de nulle part. Qu'il n'était même jamais parti. Un été rigoureusement parisien. Pourtant, un de mes souvenirs les plus nets c'est la sensation d'avoir, ce soir-là, étreint un garçon rempli de soleil, brûlant et bronzé, frais pondu par un désert de cailloux. Ses yeux riaient dans un visage de céramique recuite.

Après m'avoir martelé le dos de tapes brésiliennes, il s'est jeté sur Loussa avec une telle impétuosité que j'ai eu peur pour la carcasse de mon vieil ami.

– Nî hăo, vieux Nègre chinois, c'est gentil d'être venu nous chercher, moi et ma demi-tonne de bagages. Mais passe-moi les clés de ta caisse, j'ai trop peur quand tu conduis.

Maintenant, je revois Mosma s'installer d'autorité au volant après avoir rempli la camionnette de sacs à dos, et nous voilà sur le chemin de la Quincaillerie, Julius et moi à l'arrière, parmi les bouquins de la rentrée et les bagages du retour, la truffe de Julius posée sur l'épaule de Mosma et Loussa à côté du chauffeur, jouant à pester contre l'irrespect de la jeunesse, ce qui lança Mosma dans un de ces monologues hérités de son oncle Jérémy :

– Mais c'est fini, ça, le respect pour les vieux ! Il est révolu le temps où le respect montait vers le haut, respect des ancêtres, respect du drapeau, des valeurs de la République, du droit au travail et du secret de l'instruction ! Vieilles lunes ! Le souvenir du Front populaire et de Mai 68, poubelles de l'Histoire ! Aujourd'hui, c'est « les jeunes » qui méritent le respect ! C'est nous autres et rien que nous autres ! Vous allumez la radio des fois ? Le slam, le rap, ça vous dit rien ? Vous n'écoutez pas les paroles ? Réglez vos sonotones, vieilles choses, la jeunesse vous parle !

Loussa avait toujours encouragé les tirades de Mosma. Dès que l'orateur s'essoufflait, il le relançait :

– Il se croit jeune, l'asticot, mais il cause comme nos vévés les plus usés. Le respect qu'on leur doit, depuis plus de vingt ans, ils n'ont que cette idée dans leur encrier. Ils appellent ça le réel et cette confusion fait notre prospérité.

Mosma bottait en touche chaque fois que Loussa l'acculait à la réflexion.

– De toute façon, je suis trop bon de causer avec une nounou hors d'usage.

Allusion à l'époque assez lointaine où Loussa perdait des soirées à lui raconter ma jeunesse. « Encore, Loussa, encore les emmerdes de papa quand il était jeune ! »

C'était, comme on dit, le bon temps.

Un des bons temps.

Enfin, un des bons moments de ces temps-là.

Je me faisais une joie de passer la soirée avec Mosma.

Cette nuit, je ne dormirais pas seul dans la Quincaillerie. Alléluia, le fils était revenu ! Le lendemain matin, je lui préparerais son petit déjeuner, un cocktail de graines garanties pure santé que Julie et Gervaise avaient mis au point dans sa petite enfance et dont le gaillard à la peau cuivrée et aux muscles d'acier ne s'était pas lassé. J'exultais en ouvrant la porte de la Quincaillerie. Je m'offrais une régression délicieuse. Je retrouvais le rire d'être père. Mosma invita Loussa à se joindre.

Loussa résista mollement :

– Tu n'as plus l'âge des histoires nocturnes, graine de petit con, vas-tu enfin me foutre la paix ?

Mais on ne résistait pas à l'enthousiasme de Mosma et nous entrâmes tous les trois dans la Quincaillerie.

26

Il faisait nuit noire à cette heure tardive, bien sûr. J'ai tâtonné, et, quand j'ai allumé, une clameur s'est élevée qui m'a fait lâcher les bagages. Loussa a failli en tomber dans les pommes. Ils étaient tous là. Absolument tous les membres de la tribu, du noyau familial au cercle le plus éloigné : il y avait Clara, Thérèse, Louna, Jérémy, Le Petit, Hadouch, C'Est Un Ange, Maracuja et Théo, mais le capitaine Titus aussi (parrain de Maracuja), le docteur Postel-Wagner (qui a mis Mosma au monde), le professeur Berthold* (qui a avorté Julie et accouché Gervaise) et son ennemi intime le professeur Marty* (qui a sauvé Jérémy des flammes et installé C'Est Un Ange parmi nous). Il y avait aussi Mondine*, la femme de Berthold, en pleine sandwicherie avec sa vieille copine Gervaise, la Rachida* de Hadouch qui petit-fourrait avec Thérèse pendant que sa fille Ophélie* disparaissait dans les bras de Mosma (tiens, c'est nouveau, ça) et que Clara jouait son rôle de photographe mondaine. La Reine Zabo était venue retrouver Loussa, mais Verdun n'était pas là, retardée par le boulot, comme souvent.

Julius le Chien ne savait plus où donner de la joie.

Il s'agissait soi-disant (j'inclus mes plus intimes dans l'effarant mensonge concocté par ce « soi ») d'une fiesta organisée pour le retour des explorateurs. Après tout, m'expliqua Jérémy beaucoup plus tard, cette petite fête aurait vraiment eu lieu si les gosses étaient vraiment partis et vraiment revenus. « Les occasions de rassembler la tribu ne sont pas si fréquentes, Ben. »

Mais en l'occurrence, c'était une fête alibi. Elle réunissait ceux qui savaient et ceux qui ne savaient pas. Je faisais partie des seconds. Ceux qui savaient enfumaient ceux qui ne savaient pas, lesquels pourraient, le cas échéant, témoigner en toute bonne foi du retour des explorateurs, puisqu'ils y avaient assisté. Maracuja et C'Est Un Ange étaient aussi bronzés que Mosma, tous les trois distribuaient leurs cadeaux alentour. C'est comme ça que je me suis retrouvé avec un chapeau de cangaceiro en cuir bouilli sur la tête et un charango dans les mains – un malheureux tatou transformé en instrument à cordes. J'ai failli le lâcher tant il semblait vivant.

– N'aie pas peur, vieux père, ce tatou n'est plus un animal, c'est de la musique à présent. Les sertaneijos en jouent très bien !

La surprise dans la surprise, c'était la présence de maman et celle de Julie.

– Paul a fait une fugue, expliqua notre mère, on a beau faire attention c'est le roi de l'évasion. J'en ai profité pour m'offrir une permission et venir accueillir les petits. Julie est passée me prendre.

En réalité Gervaise avait prévenu Julie de la gravité de la situation, Julie avait sauté dans sa bagnole pour monter sur le front des urgences et participer au mensonge collectif. Au passage, elle avait sorti maman de sa cage à vieillards, dont Paul, effectivement, s'était échappé ; parti faire un tour avec son copain Alois Alzheimer.

– Il revient toujours, expliquait maman. Le plus souvent ce sont les gendarmes qui le ramènent. Je rentrerai quand on me téléphonera.

À Julie, j'ai naturellement demandé si Coudrier n'avait plus besoin d'elle.

– Non, ça va, son bouquin avance vite. À propos, on t'a trouvé très bien, hier, à la télé.

J'ai marqué un temps avant de comprendre de quoi elle parlait. Et je me suis mis à balbutier que ah oui, merde, j'avais oublié cette interview à la con. Alors vous avez vu ça, Coudrier et toi ? C'est vraiment passé ? Hier ? Au journal de treize heures ? Putain, j'ai été con, Julie, excuse-moi, mais qu'est-ce que tu veux, j'ai pas pu me retenir, cet animateur avec sa tronche de faux-derche – comment il s'appelle, déjà ? –, la plupart des voyageurs prêts à lyncher les rapteurs-farceurs, ce curé menaçant comme un bûcher, tout à fait médiéval sous ses allures de rocker, les projos, la bonnette sous mon nez – je hais les bonnettes, on dirait des bêtes mortes, comme ce charango ! –, l'envie qu'on me foute la paix, j'ai craqué, quoi, il me faisait chier ce bonimenteur avec ses questions à la vaseline, et puis je suis sincèrement inquiet pour les petits cons d'idéalistes qui ont enlevé Lapietà, parce qu'il n'y a que des jeunes pour faire une connerie pareille, enlever Lapietà, pondre ce manifeste républicain, transformer le parachute doré en rançon, imaginer la scène de Notre-Dame, c'est des jeunots qui ont fait ça, tu es d'accord avec moi, Julie, tu imagines ce qu'ils vont morfler quand on va les poisser ? Bref, je me suis lâché quoi, j'ai répondu ce que j'avais sur l'estomac, qu'est-ce que tu veux que je te dise, excuse-moi, Julie, vraiment, je suis trop con, je…

– Arrête, Benjamin, arrête, c'est grâce à ce genre d'imprévus que je ne me suis jamais ennuyée avec toi. Depuis quand ça mérite des excuses, mon amour ? Et puis, grâce à ton interview, Coudrier a trouvé son titre. Il était tout content.

– Son titre ?

– Le titre de son essai sur l'erreur judiciaire. Ça s'appellera *Le cas Malaussène.*

*

Voilà. Ça a duré une bonne partie de la nuit. Mara, Sept et Mosma étaient bien entendu les rois de la fête. Ils répondaient à toutes sortes de questions. Quand je songe aujourd'hui au mouron que se faisait Mara à propos de Tuc, je reconnais qu'elle n'a pas manqué d'héroïsme en la circonstance. Sa prétendue activité de vétérinaire perdue dans les jungles de Sumatra passionnait tout le monde évidemment, et elle ne mégotait pas sur les réponses :

– Ce que j'ai fait ? Toutes sortes de trucs. J'étais dans une association liée au parc zoologique local. On accueillait et on soignait les orangs-outangs chassés par la déforestation, j'ai nourri les petits au biberon. J'ai appris à attraper les serpents aussi, à les mesurer, à récupérer leur venin, à leur faire des injections sous-cutanées d'antiparasitaires… Qu'est-ce que j'ai fait encore ? Ah oui, j'ai soigné la conjonctivite d'un tapir, j'ai fait de la mécanothérapie à un vautour qui s'était cassé l'aile… Mais j'ai nettoyé les cages aussi, j'ai charrié de la merde, je n'étais que vétérinaire stagiaire après tout…

– Et puis on a perdu pas mal de temps à skyper avec oncle Ben, expliquait C'Est Un Ange de son côté. Il tenait beaucoup à son rendez-vous quotidien…

– Oui, il s'est bien démerdé, d'ailleurs, il était pile à l'heure. Sur ce terrain, je suis fier de toi, vieux père, tu vois que c'était pas la mer à boire…

Etc.

*

Ça aurait probablement duré jusqu'à l'aurore si à un moment avancé de la nuit la porte de la Quincaillerie n'avait explosé. Elle n'a pas véritablement explosé – c'est une image sonore – mais c'est le bruit qu'elle a fait en s'ouvrant sous la poussée d'une armada de flics en armes, cuirassés comme des tatous justement, qui nous ont hurlé de la fermer en nous plaquant contre les murs et en exigeant nos papiers pendant que d'autres, en civil, entamaient une perquisition on ne peut plus bordélisante. Je passe sur la stupeur générale, les protestations des invités (hurlements du professeur Berthold, par exemple, sur le mode « Vous ne savez pas à qui vous avez affaire »), toutes ces scènes convenues dont on ne sait trop si elles sont héritées du cinéma ou si elles l'alimentent. Les meilleures choses ayant une fin, ça s'est tassé une fois les vérifications faites. La flicaille s'est mise à attendre la suite en dansant d'un pied sur l'autre. À vrai dire, ils étaient un peu troublés. La présence de deux professeurs en médecine archi connus, d'un éditeur de renom, du capitaine Adrien Titus (mythique en leur milieu), et de Gervaise, fille du vieux Thian, directrice d'orphelinat, non moins célèbre elle-même pour avoir été jadis flic et religieuse, leur donnait à penser qu'on les avait trompés sur la marchandise. Rien que du recommandable là-dedans. Sans parler de ces gosses exemplaires qui revenaient de missions auprès de trois ONG irréprochables, comme en attestaient leurs passeports, leurs contrats de travail et leur bronzage. Non, décidément ce n'était pas un nid de gangsters ni un foyer de révolutionnaires et on n'avait pas plus de chance d'y retrouver Lapietà que d'être invité un jour dans une réception aussi chique.

Reste que ça a tout de même mal fini.

En tout cas pour moi.

Une fois expédiées les vérifications d'usage, un colosse à l'air embarrassé est entré à son tour dans la Quincaillerie. Il s'est approché de moi et m'a signifié que j'étais en état d'arrestation.

Tellement penaud, le gars, que je l'ai aussitôt reconnu. C'était Carrega. La première fois qu'il m'avait rendu visite (ici même, à la Quincaillerie, je n'ose pas compter les décennies), il était inspecteur stagiaire et s'excusait déjà d'exister. Il enquêtait sur un poseur de bombes qui pratiquait son art dans le Magasin* où je faisais le bouc émissaire. Il portait déjà ce blouson d'aviateur à col fourré dont l'escadrille Normandie-Niemen avait fait la renommée. À l'époque il travaillait sous les ordres du divisionnaire Coudrier. D'année en année, d'affaire

Malaussène en affaire Malaussène, il était devenu une sorte d'intime, muettement amoureux de Clara, même, me semblait-il. Nous le connaissions tous. Si ce soir-là il était entré dans la Quincaillerie avant l'escouade des samouraïs, il aurait probablement été accueilli comme un invité. Il avait pris de la bouteille et du galon. Un peu à l'étroit dans son blouson d'aviateur, aujourd'hui, mais devenu commissaire divisionnaire, et toujours aussi timide. Il regardait ses pieds en débitant les chefs d'accusation :

– Enlèvement et séquestration, apologie du kidnapping, incitation publique à la désobéissance civile.

Il tint à me préciser que le commando en uniforme n'était pas sous ses ordres. Forces spéciales. Lui, il était dépêché par la direction générale, envoyé par le directeur Legendre en personne.

Confus atrocement, Carrega. Écrasé sous le remords.

– Le directeur Legendre veut vous interroger personnellement.

Le reste était encore plus difficile à dire :

– Et, pardonnez-moi, Benjamin, il faut… Il faut que je vous passe les menottes. Il y tient absolument.

Du coin de l'œil, j'ai vu Mosma faire un pas en avant, mais la main de Julie l'a stoppé net.

27

Ce qui est passé nous manque et ce qui dure nous lasse, voilà l'homme. Devenir et demeurer tout ensemble, voilà son rêve. Je ne connais que Xavier Legendre, directeur des services actifs de la police judiciaire, pour avoir satisfait à cet idéal.

Succéder au commissaire divisionnaire Coudrier, son beau-père, avait été le projet de sa jeunesse. Une fois ce but atteint, il n'avait plus rien désiré avec ardeur. Si ce n'est me foutre en taule définitivement. Coudrier me tenant pour le parangon de l'innocence bafouée, Legendre m'estimait, lui, coupable de tout depuis toujours, et aucunement amendable. Il avait déjà réussi à m'embastiller une fois pour quelques semaines mais ça ne lui avait pas suffi. C'était la perpétuité qu'il ambitionnait pour moi. Lui-même macérait dans une sorte d'éternité. Son bureau n'avait pas changé d'un poil depuis notre dernière rencontre, qui ne datait pourtant pas d'hier ; un bureau de cristal. Tout y était transparent. Baies vitrées sur le couloir et sur la ville, lumière halogène, moquette blanche comme l'innocence. Par opposition au bureau Empire de son beau-père, bien sûr : lumière confidentielle, tentures épinard piquetées d'abeilles d'or, cheminée aux marbrures complexes, divan Récamier, porte capitonnée et lourds rideaux tirés sur le monde. La même pièce, pourtant, hantée successivement par deux hommes ; l'homme de tradition et la flèche d'avenir. Chez moi, disait le décor de Legendre, rien à cacher, on voit à travers les murs.

Il avait un peu changé, lui. Vieilli comme un petit pois, par le crâne, tout ridé aujourd'hui, mais le costume toujours aussi soyeux et la parole ciselée.

Il m'accueillit en affichant une désolation courroucée :

– Enlevez-lui ces menottes, Carrega, voyons, qu'est-ce qui vous a pris ?

Il hochait une tête effarée.

– Veuillez excuser le commandant Carrega, monsieur Malaussène, l'excès de zèle c'est la plaie du métier.

Puis, à Carrega, tellement scié qu'il n'en trouvait plus ses clés :

– Bon, vous le libérez, oui ?

Et de nouveau à moi, comme une confidence entre homologues :

– Que voulez-vous, on veut grimper… L'ambition est le talon d'Achille de la compétence.

Je jure sur ce que j'ai de plus profane que c'est, au mot près, ce que Legendre a sorti en m'accueillant. C'est dire l'atmosphère de travail qu'il faisait régner dans son marigot immaculé. Pour un peu j'en aurais consolé Carrega.

Quand le malheureux m'a enfin ôté les menottes, j'ai privé Legendre du plaisir de me voir me frotter les poignets. On a ce réflexe, en effet ; je n'y ai pas cédé.

– Asseyez-vous, monsieur Malaussène, je vous en prie.

Les fauteuils étant eux aussi transparents, il me fallut chercher le mien pour m'y poser. Cela fait, nous nous retrouvâmes assis l'un en face de l'autre comme deux images en suspension, séparées par un bureau lui-même invisible sur lequel flottait un de ces ordinateurs dessinés pour fendre le cosmos.

– Commençons par le commencement, si vous le voulez bien, monsieur Malaussène. Les motifs de votre interpellation vous paraissent-ils justifiés ?

Il voulait mon assentiment. Il voulait que le gendarme et le voleur sachent ce qu'ils fichent ensemble. D'après Titus c'était son rôle préféré, le policier pédagogue. Enfin, corrigeait Silistri (tiens, où était-il, Joseph ? Je ne l'avais pas vu à la fête…), sa pédagogie ne va pas jusqu'à nous expliquer comment il paie sa collection de costards.

De fait, le halo que faisait la soie autour de Legendre l'installait très au-dessus de sa condition.

Il me souriait franchement, à présent :

– Apologie du kidnapping, non ?

Que répondre à ça ? De toute évidence il avait vu la maudite interview, lui aussi. Je peux même décrire sa joie quand il m'a entendu dévider mon chapelet de conneries dans ce foutu TGV. Ses yeux sont sortis de leurs orbites, ses oreilles ont triplé de surface, il a bondi de son fauteuil, il s'est tapé le cul par terre en hurlant « je le tiens, je le tiens, je le tiens », il a fait dix fois le tour de son burlingue en courant sur ses parois de verre, il est retombé complètement essoufflé dans son fauteuil directorial et il a signé Tex Avery. Il en frémissait encore :

– C'est bien à quoi vous vous êtes livré lors de cette

interview, en compagnie de l'abbé Courson de Loir, non ? L'apologie de l'enlèvement et de la séquestration !

Sans me laisser le temps de répondre, il ajouta :

– Et l'incitation à la désobéissance civile.

– …

– N'est-ce pas ?

Comme j'y réfléchissais, il a tenu à me donner un coup de main :

– Voyons, monsieur Malaussène, déclarer publiquement que les auteurs de ce manifeste… je vous cite de mémoire… « témoignent d'un degré de conscience sociale désormais étranger à nos élites politiques », n'était-ce pas les donner en exemple ? Et inciter la jeunesse à suivre cet exemple ? C'est-à-dire à rançonner le capitalisme en kidnappant les chefs d'entreprise.

– …

– À moi, en tout cas, le message m'a paru des plus clairs, ainsi qu'à mes subordonnés. Et parfaitement désastreux compte tenu du climat ambiant, vous en conviendrez.

Ici, une pause, assez longue, pour me donner le temps d'y réfléchir.

Puis, il m'a demandé :

– Vous le connaissez depuis longtemps ?

Qui ça ?

C'est la question qu'il a dû lire dans mes yeux parce qu'il a précisé :

– L'Abbé.

Jamais vu, non, c'était la première fois.

– Jamais vu, non, c'était la première fois.

Le soupir de Legendre suggéra que nous n'avions pas de temps à perdre.

– Permettez-moi d'en douter, monsieur Malaussène. Si j'en crois cette photo...

L'ordinateur qu'il tourna paresseusement vers moi montrait l'Abbé posant sa main sur mon avant-bras, et ma parole, oui – hasard de la photographie de presse –, on aurait juré, à l'expression amicale du prêtre et à mon air de rire sous cape avec ma main sur les yeux, que nous étions cousins germains ou vieux compagnons de séminaire. Si on en croyait cette photo, oui, nous ne dations pas d'hier.

– Une question sérieuse, à présent, monsieur Malaussène.

(Ah bon, parce que nous avions fait dans les farces et attrapes jusqu'à présent ?)

– Pourquoi avez-vous dissuadé l'Abbé d'accepter le chèque du parachute doré sur le parvis de Notre-Dame ?

Quoi ?

Pardon ?

Qu'est-ce que j'ai fait, encore ?

– C'est très sérieux, monsieur Malaussène.

Il m'expliqua en quoi la chose était grave. Jusqu'à cette interview, il était tout à fait convenu que l'Abbé accepterait la remise du parachute de Lapietà à la sortie de la première messe. Or, après notre voyage commun, après mes déclarations calamiteuses sur les mérites des preneurs d'otages, l'Abbé avait changé son fusil d'épaule, tout soudain, et renoncé à toucher cette rançon. Quelle explication pouvais-je donner à ce revirement – dont les conséquences sont proprement incalculables, monsieur Malaussène ?

– ...

– Je vous écoute.

Je savais à peine de quoi il parlait. Je n'avais pas suivi l'actualité du dimanche. J'avais préparé ma rentrée littéraire du lendemain, tout à la joie de retrouver Mosma après le boulot. Alors l'actualité… Une fois de plus je ne savais rien de rien, si ce n'est que j'étais en train de payer mon ignorance au prix fort. En fait, je voyais se réaliser la prophétie d'Alceste : « Ce n'est pas moi que vous fuyez, Malaussène, c'est le réel ! Mais il vous rattrapera, faites-lui confiance ! Il n'en a pas fini avec vous, le réel ! »

C'était fait.

Le réel m'avait coincé dans une boule de cristal où le directeur des services actifs de la police judiciaire lisait mon passé et prédisait mon avenir.

– Là-dessus, il me faudra des explications précises, monsieur Malaussène.

Il se fit rassurant.

– Pas nécessairement ce soir, nous avons le temps. Demain, peut-être, ou après-demain, si vous avez réellement besoin d'y réfléchir. Nous pourrons, si nécessaire, prolonger votre garde à vue.

Et voilà.

– D'autant que…

D'autant que quoi ?

– D'autant que nous allons devoir évoquer le troisième chef d'accusation.

À savoir ?

– Enlèvement et séquestration.

Bon. Ça ne m'a pas affolé plus que ça. C'était dans la logique de ses déductions. Ce con allait m'annoncer que je détenais Lapietà et qu'il allait le libérer. Après quoi,

Malaussène au placard pour perpète, Lapietà reconnaissant à jamais, et vive la retraite bien acquise !

– D'où veniez-vous, samedi soir ?

Je venais de Valence, il le savait très bien.

– Vous avez pris le TGV à Valence, certes, mais d'où veniez-vous ?

Comment ça d'où je venais ? De mon lieu de vacances habituel, comme un certain nombre de Français à la même date.

– Du Vercors, n'est-ce pas ? La gendarmerie de La Chapelle me l'a confirmé.

Legendre était ce type de flic qui n'interroge que pour s'aider à déduire. Le vieux Coudrier avait raison sur ce point, c'était une machine à tisser la cohérence. Il ne laissait rien au hasard. Le roi du dossier bien ficelé. J'ai vu, à sa bouille discrètement satisfaite, qu'il allait de ce pas m'en faire la démonstration.

– Savez-vous qu'on ne parle que de vous, là-haut, en ce moment ?

Pour ça, je fais confiance aux copains. L'hiver est long sur le plateau et rares les sujets de conversation. Il faut en user longuement, comme des bonbons.

– Votre départ a laissé un fameux point d'interrogation.

Tiens donc.

Il faisait nuit autour de notre cage lumineuse. Paris dormait dans son poudroiement de lumière. Fugitivement, je nous ai revus, Julie, Julius et moi, assis sur notre banc, à la porte des Rochas.

Et seules les étoiles.

Pourquoi suis-je redescendu ?

Qu'ai-je fait de ces nuits magnifiquement nocturnes ? Ce sont ces infidélités-là que nous payons le plus cher.

– Le Masque de Fer, monsieur Malaussène, ça vous dit quelque chose ?

– …

– Et le Comte de Monte-Cristo ?

– …

– Monsieur Malaussène, pourriez-vous me dire qui vous déteniez dans cette cabane perdue de la forêt de Vassieux ?

Lapietà, pardi ! Tu as mis dans le mille, Legendre ! Georges Lapietà ! Tu sais que tu es le meilleur ?

– C'est en tout cas la question que se pose la gendarmerie locale.

Fatigue, tout à coup. Grosse fatigue.

– Et à laquelle la population refuse de répondre. Vos amis sont fidèles, monsieur Malaussène, mais ça pourrait leur coûter cher…

Ils ne répondent pas parce qu'ils ne le savent pas, bonhomme. Ils ne le savent pas parce que les consignes de la Reine Zabo exigeaient la discrétion absolue. Oh ! Bon Dieu, pourvu qu'on ne casse pas les pieds à Robert, Dédé, Mick, Roger, Yves et les autres… Cet abruti ne s'imagine quand même pas qu'on a planqué Lapietà dans la cabane à Dédé !

– Une certitude, monsieur Malaussène, ce n'était pas Georges Lapietà. Les cueilleurs de champignons l'auraient reconnu. Mais qui était-ce ? Et pourquoi a-t-il disparu du jour au lendemain ?

J'allais lui répondre quand son portable a sonné.

– Excusez-moi.

Il y a jeté un œil rapide.

– Ce n'est rien. La famille. Je vous écoute.

Pauvre famille... Je m'apprêtais à raconter l'histoire d'Alceste, quand la clochette de son SMS a retenti. Il a rouvert son bazar, lu le texte et, pendant qu'il blêmissait – me semble-t-il –, son portable a de nouveau sonné. Cette fois, il a répondu.

*

Je n'ai su que plus tard, une fois libéré, qui était son interlocuteur et quelle avait été la teneur de leur conversation.

Julie avait appelé Coudrier.

Coudrier s'était donné quelques minutes de réflexion, avait lui aussi passé quelques coups de fil, puis il avait appelé son gendre.

En lisant le nom de son beau-père sur l'écran, Legendre n'avait pas daigné répondre. Mais Coudrier tenait un SMS en réserve.

Mon cher Xavier, si vous ne décrochez pas à mon deuxième appel, vous figurerez dans mon bouquin en qualité de roi des crétins, nommément, et preuves irréfutables à l'appui.

Legendre avait décroché au deuxième appel.

COUDRIER : Vous êtes en train de vous ridiculiser, mon gendre.

LEGENDRE : S'il vous plaît, je suis en plein interrogatoire.

COUDRIER : Avec Malaussène, je sais.

LEGENDRE : ...

COUDRIER : Voyons, laissez-moi deviner un peu : vous

avez vu comme moi l'interview télévisée de Malaussène. Au lieu de trouver, comme moi, son jeunisme exaspérant, au lieu de classer, comme moi, cette irrépressible grande gueule dans la catégorie des Don Quichotte au petit pied (ce qu'il a toujours été, soit dit en passant, et ça ne s'arrange pas avec l'âge), vous avez immédiatement pensé qu'il avait partie liée avec l'affaire Lapietà, non ?

LEGENDRE : ...

COUDRIER : Oui ou non, mon gendre ? Je me trompe ? Vous vous êtes peut-être même dit qu'il était de mèche avec l'Abbé, qu'il avait dissuadé l'Abbé de toucher la rançon dimanche matin, ce genre de certitudes, n'est-ce pas ?

LEGENDRE : Écoutez...

COUDRIER : Non, c'est vous qui écoutez. Et ne m'interrompez que si je me trompe !

LEGENDRE : ...

COUDRIER : Bien. Fort de vos convictions, vous avez enquêté dans le Vercors, vous êtes tombé sur une histoire de cabane mystérieusement occupée et surveillée étroitement (c'est ce que viennent de me confirmer les gendarmes de La Chapelle).

LEGENDRE : ...

COUDRIER : Voulez-vous que je vous dise qui se cachait dans cette forêt vertacomicorienne*, Xavier, et pourquoi ?

LEGENDRE : ...

COUDRIER : Non seulement Malaussène ne connaît pas l'Abbé (vieil ami que je viens de réveiller au milieu de la nuit par votre faute), mais figurez-vous qu'il n'a enlevé personne. Dans cette cabane, il protégeait quelqu'un au contraire. Un écrivain qu'on a déjà tenté d'assassiner une fois. Il faisait votre travail, en somme. Voulez-vous connaître le nom de cet écrivain ? Vous devriez l'aimer, c'est le genre à se plaindre de son beau-père…

LEGENDRE : …

COUDRIER : Allez, Xavier, je vais vous le dire. Vous n'aurez qu'à vérifier.

28

Du haut de mon vingt-troisième étage, je me réveille bel et bien sur le plan de Turgot. Merci, Malaussène. Mes stores se lèvent sur un Paris dont je peux compter les fenêtres. Une ville entière saisie d'un seul coup d'œil, du plus près au plus lointain. J'ai toujours eu la vue courte et la vue longue. J'y vois net du centimètre à l'infini. L'insecte ici sur le rebord de ma fenêtre et là-bas l'Arc de Triomphe ont à mes yeux le même statut littéraire. Je me sens l'appétit d'écrire aussi sérieusement sur ceci que sur cela. Couvrir toute la profondeur du champ avec la même lucidité, voilà mon but. Pourvu que ceci soit ceci, cette coccinelle et pas une autre (que fait-elle à cette altitude ?), et que cela soit cela, cet arc de triomphe et pas un autre. Si je dessinais, je n'aurais qu'une épaisseur de trait pour le proche et pour le lointain. J'en finirais avec la hiérarchie de la perspective. Là où la plupart grossissent le trait du premier plan pour affiner jusqu'au cheveu d'ange les frontières les plus lointaines, moi, je prône le même trait pour tout. Autrement dit, la même *présence* à tout. Nous sommes où nous sommes, aussi loin que portent notre regard, notre mémoire et nos connaissances. Mon pays et mon temps ne m'offrent qu'une littérature de myopes ou de presbytes. Je veux, moi, couvrir tout le champ de ma vie et de mon époque. Voilà ce qui m'est échu, voilà ce que je dois écrire, aussi loin que cela me conduise dans l'espace, dans le temps, et, malheureusement – quand l'incontrôlable enchaînement des événements le décide –, dans ce qui peut passer pour du romanesque[1].

Ils m'ont menti dit exactement ce que fut mon enfance, *Leur très grande faute* en examine les effroyables causes avec la même précision. Aurais-je préféré vivre autre chose pour avoir à écrire autre chose ? En matière d'écriture, la question de la préférence ne se pose pas. La seule question est : mon éditeur aura-t-il le courage de publier *Leur très grande faute* ?

1. À propos de romanesque, un policier à blouson de cuir et col fourré est venu cette nuit – à deux heures dix-sept ! – s'assurer que je n'avais pas été retenu contre mon gré dans la cabane du Vercors. Si j'y pense il faut que je raconte ça à Malaussène, c'est le genre d'idiotie qui l'amuse.

À suivre…

RÉPERTOIRE

Alceste : Romancier publié par les Éditions du Talion. Dernier titre paru : *Ils m'ont menti.* À paraître : *Leur très grande faute.* (Voir Fontana.)

Arènes, Pierre : Ami de l'auteur aujourd'hui disparu. Aucun lycée ne porte le nom de ce professeur de génie.

Ariana : Ariana MATASSA, épouse de Georges Lapietà.

Balestro, Jacques : Agent sportif.

Baptiste : Mathieu, Pascal, Adrien sont les frères rugbymen d'Alceste. Il n'y a que Baptiste pour jouer au football dans cette fratrie vouée au ballon ovale. (Voir Fontana.)

Belleville : Quartier de l'Est parisien qui abrite la tribu Malaussène. C'est une planète miniature. La Géographie réduite par l'Histoire aux dimensions d'un mouchoir de poche.

Bénédicte : Première petite amie d'Alceste. Eut le tort de lui lire les aventures de Malaussène à voix haute.

Benjamin ou Ben : voir Malaussène.

Bernhard, Thomas : Romancier autrichien de fort mauvaise humeur pour cause de lucidité.

Berthold : Chirurgien de génie et crétin tonitruant. Ne pas oublier de l'appeler « professeur ».

Bertholet : Inspecteur de police aux méthodes contestables et peu efficaces. Ce qui, apparemment, ne l'a pas empêché de finir commissaire divisionnaire.

Bo : Garde du corps chinois d'Alceste.

Bouc émissaire : Nous avons tous besoin d'un coupable pour nous sentir innocents, quitte à l'adorer après l'avoir exécuté. La fonction de bouc émissaire nous vient de la nuit des temps et semble promise à une belle éternité. (Voir René Girard, *Le bouc émissaire,* « Biblio essais », Le Livre de Poche.) Dans sa jeunesse, Benjamin Malaussène fut bouc émissaire professionnel : salarié pour se faire engueuler à la place des autres. Il exerce encore, à l'occasion.

CARDINALE, Claudia : Actrice. Voyez *Le Guépard* de Visconti, *Il était une fois dans l'Ouest* de Sergio Leone. C'est ainsi que Georges Lapietà voit sa femme.

CARREGA : Inspecteur de police, laconique et timide, vêtu en toutes saisons d'un de ces blousons de cuir à col fourré mis jadis à la mode par l'escadrille Normandie-Niemen. Réapparaît ici, commissaire divisionnaire.

C'Est Un Ange (dit Sept) : Neveu de Benjamin. Fils de Clara Malaussène et de Clarence de Saint-Hiver. Né dans *La Petite Marchande de prose.*

Clara : Fille de sa mère et de père inconnu. Photographie le monde tel qu'il est et quel qu'il soit. Sœur préférée de Benjamin, sans doute parce qu'il l'a mise au monde de ses propres mains, la sage-femme s'étant poivrée à l'éther et les médecins ayant déserté l'hôpital. (Hadouch était là, il peut en témoigner.) Cf. *Au bonheur des ogres.*

Clarence : Père de C'Est Un Ange. Passion unique de Clara quoique directeur de prison.

Coriolan : Personnage de Shakespeare, réputé pour son humeur cogneuse. Surnom donné par la Reine Zabo à Tony Schmider, un de ses auteurs.

CORRENÇON : Petit village du Vercors qui a donné son nom au gouverneur Corrençon, donc à sa fille Julie.

CORRENÇON, Jacques-Émile : Père de Julie Corrençon, elle-même compagne de Malaussène. Ancien gouverneur colonial. Infatigable militant de la décolonisation.

COUDRIER : Commissaire divisionnaire chargé de toutes les affaires où se trouve impliqué Malaussène, jusqu'à ce qu'il parte à la retraite dans *Monsieur Malaussène* et soit remplacé par son gendre, le divisionnaire Legendre.

Dédé : Ami vertacomicorien de l'auteur. Il lui prête souvent sa cabane forestière pour écrire quand sa propre maison est pleine. Cabane où Malaussène cache Alceste dans le présent roman. Dédé, Lulu, René, Yves, Mick, Roger, Robert et les autres amis vertacomicoriens de l'auteur ont grandi avec Julie Corrençon.

Faustine : Voir Fontana.

Fée Carabine (*La*) : Récit, plus ou moins inspiré de la réalité, que l'inspecteur Van Thian faisait, le soir, aux enfants de la tribu Malaussène.

FONTANA : Nom de famille d'Alceste. Il y a dix Fontana. Les parents : Tobias et Mélimé. Les garçons : Mathieu, Pascal, Adrien et Baptiste. Les filles : Marguerite, Geneviève et Faustine. Et le dixième, Alceste, dont, apparemment, l'auteur ne connaît pas le prénom.

Gecko (Le) : Frère attentif d'Ariana Matassa. Pratique l'escalade pour « voir le monde de plus près ». A fini par y pénétrer : cambrioleur.

Gervaise : Amie de Benjamin Malaussène et des policiers Titus et Silistri. Fille de la grande Janine et de l'inspecteur Van Thian. Mère de Mosma (avec Julie Corrençon. C'est un peu compliqué à expliquer ici). Ancienne religieuse spécialisée dans les michetonneuses, repenties ou non. Ancien inspecteur de police, aussi. Ici, directrice de l'orphelinat Aux fruits de la passion.

GONZALÈS, William J. : Administrateur du groupe LAVA.

Grande Maison (La) ou Maison (La) : Le Quai des Orfèvres. Direction générale de la police judiciaire de la Préfecture de police de Paris. 36, quai des Orfèvres, 75001.

Hadouch : Ami d'enfance de Benjamin. Hadouch, Mo le Mossi et Simon le Kabyle veillent sur la tribu Malaussène.

Hasard : Le hasard intervient si souvent dans la saga Malaussène qu'il mérite d'y être traité comme un personnage à part entière. « Imaginez un homme, penché sur le bastingage d'un transatlantique, mains croisées au-dessus de l'océan Pacifique. Victime d'un soudain rafraîchissement, il éternue et ses boutons de manchette tombent à l'eau, des diamants inestimables qu'il tient d'un lointain aïeul et qui coulent, par douze mille mètres de fond. Six mois plus tard, le même homme entre dans un restaurant de poisson, commande un poisson de haute mer, lui ouvre le ventre... Surprise : les boutons de manchette ne s'y trouvent pas. » Et Nabokov de conclure : « C'est ce que j'apprécie avec le hasard », quand il racontait cette histoire que je cite de très vague mémoire.

Hélène : Professeur de philosophie, ex-femme de l'inspecteur Silistri.

Isabelle : Prénom de la Reine Zabo, patronne des Éditions du Talion. Il n'y a que Malaussène pour l'appeler la Reine Zabo et lui donner du Majesté.

Jérémy : Frère de Benjamin et fils de sa mère. Père inconnu. Baptise tous les nouveau-nés de la tribu et surnomme les autres personnages. On lui doit les prénoms et diminutifs de Verdun, C'Est Un Ange (Sept), Monsieur Malaussène (Mosma), Maracuja (Mara) et Julius le Chien.

Ju : Garde du corps chinois d'Alceste.

Julie : Journaliste et passion unique de Benjamin Malaussène. Fille du gouverneur colonial Corrençon et de Mélina Mélini. Née dans la ferme familiale du Vercors, les Rochas.

Julius le Chien : Chien des Malaussène. Race innombrable, odeur soutenue, tempérament indépendant mais fidélité à toute épreuve. Comment le même chien peut-il hanter la même saga pendant plus d'un quart de siècle ? La réponse se trouve dans *Le cas Malaussène.*

KLEIN, Benoît : commissaire divisionnaire à la brigade financière.

LAPIETÀ, Georges : Homme d'affaires, ancien ministre, consultant pour le groupe LAVA.

LAVA : Consortium spécialisé, à l'échelon européen, dans l'approvisionnement en eau potable et le traitement des eaux usées.

LEGENDRE, Xavier : Commissaire de police, gendre du divisionnaire Coudrier. Finit ici sa carrière comme chef des services actifs de la police judiciaire.

LEONE, Sergio : Cinéaste. *Il était une fois dans l'Ouest, Pour une poignée de dollars, Le Bon, la Brute et le Truand,* etc.

Le Petit : Frère de Benjamin et fils de sa mère. Son père n'est pas si inconnu que ça si l'on en croit la nouvelle intitulée *Des chrétiens et des Maures.*

Liouchka : Domestique du couple Lapietà.

Louna : Fille de sa mère et de père inconnu. Sœur de Benjamin. Infirmière.

Loussa de Casamance : Employé aux Éditions du Talion. Sénégalais originaire de la Casamance, spécialiste de littérature chinoise. Vieil ami de Malaussène. Très proche de la Reine Zabo.

Magasin (Le) : Premier lieu de travail où Benjamin Malaussène exerça son métier de bouc émissaire (*Au bonheur des ogres*).

Malaussène : Petit village près de Nice où le divisionnaire Coudrier a pris sa retraite. À ne pas confondre avec un autre village, Malaucène, situé au pied du mont Ventoux.

MALAUSSÈNE, Benjamin : Fils de sa mère et de père inconnu. Aîné de la tribu Malaussène. Se dit lui-même « frère de famille ». D'abord contrôleur technique au Magasin (*Au bonheur des ogres*), puis directeur littéraire aux Éditions du Talion. En réalité, bouc émissaire professionnel.

Maman : Mère de la tribu Malaussène. Sept enfants, tous de pères inconnus : Benjamin, Louna, Thérèse, Clara, Jérémy, Le Petit et Verdun. On ne les a jamais entendus l'appeler autrement que maman. L'auteur ignore donc son prénom.

Manin : Lieutenant de police promis à un grand avenir, s'il ne meurt pas prématurément au champ d'honneur.

Maracuja (dite Mara) : Nièce de Benjamin Malaussène et fille de Thérèse, née dans *Aux fruits de la passion.* (Thérèse a longtemps refusé de dévoiler l'identité du père.)

Marty : Ami de l'auteur et médecin de la famille Malaussène. On lui doit la mise au monde de C'Est Un Ange dans *La Petite Marchande de prose.*

Mathieu : Voir Fontana.

MÉNESTRIER, Paul : Administrateur du groupe LAVA.

Merméros et Phérès : Fils malchanceux de Jason et de Médée.

Mick : Ami vertacomicorien de Benjamin et de l'auteur. Auteur lui-même d'une bande dessinée sur l'attaque nazie de la fin juillet 44 et sur le massacre dont furent victimes les habitants du Vercors.

Mo le Mossi : Lieutenant de Hadouch Ben Tayeb. Inséparable de Simon le Kabyle. Tous trois protecteurs de la tribu Malaussène.

Mondine : Vieille amie de Gervaise. Épouse le professeur Berthold dans *Monsieur Malaussène.*

Monsieur Malaussène (dit Mosma) : Fils de Benjamin Malaussène, de Julie Corrençon et de Gervaise Van Thian. Né dans *Monsieur Malaussène.*

MOULLET (Patrice) : Compositeur et créateur d'instruments de musique. Notamment l'OMNI ici décrit.

Ophélie : Fille de Rachida Kader et de Hadouch Ben Tayeb.

PASTOR, Jean-Baptiste : Inspecteur de police dans *La Fée Carabine.* Favori du divisionnaire Coudrier. Il fait équipe avec l'inspecteur Van Thian et pratique une méthode d'interrogatoire infaillible. N'a pas laissé maman indifférente.

PECKINPAH, Sam : Cinéaste – *La Horde sauvage, Les Chiens de paille, Apportez-moi la tête d'Alfredo Garcia* – qui ne faisait pas dans l'eau de rose.

POSTEL-WAGNER : Médecin légiste qui fait aussi dans le vivant. Ami de l'auteur, de Malaussène et de Gervaise Van Thian. Postel-Wagner met au monde Monsieur Malaussène (Mosma) dans le roman éponyme.

Quincaillerie (La) : La tribu Malaussène habite depuis toujours une ancienne quincaillerie, à Paris, rue de la Folie-Regnault, dans le XIe arrondissement.

Rachida : Amie de Benjamin Malaussène, amoureuse de Hadouch Ben Tayeb. À eux deux, ils ont fait Ophélie.

Ramier (Le) : Surnom donné par ses hommes à Xavier Legendre.

RITZMAN, Valentin : Administrateur du groupe LAVA.

Robert : Ami vertacomicorien de Malaussène et de l'auteur, compagnon d'enfance de Julie Corrençon.

Rochas (Les) : Maison de famille du gouverneur et de Julie Corrençon. C'est une vieille ferme, assiégée par les roses trémières, quelque part dans le massif du Vercors.

Sébastien : Infirmier du docteur Postel-Wagner. Infirmier dans la vie aussi.

SILISTRI, Joseph : Commissaire divisionnaire venu des îles. Fait équipe avec le capitaine Titus. Tous deux compagnons de lutte de Gervaise Van Thian dans *Monsieur Malaussène*.

Simon le Kabyle : Lieutenant de Hadouch Ben Tayeb. Inséparable de Mo le Mossi. Le vent du Prophète souffle entre ses incisives.

Talion (Éditions du) : Maison d'édition fondée par Talleyrand et dirigée par la Reine Zabo. Depuis les années 2000, les Éditions du Talion se sont spécialisées dans la publication des auteurs de vérité vraie.

TALVERN, juge : Sœur de Benjamin (Verdun), épouse de Ludovic Talvern et juge d'instruction chargée du dossier Lapietà.

TALVERN, Ludovic : Boulanger. Mari de la juge Talvern dont il fut le professeur en droit du sport.

Tanita : Modiste des îles. Femme de l'inspecteur Adrien Titus ; sa crème, son cœur, sa loupiote, son plumard, sa pomme cannelle, son beau madras, sa gratte, ses glandes, son p'tit bout de chocolat, son dit-thé-pays, sa vie, sa vie, sa vie… Ce sont là les mots du capitaine Adrien Titus lui-même.

Théo : Ami des Malaussène. Les enfants de la tribu le considèrent comme une sorte d'oncle et Maracuja comme une sorte de père. Responsable du rayon bricolage au sous-sol du Magasin. Préfère les hommes aux femmes, mais sur le plan libidinal uniquement.

Thérèse : Sœur de Benjamin et fille de sa mère. (Père inconnu.) Adolescente, elle pratiquait la divination sous toutes ses formes. Ici, elle se contente d'être la mère de Maracuja.

TITUS (Adrien) : Flic d'origine tatare. Capitaine. Fait équipe avec le commissaire divisionnaire Silistri et la juge Talvern.

Tobias et Mélimé : Parents adoptifs d'Alceste. Voir Fontana.

Tuc : Fils unique de Georges Lapietà et d'Ariana Matassa. Tuc est son surnom. Jusqu'ici nous ignorons son prénom.

Turgot (Le plan de) : Plan de Paris commandé par Michel-Étienne Turgot, prévôt des marchands, à Louis Bretez, aux alentours de 1735. C'est un plan isométrique : toutes les maisons y sont représentées dans les mêmes proportions.

VAN THIAN : Inspecteur de police franco-vietnamien et nounou consolatrice de Verdun Malaussène dans *La Fée Carabine* et *La Petite Marchande de prose.* Mi-tonkinois mi-français. La voix de Jean Gabin dans un corps de brindille. Fils de Louise et de Thian de Monkaï. Père adoptif de Gervaise, collègue et ami de l'inspecteur Pastor, avec lequel il travailla sous les ordres du commissaire divisionnaire Coudrier.

VERCEL, André : Administrateur du groupe LAVA.

Vercors : Massif des Préalpes du nord. Haut lieu de la Résistance. Le gouverneur Corrençon et sa fille Julie y possèdent une ferme de famille, les Rochas. L'auteur y compte bon nombre d'amis qu'il quitte avec regret à la fin de chaque été.

Verdun : Sœur de Benjamin (la plus jeune) et fille de sa mère. Père inconnu. Née, toute hurlante, dans *La Fée Carabine.* C'est Jérémy qui l'a baptisée Verdun, comme la bataille du même nom. Voir Talvern, juge.

Vertacomicorien : Relatif au Vercors.

Zabo (dite la Reine Zabo) : Directrice des Éditions du Talion, patronne de Benjamin Malaussène.

MES REMERCIEMENTS

Ils vont à France Boëry, Florence Cestac, Fanchon Delfosse, Fabio Gambaro, Pierre Gestède, Jean-Marie Laclavetine, Véronique Le Normand, Patricia Moyersœn, Laurent Natrella, Alice Pennacchioni, Alexandre et Jean-Philippe Postel, Laure Pourageaud, Rolf Püls, Vincent Schneegans et à tous ceux que j'oublie.

Oreilles inlassables et conseils avisés, merci !

Œuvres de Daniel Pennac (suite)

KAMO ET MOI, *n° 802. Illustrations de Jean-Philippe Chabot.*

KAMO L'IDÉE DU SIÈCLE, *n° 803. Illustrations de Jean-Philippe Chabot. Hors série Littérature.*

KAMO : Kamo, l'idée du siècle – Kamo et moi – Kamo, l'agence de Babel – L'évasion de Kamo. *Illustrations de Jean-Philippe Chabot.*

Dans la collection « Albums Jeunesse »

LES DIX DROITS DU LECTEUR, *ingénierie papier et illustrations de Gérard Lo Monaco.*

Dans la collection « Écoutez Lire »

KAMO L'IDÉE DU SIÈCLE. Lu par Daniel Pennac. *Illustrations de Jean-Philippe Chabot.*

KAMO L'AGENCE BABEL. Lu par Daniel Pennac. *Illustrations de Jean-Philippe Chabot.*

MERCI. Lu par Claude Piéplu. *Illustrations de Quentin Blake.*

L'ŒIL DU LOUP. Lu par Daniel Pennac. *Illustrations de Catherine Reisser.*

CHAGRIN D'ÉCOLE. Lu par Daniel Pennac.

JOURNAL D'UN CORPS. Lu par Daniel Pennac.

ANCIEN MALADE DES HÔPITAUX DE PARIS. Lu par Olivier Saladin.

Dans la collection « Gaffobobo »

LE CROCODILE À ROULETTES. *Illustrations de Ciccolini.*

LE SERPENT ÉLECTRIQUE. *Illustrations de Ciccolini.*

BON BAIN LES BAMBINS. *Illustrations de Ciccolini.*

Dans la collection « À voix haute » (CD audio)

BARTLEBY LE SCRIBE de Herman Melville dans la traduction de Pierre Leyris.

Aux Éditions Hoëbeke

LES GRANDES VACANCES, en collaboration avec Robert Doisneau.

LA VIE DE FAMILLE, en collaboration avec Robert Doisneau.

NEMO.

ÉCRIRE.

Aux Éditions Casterman

LE ROMAN D'ERNEST ET CÉLESTINE (« Casterman poche », *n° 58*).

Aux Éditions Nathan et Pocket Jeunesse

CABOT-CABOCHE.

L'ŒIL DU LOUP (repris dans « Écoutez Lire »/Gallimard Jeunesse).

Aux Éditions Centurion Jeunesse

LE GRAND REX.

Aux Éditions Grasset

PÈRE NOËL, *biographie romancée,* en collaboration avec Tudor Eliad.

LES ENFANTS DE YALTA, *roman,* en collaboration avec Tudor Eliad.

Chez d'autres éditeurs

LE TOUR DU CIEL, *Calmann-Lévy* et *Réunion des Musées nationaux.*

QU'EST-CE QUE TU ATTENDS, MARIE ?, *Calmann-Lévy* et *Réunion des Musées nationaux.*

LE SERVICE MILITAIRE AU SERVICE DE QUI, *Le Seuil.*

VERCORS D'EN HAUT : LA RÉSERVE NATURELLE DES HAUTS-PLATEAUX, *Milan.*

Composition Nord Compo
Achevé d'imprimer
par Normandie Roto Impression s.a.s.
61250 Lonrai, en décembre 2016
Dépôt légal : décembre 2016
Numéro d'imprimeur : 1605070

ISBN 978-2-07-014231-6

254781